人魚沉睡的家。

人魚の眠る家

東野圭吾

王蘊潔 譯

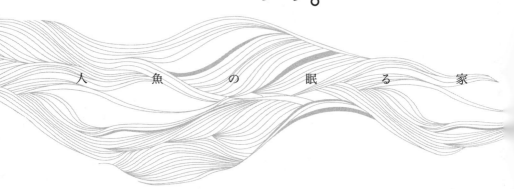

導讀——

有時死亡並不是人生的終點

【醫師・作家】**張渝歌**

約莫是兩年前，我遇見了一位腦死的女人。

當時我正在中部某醫學中心的神經內科實習，女人因為車禍被送到醫院，到院時昏迷指數只剩三，腦部嚴重出血，緊急手術之後，意識仍未恢復，如同沉睡的人魚，躺在大Ｉ（加護病房）的病床上，僅靠著維生管路活著。

每日的例行查房，除了檢查她的血液數據，學長姐會親自帶著我們這群小實習醫生進行神經學檢查，包括頭眼反射[1]、光反射[2]、角膜反射[3]、眼前庭反射[4]、作嘔反射[5]以及肢體痛覺刺激[6]等腦幹反射測試。但沉睡的人魚就像活在另一個時空，無論我們如何擺弄，她都沒有任何反應。

1. 將病人頭部向一側快速轉動時，兩眼會向對側轉動。
2. 用強光照射瞳孔，瞳孔會縮小。
3. 刺激角膜會眨眼。
4. 在仰臥三十度的姿勢下，用冷水灌入耳朵，兩眼會共軛轉向同側，灌入溫水則轉向對側。
5. 刺激舌根或後咽壁會作嘔。
6. 以痛覺刺激顱神經分布的任何部位，會引起運動反應。

看似簡單的測試，其實並不簡單。這些測試是腦死判定的基礎，如果排除了原發性腦損壞或藥物中毒等因素，而腦幹反射都消失了，就可以進行無自行呼吸的測驗。由醫療人員關掉病人的呼吸器，觀察病人有無自發性呼吸，若沒有，代表腦幹的功能已經損壞，也就是俗稱的腦死，再由合格的醫師[7]完成「連續兩次、相隔四小時」的腦幹功能測試，均符合腦幹反射消失及無自發性呼吸的病人，即可判定腦死。

但，這裡會出現一個爭議性的問題：腦死就等於死亡嗎？

目前各國法律對死亡的認定標準不一，有心跳死、大腦死、還有腦死。日本的刑法採取「心跳死」（即心臟停止跳動說），或者定義得更嚴格一點，是以心臟停跳、呼吸停止和瞳孔反射消失這三點作為死亡標誌的三徵候說（或稱綜合判定說）。但隨著生命維持技術的發展，即使大腦和腦幹的功能不可逆地停止，透過人工呼吸器仍可維持心肺的活動狀態。死亡的界線變得很模糊。

一九八五年，經過激烈辯論後，厚生省的研究小組仍無法形成決議，只發表了被稱為「竹內基準」[8]的腦死判斷標準。直到三年後，日本醫師協會的「生命倫理懇談會」才提出，應該在承認「腦死＝死亡」的基礎上，展開器官移植，促進了「腦死亡及器官移植臨時調查會」（簡稱腦死臨調）的誕生。

然而，有反對意見認為，人的生命價值無法進行比較。即便有器官提供者生前的同意，仍有刑法第202條[9]「同意殺人」的可罰性問題，不能以「有生存可能性的人的利益」高於「即將死亡的人的利益」為由，逕行器官摘取。

台灣的刑法也是以傳統的「心跳死」為依據。直到一九八七年《人體器官移植條例》公布之後，「腦死＝死亡」這個觀點才被確立。依據第四條規定，器官捐贈者經醫師判定「腦死」後，即可進行器官摘取。也因為如此，死刑受刑人如果願意捐贈器官，可由檢察官命改採射擊頭部。

只是，台灣也和日本一樣，「腦死＝死亡」的觀點仍備受爭議。

一九九四年，移植醫學會曾建議衛生署全面改採「腦死」作為判定死亡的標準，但經過法務部、神經內外科、麻醉科等腦死判定醫師的討論後，否決了這項提議，僅僅在「器官移植」的層次上，可以將「腦死」和「死亡」劃上等號。

但問題又出現了：**如果拒絕器官移植，醫師能否判定腦死而停止治療？**

7. 依據衛生福利部所發布之腦死判定準則第10條，進行腦死判定之醫師，應符合下列各款之一之條件：一、病人為足月出生（滿三十七週孕期）未滿三歲者：具腦死判定資格之兒科專科醫師。二、前款以外之病人：（一）神經科或神經外科專科醫師。（二）具腦死判定資格之麻醉科、內科、外科、急診醫學科或兒科專科醫師。前項所稱腦死判定資格，係指完成腦死判定訓練課程，並取得證書者。

8. 一九八五年，日本厚生省由「腦死亡研究小組」發表了《腦死亡的判定指針及判定標準》。由於用了研究小組的代表「竹內一夫」的姓氏，因而被稱為「竹內基準」。根據該基準，具備下列條件，即：一、深度昏迷；二、自發呼吸停止；三、瞳孔固定；四、腦幹反射消失；五、腦波呈平直線，此後，經過六小時觀察沒有變化，即可認定為腦死亡。

9. 日本刑法第202條規定：「教唆或幫助他人自殺，或受其囑託或得其承諾而殺之者，處六月以上七年以下懲役或監禁。」相當於我國刑法的第275條。

女人才剛滿三十，新婚兩年，先生和家人都無法接受腦死的判定而拒絕拔管。當時的主治醫師是癲癇科的主任，體貼地給予家屬時間和空間。他是腦電波圖（EEG）的專家，也是臨床溝通的大師。他對家屬說：「很多人以為死亡是一個瞬間，其實並不是。死亡是一個過程。她現在就在這個過程裡，只是我們用醫療技術留住她，不讓她走。」

先生難過地問：「真的不會再醒過來了嗎？」

「腦死跟植物人不一樣。植物人可以自行呼吸，眼睛也可以睜開，只是沒辦法有意識地跟其他人互動，所以有甦醒的可能。但腦死不同，腦死讓她徹底沉睡，到另一個世界生活了。」

後來我到另一科實習，聽聞女人捐出了心、肝、腎和眼角膜。我一直想寫下這段回憶卻不敢寫，為此，我非常感謝東野圭吾寫出這個故事。

C O N T E N T S

序章

從來往車輛絡繹不絕的大馬路轉入岔路，一直走到底，就可以看到那棟房子。雖然周圍的房子也都很大，但那棟房子特別豪華。宗吾從小學放學回家經過這棟房子的大門時，經常覺得這就是所謂的「豪宅」，有時候也會忍不住想像，到底是什麼樣的人住在這棟大房子裡？一定是很有錢的人。不知道庭院裡有沒有游泳池？不知道是否養了像牛一樣大的狗？

大房子的大門鏤空雕刻著漂亮的圖案。宗吾每次看到大門，就很想從雕刻圖案的縫隙向裡面張望，但之所以忍了下來，是因為他覺得這種「豪宅」一定有兇巴巴的警衛之類的人。

沒想到意外有了絕佳的機會。

那天風很大，宗吾頂著迎面吹來的風，一如往常地走在岔路上，結果頭頂上的棒球帽被吹去了後方。當他慌忙回頭時，看到帽子飛進了圍牆。

正是那棟大房子的圍牆。

怎麼辦？宗吾暗自思考著。是不是要按門鈴，請大房子的人幫自己撿帽子？

他一邊思考，一邊走了過去，發現平時緊閉的大門竟然微微敞開一條縫，好像在邀請他進去。而且也沒看到兇巴巴的警衛。

宗吾戰戰兢兢地推開了大門。他想好了，如果被人發現，就說自己的帽子被吹了進來。

他踏進大門，打量著偌大的房子。那是一棟好像外國影集中出現的兩層樓房子，雖然沒有游泳池，但庭院很大。

他低頭看著腳下，發現石板鋪的路通往玄關。他將視線從玄關稍微移向旁邊，看到了自己的帽子。帽子掉在房子的牆邊，旁邊剛好有一個窗戶。

會不會有人在裡面？他觀察著窗戶，悄悄走了過去，發現窗戶的窗簾敞開著，可以清楚看到屋內的情況。窗邊插著玫瑰，是紅色的玫瑰。

他彎下腰，撿起了帽子，再度看向旁邊的窗戶。窗戶並不高，只要踮起腳，就可以看到裡面。他站在窗戶下方，抓住了窗框，稍微踮起了腳跟。

他看到天花板的吊燈，又看到了牆上的掛鐘。當他伸長脖子，想要再往下看時，看到有一個人。他嚇了一跳，立刻縮起了脖子。

他之所以再度探頭張望，是因為他發現剛才看到的是一個女孩，而且睡著了。

他探出脖子，發現果然沒錯。一個身穿紅色毛衣的女孩坐在輪椅上睡著了。

小女孩的年紀和宗吾相仿。白皙的臉龐，粉紅色的嘴唇和長長的睫毛，胸部微微起伏，似乎可以聽到她均勻的鼻息。

他忍不住納悶，為什麼女孩坐在輪椅上？難道她的腿不方便？

宗吾離開了窗前，走向大門。回到路上後，關上大門，恢復了原來的樣子，踏上了回家的路。

那天之後，那個女孩的樣子就在他腦海中揮之不去。他會不經意地想起她白皙的肌膚，想起她像花瓣般的嘴唇，想起她那雙有著長長睫毛的眼睛。這是他有生以來，第一次有這樣的經驗。

無論如何，都想再見她一次——每次經過那棟大房子前，他就有這種想法。雖然上次也不算是見面，只是在窗前偷瞄到而已。

他思考著是否可以再用帽子的藉口，但如果不是風大的日子，謊言會立刻被識破。

有一天，他想到了一個妙計。因為他發現不一定要帽子。宗吾做了紙飛機，站在大房子前，確認四下無人後，把紙飛機丟進了圍牆內。

然後，他按了門鈴。只要自己說要撿紙飛機，房子的主人應該會讓自己進去。

但是，他等了一會兒，卻沒有人來應門。宗吾不知道該怎麼辦，輕輕推了推大門，沒想到門竟然開著。

他探頭向門內張望，裡面似乎沒有人。宗吾剛才丟的紙飛機在通往玄關的石板路中央。他撿起紙飛機後，緩緩走向房子，走向那扇窗戶。今天窗戶拉著窗簾，所以站在遠處時，看不到窗戶內的情況。

他站在窗戶下方，像之前一樣踮起腳，把臉貼在窗前，隔著窗簾，隱約看到了屋內的情況。

宗吾很失望。因為那個女孩似乎不在那裡。

他離開了窗戶，心灰意冷地準備回家。但是，當他走向大門時，大門突然打開了。一個女人推著輪椅進來。女人立刻發現了宗吾，滿臉驚訝地停下了腳步，眼神中充滿了責備——你是誰？為什麼會在這裡？

宗吾跑了過去，舉起了紙飛機。「我在玩這個，結果不小心飛進來了。我剛才按了門鈴……」

女人原本露出狐疑的表情，但聽到他的解釋後，露出安心的表情點了點頭。「喔，原來是這樣。」女人看起來和宗吾的母親年紀差不多，雖然很瘦，但很漂亮，宗吾想起她很像某個電影明星。

宗吾看著輪椅。那個女孩坐在輪椅上。她今天穿著藍色衣服，和上次看到時一樣，她睡著了。

「怎麼了嗎？」女人問他。

「啊……不，沒事。」宗吾這麼回答，但覺得似乎應該說些什麼，「她睡得很熟。」

女人呵呵地笑了起來，「是啊。」她拉了拉蓋在女孩腿上的毛毯。

「她的腳不方便嗎？」

女人聽了宗吾的問題，露出有點害怕的表情，但隨即露出了笑容。

「這個世界上，有各式各樣的人，也有的小孩雖然腳沒有問題，卻無法自由地散步。有一天，你也會瞭解這件事。」

宗吾不太瞭解女人這句話的意思。難道有人腿沒有問題，卻必須坐輪椅嗎？

宗吾想著這件事，再度打量著那個女孩。「她還沒有醒嗎？」

看起來像是女孩母親的女人笑著微微偏著頭。

「嗯……是啊，今天可能不會醒了。」

「今天？」

「對啊，今天。」女人說完，緩緩推動輪椅，「再見。」

「再見。」宗吾也對她說。

這是宗吾最後一次走進那棟房子，但宗吾始終無法忘記那個沉睡少女的臉。每次經過那棟房子——不，不光是這樣而已，無論在做任何事時，女孩的身影都會不時投射在腦海。

那個像是女孩母親的女人說，她的腳並沒有問題，既然這樣，她為什麼不能走路呢？

不知道從什麼時候開始，宗吾在回想起女孩時，都會浮現出美人魚的樣子。美人魚無法行走，所以受到了疼惜，在大房子內受到了保護。當然，他並不是真的認為那個女孩可能是人魚——。

然而，他只有那段時間有餘暇想那些事。不久之後，宗吾根本無暇回想起「美人魚」的事。

直到很久之後，他才再度回想起。

第一章——至少希望，今晚可以遺忘

1

薰子杯子裡的白葡萄酒喝完時，身穿黑色衣服的侍酒師走了過來。

「請問接下來要喝什麼？」他輪流看著薰子，和坐在她對面的榎田博貴後問道。

「接下來是鮑魚吧？」榎田問侍酒師。

「是的。」

「既然這樣，」榎田看著薰子提議說：「那就來兩杯適合鮑魚的白葡萄酒，好嗎？」

「嗯，好啊。」

榎田笑著點了點頭，對侍酒師說：「那就這樣。」

「好的，那可以挑選這幾種類的酒。」侍酒師指著酒單說道。

「嗯，好啊，就這麼辦，麻煩你了。」

侍酒師恭敬地鞠了一躬後離去，榎田目送他離開後說：「不知道該點什麼時，最好還是請專業的來。不懂裝懂地自行挑選，萬一口感很差，不知道該對誰發脾氣。」

薰子微微偏著頭，望著對面那張白淨端正的臉。

「醫生，你也會對別人發脾氣嗎？」

榎田苦笑著說：「當然會啊。」

「是喔，真意外啊。」

「正確地說，是想要對別人發脾氣。我認為最好應該避免這種事，重要的是，因為無法對別人發脾氣，所以等於一開始就喪失了這個選項，這樣很不利於精神健康。任何人都需要有退路，無論在任何時候、任何情況下都一樣。」

榎田低沉卻洪亮的聲音聽在薰子的耳中覺得很舒服。內心深處也覺得很舒服。

薰子很清楚榎田想要說什麼，正因為知道，所以就不必多說什麼，只是嘴角露出適度的笑容，微微收起下巴而已。榎田也對她的反應感到心滿意足。

侍酒師推薦的白葡萄酒和鮑魚相得益彰，榎田似乎不需要發脾氣。他又點了半瓶紅葡萄酒搭配主菜，但這次是他親自點的酒，因為據說剛好有他很熟的品牌。

「有自信的時候就要積極主動，這是活得積極正面的重要原則。」榎田調皮地笑了笑，嘴唇的縫隙中露出的牙齒很白。

吃完主餐的肉類後，甜點送了上來。薰子一邊聽榎田聊天，一邊吃著盤子裡的水果和巧克力。他談論的有關甜點的歷史讓她很感興趣，也很有趣。因為他精通說話之道。

「太好吃了，我吃太多了。明天要去健身房多游幾圈。」薰子在衣服外面按著胃說道。

「攝取之後，充分燃燒，這很理想。妳的氣色也和一年前完全不一樣。」榎田拿著咖啡杯說道。

榎田醫生，這都是拜你所賜。薰子想要這麼說，但並沒有說出口。因為她覺得一旦說了，就會讓愉快的談話變得很廉價。

走出餐廳後，他們一起走進經常去的酒吧，並肩坐在吧檯角落的座位。薰子點了新加坡司令，榎田點了琴湯尼。

「今天晚上，孩子在哪裡？還是像之前一樣，送回娘家了嗎？」榎田拿起威士忌酒杯，在她耳邊輕聲問道。

他的呼吸讓薰子感到耳朵發癢，輕輕點了點頭，「我說今晚要和幾個學生時代的朋友見面。」

「是這樣啊，我可以順便請教一下，是只有女生的朋友嗎？」

「是啊，原本是這麼打算……」薰子斜斜地瞥了他一眼說：「也可以將設定更改為也有男生的朋友，因為我並沒有對我媽說得很清楚。」

「這樣比較好，可以大大減少我內心的愧疚。當然，我並不是妳學生時代的朋友，而且除了我以外，也沒有其他人。」榎田喝了一大口琴湯尼，「所以，小孩子今天晚上會睡在妳娘家嗎？」

「是啊，現在應該已經睡著了。」

榎田點頭表示理解。

這並不是毫無意義的對話，相反地，他問這個問題有明確的意圖。薰子也在瞭解這一點的基礎上回答了他的問題。他們兩個人都不是小孩子了。

「差不多該走了吧？」榎田看著手錶問。

薰子也看了時間。晚上十一點多。「好啊。」她回答。

結完帳，走出酒吧，榎田再度看著手錶說：

「接下來有什麼打算？我還想再喝幾杯。」

「哪裡有不錯的酒吧嗎？還是你有私房酒吧？」

聽到薰子這麼問，榎田窘迫地抓了抓頭。

「很抱歉，今天晚上我並沒有做好這樣的準備，只是剛好有一瓶難得的好酒，已經冰好了，所以想邀妳一起喝。」

那瓶酒應該在他家裡。從今天晚上的談話，可以感受到榎田想要讓彼此的關係更進一步。薰子還沒有去過他家，也還沒有發生過肉體關係。

薰子遲疑了一下，但立刻做了決定。

「對不起。」她對榎田說，「因為明天一大早要去接孩子，只能請你獨自享用那瓶美酒了。」

榎田完全沒有露出失望的表情，笑著輕輕搖著手說：

「我不會一個人喝。既然這樣，我就留到下一次機會，也會找一些搭配那瓶酒的開胃菜。」

「真讓人期待，我也會找一下。」

來到大馬路上，榎田舉起手，為薰子攔了計程車。薰子獨自坐進了後車座。這是為了避免左鄰右舍議論「有男人用計程車送播磨太太回家」。

晚安。薰子動了動嘴巴，無聲地向車外的榎田道別。他點了點頭，輕輕揮了揮手。

計程車開出去後，薰子吐了一口氣。她發現自己果然有點緊張。

不一會兒，智慧型手機收到了電子郵件。是榎田傳來的。『難得有好酒，我會準備新的葡萄酒杯。今晚也很開心，晚安。』他應該以為薰子今天晚上會去他家，所以事先應該做了不少準備。

其實去他家也無妨——。

但是，有某種因素阻止了她。只不過就連她自己也不知道是什麼因素。

她的右手摸向左手無名指。無名指上戴著婚戒。結婚之後，她在外出時從來不曾取下婚戒。她決定在正式離婚之前，暫時不拿下婚戒。

2

根據資料，第七號實驗對象今年三十歲。她身穿黃色洋裝，裙襬下露出的腳踝很纖細，腳上卻穿著和洋裝很不搭配的白色球鞋，只不過那並不是她的鞋子，而是研究小組準備的鞋子。雖然她穿來這裡的包鞋的後跟很低，在安全性上並沒有問題，但在做實驗時，規定都要換上球鞋。

七號的女人在研究員的帶領下，開始向起點移動。她手上並沒有拿視障者平時使用的白杖，這是為了預防她在移動時瞭解不必要的資訊。對視障者來說，白杖就像是他們的眼睛，她內心必定倍感不安。

播磨和昌巡視著實驗室，二十公尺見方的空間內堆放著紙箱和保麗龍做的圓柱，配置沒有規則，有些地方的間隔特別狹窄。

七號的女人來到起點。研究員交給她兩樣東西。其中一樣外觀像墨鏡，但功能完全不一樣。鏡片部分設置了小型攝影機，研究員都稱之為風鏡。另一樣是頭罩。乍看之下，和普通的安全帽無異，但其實頭罩內側裝了電極。女人接過那兩樣東西時，臉上並沒有露出困惑的表情。因為她已經多次參加實驗，知道接下來將發生什麼事。她熟練地戴上頭罩，又戴好了風鏡。

「準備好了嗎？」研究員問七號女人。

「準備好了。」她小聲回答。

「那就開始吧。預備，開始。」研究員說完，離開了那個女人。

七號女人戴了風鏡的臉左右移動，戰戰兢兢地邁開了步伐。

和昌打開了手上的資料。她在東京都內的醫療機構工作，每天早上八點搭電車通勤。雖然她的視力幾乎等於零，但應該很習慣在街上行走。

她接近了第一個難關。紙箱擋住了她的去路。女人在紙箱前面停了下來。

光是做到這一點，就不是一件容易的事。

雖然她眼睛看不到，但即使沒有用白杖觸摸，也可以察覺到前方有障礙物。關鍵就在於風鏡上裝的攝影機和附有電極的頭罩。電腦用特殊的電力訊號處理攝影機捕捉到的影像，透過電極，刺激女人的大腦。雖然她無法直接看到影像，但似乎可以在一片白色霧茫茫之中，感受到出現了某些東西。對視障人士來說，這是非常重要的資訊。

女人再度邁開步伐。她小心謹慎地走過紙箱右側。一名研究員做出了勝利的姿勢，和昌認為高興得太早，瞪了他一眼，但當事人並沒有察覺到董事長的視線。

雖然花了相當長的時間，但女人接二連三地閃過紙箱和作為電線杆的筒狀物，走在彎彎曲曲的通道上。然而，她在即將到達終點時停下了腳步。她的前方有三顆足球斜向排列著，彼此的間隔並不狹窄。

她在那裡停了片刻後，終於搖了搖頭。

「沒辦法分辨。」

有人重重地嘆了一口氣。

研究員走向她，為她拿下風鏡和頭罩後，把白杖交給了她。

「怎麼樣？」與和昌一起觀看整個實驗過程的男人回頭問道，他的臉上同時帶著自信和不安。他是這項研究的負責人，「雖然最後一個點無法完成，但比上一次的結果大有進步。」

「還不錯。她的訓練期間有多長？」

「每天訓練一個小時，總共持續了三個月。這是她第四次進行設有障礙物的步行訓練。」研究負責人豎起四根手指，言下之意，就是效果十分理想。

「幾乎全盲的女人能夠不仰賴白杖，走那麼複雜的路的確很出色，但我認為她是優等生，問題在於對那些平時不出門的視障者，到底能夠發揮多少功效。」

「你說得對，但這樣的結果足以應付下週在厚勞省舉行的公聽會了。」

「喂喂，我們做這個實驗，只是為了讓那些官員滿意嗎？不是吧？希望你可以把目標設定得更高，恕我直言，目前的狀況離實用化還差得很遠。」

「是，我當然知道。」

「今天的結果算是合格，但你轉告組長，把目前的問題點歸納總結一下，寫一份報告給我。」

在研究負責人回答：「知道了」之前，和昌就轉身走了出去。他把手上的資料放在一旁的鐵管椅上，走向出口。

走出實驗大樓，他回到了董事長室所在的辦公大樓。當他獨自搭電梯時，一名男性員工中途走進電梯。對方看到和昌有點驚訝，立刻鞠了一躬。

「你是星野吧。」

「是。我是BMI團隊第三組的星野祐也。」

「我之前聽了你的簡報，研究項目很獨特。」

「謝謝董事長。」

「我好奇的是你對人體的執著。腦機介面（Brain-machine Interface）通常都是藉由大腦發出的信號，讓因為大腦或頸椎損傷，導致身體不遂的病患能夠活動機械手臂等輔助機械，但你的研究項目不一樣，而是藉由機械將大腦發出的訊號傳遞到脊髓，讓病患活動自己的手腳。你怎麼會想到這種方式？」

星野直直地站在那裡，挺起胸膛說：

「理由很簡單，因為我認為任何人都不想透過機器人，而是想要用自己的手吃飯，用自己的腳走路。」

「是這樣啊。」和昌點了點頭，「你說得有道理。有什麼原因讓你產生這樣的想法嗎？」

「因為我祖父因為腦溢血導致半身不遂，我看到他過得很辛苦。雖然祖父努力復健，但到死之前，都無法再像以前一樣自由活動。」

「原來是這樣，你的想法很出色，但似乎沒那麼簡單。」

年輕的研究員聽了和昌的話，露出嚴肅的神情點了點頭。

「很困難，肌肉的神經訊號結構比機器人複雜數百倍。」

「我想也是，但不要氣餒，我很欣賞有不同想法的人。」

「謝謝董事長的鼓勵。」星野再度鞠了一躬。

星野先走出電梯。和昌來到頂樓。董事長室位在頂樓。

他在辦公室內坐下時，手機收到了電子郵件。他立刻有了不祥的預感，一看手機螢幕，果然是薰子傳來的。主旨是『面試的事』。他的心情更憂鬱了。

『上次已經說了，下星期六要預先練習面試，我會請我媽照顧兩個孩子。預練從下午一點開始，地點我之前已經通知你了，絕對不要遲到。』

和昌嘆了一口氣，把手機丟在桌上。嘴裡變得苦苦的。

他轉動椅子，面對窗戶。前方就是一片東京灣的景象，貨船正緩緩行駛。

播磨科技株式會社在他祖父創立時，是一家事務機製造商，當時的公司名字叫「播磨機器」。父親多津朗繼承這家公司之後，進軍了電腦業界。當時正值電腦普及到家庭的時期，這個策略奏了效，讓這家中堅企業在業界也成為不可忽略的存在。

但公司的經營並非一帆風順。隨著進入智慧型手機時代，播磨科技也面臨了經營困境。和許多日本企業一樣，由於沒有搶先進入市場，所以無法和外國公司抗衡。多津朗藉由裁撤虧損的部門和裁員，總算度過了危機。

和昌在五年前接下公司董事長一職，感受到公司正面臨巨大的轉換時期。他冷靜地分析後認為，以目前的情況，很難在生存競爭中獲勝，如果想要生存，企業就必須有自己的特色。

他對自己擔任技術部長時代致力研究的腦機介面技術，簡稱ＢＭＩ充滿期待，希望能夠成為公司經營的強心針。因為他深信，利用信號連結大腦和機械，大幅改善人類生活的嘗試，一定會成為未來的主力商品。

雖然ＢＭＩ技術可以運用在任何人身上，但支援身障者的系統最能夠清楚呈現效果。因此，目前特別致力於這個領域的研究，剛才進行實驗的人工眼研究也是其中的項目之一。雖然有很多企業和大學都在研究相同的項目，但播磨科技的研究領先一步，也因此成功獲得了厚勞省的補助金。可以說，一切都很順利。

播磨和昌在工作上，如今正春風得意。

然而，在家庭方面呢？

和昌拿起手機，確認了這個星期的安排。看到星期六下午一點寫了『面試遊戲』幾個字，忍不住撇了撇嘴。連他自己都覺得這種寫法太幼稚。薰子一定也不想預練面試，更何況還要與和昌偽裝成感情和睦的夫妻，光是想像一下，心情就會格外沉重。

和昌與薰子在八年前結婚。在結婚的兩年前，因為僱用她來擔任同步翻譯而相識。結婚後，和昌搬離了之前居住多年的大廈公寓，在廣尾建造了一棟獨棟的房子。這棟模仿歐式建築的大宅庭院內種了很多樹木。

結婚第二年，生了第一個孩子。他們為大女兒取名為瑞穗，瑞穗健康長大，喜歡游泳、鋼琴和公主。今年夏天，應該也會經常去游泳。

第二個孩子和長女相差兩歲。這次生了兒子。他們希望他以後成為具有生存能力的人，所以取名為「生人」。生人的皮膚細嫩，而且有一雙大眼睛。雖然給他穿了男生的衣服，但在兩歲之前，經常被誤認為是女孩。

然而，和昌幾乎不知道女兒和兒子的近況。因為他們很少見面。和昌在一年前搬離了家裡，開始和兒女、妻子分居，目前獨自住在青山的大廈公寓內。

分居的理由絲毫不足為奇。在薰子懷第二個孩子時，和昌在外面有了女人。這並不是他第一次外遇，卻是第一次被發現。他向來不會和同一個女人維持太久的關係，但那一次不知道為什麼遲遲沒有分手。並不是因為那個女人很特別，如果硬要說有什麼原因的話，就是因為工作太忙，沒有時間分手。

雖然他一直避免和腦筋不靈光的女人交往，可惜那個女人並沒有他想像的那麼聰明。她告訴好幾個朋友，自己正在和播磨科技的董事長交往。如今已經不是說好「不要傳出去」，就真的不會傳出去的時代了。任何消息都會透過網路擴散，最後終於傳入了薰子的關係網。

和昌起初當然矢口否認，但薰子得知的消息包括了很具體的內容。比方說，他和情婦一起去溫泉的日期。那一天，和昌騙薰子說是去旅行打高爾夫，薰子已經證實和昌說謊。

和昌比任何人更清楚，妻子是一個聰明的女人。即使自己繼續否認，薰子也不會相信。即使她表面上故作平靜，但正如她所說的，她內心懷疑的火也不可能熄滅。

最重要的是，和昌缺乏耐心。他覺得為這種事浪費時間，為這種事煩心很沒有意義。而且在薰子窮追猛打的逼問之下，他也的確有點豁出去了。

和昌承認自己的確在外面有女人。他不想說一些難堪的藉口，所以並沒有說是逢場作戲，或是一時鬼迷心竅這種話。

薰子並沒有情緒失控，她毫無表情地沉默片刻後，目不轉睛地注視著和昌的眼睛說：

「我之前就對你很不滿。最大的不滿，就是你完全不幫忙照顧孩子，但我已經不抱希望了。因為我知道你沒有時間，也覺得讓孩子看到你賣力工作的身影也不壞，但是，我無法讓我的孩子對著背叛家人的父親背影說，等你回來。」

那該怎麼辦？和昌問道。她回答說，不知道。

「我目前只是不希望小孩子發現異狀。生人還小，但瑞穗慢慢開始懂事了，如果父母相敬如冰，她一定會察覺。她會察覺，然後很受傷。」

和昌點了點頭。妻子的話非常有說服力。

「要不要分居一段時間？」他提議道。
「也許暫時先這樣比較好。」薰子回答。

3

薰子說的「教室」位在目黑車站旁。和昌第一次來這裡，因為在教室的官網上看過照片，所以很快就找到了那棟大樓。他仰頭看著乳白色的大樓，連續拍了兩次胸口，努力振作萎靡的心情。他大步走向電梯廳。「教室」在四樓。

他在電梯內確認了時間。離一點還有幾分鐘。他鬆了一口氣。他發現自己之所以這麼緊張，並不是等一下要預練面試，而是還不知道該怎麼面對好久不見的妻子。

電梯在四樓停了下來。他走出電梯，旁邊是一個像是休息室的房間。一位接待小姐坐在櫃檯內，面帶笑容地說：「你好。」和昌向她微微點頭，巡視著室內。發現有好幾張沙發，有幾個男人和女人坐在上面，薰子獨自坐在那裡。身穿深藍色洋裝的她已經發現和昌到了，難以解讀表情的臉轉向他。

和昌走了過去，在她身旁坐了下來，小聲地問：「馬上就輪到我們了嗎？」

「好像會依次叫名字。」薰子用沒有起伏的聲音回答，「把手機設定成靜音。」

和昌從內側口袋拿出手機，設定完成後放回口袋。「瑞穗和生人在練馬嗎？」

薰子的娘家在練馬。

「我媽說要帶他們去游泳，好像和美晴他們約好了。」

美晴是薰子的妹妹，比她小兩歲，有一個和瑞穗同年的女兒。

「對了，」薰子轉頭看向和昌，「正式面試時，記得刮鬍子。」

「啊，嗯。」他摸了摸下巴。他故意留點鬍子。

「另外，你有預習了嗎？」

「算有吧。」

薰子事先用電子郵件傳了面試可能會問到的事。像是報考動機。雖然他準備了答案，卻沒什麼自信。

和昌看向牆上的告示牌。上面貼了知名私立小學的考試日程表，還有特別講座介紹。

和昌對報考私立小學沒有太大的興趣。因為他覺得即使進了名校，小孩子也未必能夠成為優秀的人。但薰子有不同的意見，她說並不是想進名校，而是希望孩子讀一所好學校。當他追問怎樣的學校算是好學校，判斷基準又是如何時，薰子不理會他，只說：

「這種事，對沒有幫忙照顧孩子的人說了也沒用。」

但這是在和昌被發現外遇之前的對話，如今，他完全無意干涉薰子的教育方針。

分居半年左右，他們曾經討論過未來的打算。和昌雖然已經和那個女人分手了，但覺得恐怕很難再回到以前的生活。因為他不認為薰子會真心原諒他，自己也沒有耐心，能夠在未來一直帶著歉意和她一起生活。

一問之下，發現薰子也得出了相同的結論。

「我這個人很會記仇，一定會三不五時想到你的背叛行為。即使不至於怒形於色，內心也會有怨言。這樣的生活會讓我變成一個很討厭的人。」

他們很快就得出了結論，只有離婚才能解決問題。

他們討論後決定兩個孩子都由薰子照顧，在贍養費和育兒費的問題上，和昌原本就打算支付足夠的金額，所以也沒有為這個問題爭執。

只是如何處理廣尾那棟房子的問題，讓他們稍微猶豫了一下。

「我和孩子住那裡太大了，維護起來也很辛苦。」

「那乾脆賣了吧，我也不可能一個人住在那裡。」

「賣得掉嗎？」

「應該沒問題吧，房子還不算太舊。」

那棟房子屋齡八年，和昌在那裡只住了七年。

除了房子以外，還有另一個問題。那就是什麼時候辦理離婚手續。薰子說，因為瑞穗即將參加小學入學考試，在考試告一段落之前，她暫時不想離婚。

和昌表示同意。所以在瑞穗的小學入學考試結束之前，他們必須偽裝成好夫妻、好父母。

「播磨先生和太太。」聽到有人叫自己的名字，和昌回過神。一個四十歲左右的嬌小女人走了過來。薰子站了起來，和昌也跟著起身。

「請兩位去那個房間。」女人指著樓層角落的一道門說，「敲門之後，裡面會有人回答『請進』，然後請爸爸先進去。」

「知道了。」和昌回答後，整了整領帶。

他走向那道門，正準備敲門時，聽到有人叫他們。

「播磨太太。」回頭一看，櫃檯的接待小姐站了起來，臉色很緊張，手上拿著電話。

「妳娘家打來電話，說有急事。」

薰子看了和昌一眼，立刻衝向櫃檯，接起了電話。才說了幾句話，立刻臉色大變。

「在哪裡、哪家醫院？……你等一下。」

薰子抓起放在櫃檯上的一張簡介，又抓起旁邊的筆，在空白處寫了起來。和昌在旁邊探頭張望，發現是醫院的名字。

「我知道了。我會查地址。……嗯，我會馬上趕過去。」薰子把電話交還給櫃檯小姐後，看著和昌說：「瑞穗在游泳池溺水了。」

「溺水？為什麼？」

「不知道。你查一下這家醫院在哪裡。」她把簡介塞給和昌後，打開面試室的房間，走了進去。

和昌完全搞不清楚狀況，拿出手機開始查地址，但還沒查到，薰子就從面試室走了出來。「查到了嗎？」

「快查到了。」

「繼續查。」薰子走向電梯廳，和昌操作著手機，追了上去。

走出大樓時，終於查到了醫院的地址。他們攔了計程車，告訴了司機目的地。

「剛才的電話是誰打來的？」

「我爸爸。」薰子冷冷地回答後，從皮包裡拿出了手機。

「為什麼？不是妳媽帶他們去游泳嗎？」

「對啊，但是因為聯絡不到。」

「聯絡？什麼意思？」

「等一下。」薰子不耐煩地揮了揮手，把手機放在耳朵旁。電話似乎很快就接通了，她對著電話說了起來。「啊，美晴，目前狀況怎麼樣？……嗯……嗯……是。」她的臉皺成一團。「醫生怎麼說？……是喔。……嗯，我知道了。……目前正趕過去。……嗯，他也在。……那就等一下再聊。」掛上電話後，她滿臉愁容地把手機放回皮包。

「情況怎麼樣？」和昌問。

薰子用力嘆了一口氣後說：「被送進加護病房了。」

「加護病房？情況這麼嚴重嗎？」
「目前還不瞭解詳細情況，但瑞穗還沒有恢復意識，而且心跳一度停止。」
「心跳停止？這是怎麼回事？」
「我不是說了嗎？目前還不瞭解詳細情況！」薰子大叫之後哽咽起來，淚水從她眼中滑落。
「對不起。」和昌小聲道歉。他對於將不瞭解狀況的焦慮發洩在薰子身上產生了自我厭惡。自己果然是不稱職的父親，也是不合格的丈夫。
抵達醫院後，他們爭先恐後地衝了進去。他們正準備跑向服務台，聽到有人叫：「姊姊」，停下了腳步。
紅著雙眼的美晴一臉悲傷的表情走了過來。
「在哪裡？」薰子問。
「這裡。」美晴指著後方說道。
他們搭電梯來到二樓。聽美晴說，目前正在加護病房持續救治，只是醫生還沒有向他們說明情況。
美晴帶他們來到家屬休息室。休息室內有桌椅，裡面還有鋪著榻榻米的空間，角落放著疊好的被子。
薰子的母親千鶴子垂頭喪氣地坐在那裡。剛滿四歲的生人，和瑞穗的表妹若葉坐在旁邊。

千鶴子看到和昌他們立刻站了起來。她的手上緊緊握著手帕。

「薰子，對不起。和昌，真的很對不起你們。我在旁邊，竟然還會發生這種事，真希望我可以代替她，死了也沒關係。」千鶴子說完，皺著臉哭了起來。

「發生了什麼事？到底是怎麼回事？」薰子把手放在母親肩上，示意她坐下後，自己也坐了下來。

千鶴子就像小孩子在鬧脾氣般搖著頭。

「我也搞不太清楚，只聽到有一個男人突然喊著，有女孩溺水了，然後才發現瑞穗不見了……」

「媽媽，不是這樣。」美晴在一旁說：「是我們先發現瑞穗不見了，問了若葉，若葉說她突然不見了，然後我們慌忙開始尋找，結果有人發現了她。」

「喔喔，」千鶴子在臉前合著雙手，「對，是這樣……。完了，我腦袋一片混亂。」

她似乎因為慌亂，記憶產生了混亂。

之後，由美晴繼續說明情況。根據她的解釋，正確地說，瑞穗並不是沉入水中，而是手指卡進池底排水孔的網上，她自己抽不出來，無法離開游泳池的池底。最後其他人硬是把手指拔出來，才把她救起，但當時心跳已經停止。救護車立刻把她送來這家醫院，送進了加護病房，目前只知道她恢復了心跳，但醫生似乎說，恢復心跳並不代表已經甦醒。

美晴在等救護車時，試圖聯絡薰子，但薰子的電話打不通。因為當時正準備預練面試，所以把手機關機了。千鶴子知道薰子今天下午的安排，卻不知道那是哪裡的什麼教室。於是，美晴打電話給她父親，把情況告訴了他。父親說他知道瑞穗讀的那個教室，好像是之前聊天時聽瑞穗說的。他對美晴說，他會負責聯絡，請她們好好照顧瑞穗。

「雖然爸爸叫我好好照顧，但我們根本幫不上忙。」美晴說完，垂下了雙眼。

和昌聽了美晴的話，心情很複雜。通常聯絡不到薰子，不是應該打電話給姊夫嗎？美晴之所以沒有這麼做，並不是因為認為他的手機也會關機，而是美晴內心認定，和昌已經不是她的姊夫了。

然而，他無法責怪美晴。薰子應該只告訴了妹妹他們分居的原因，從偶爾見面時，美晴表現出來的冷漠態度，和昌就不難猜到這件事。

和昌看了手錶。快要兩點了。如果美晴所說的情況無誤，意外是在薰子關機的這段時間發生的，所以當時應該不到下午一點。在加護病房治療大約一個小時，瑞穗嬌小的身體到底發生了什麼變化？

生人不知道姊姊發生了什麼事，開始覺得無聊，於是請千鶴子先帶他回家。若葉雖然知道了表姊發生了悲劇，但薰子對美晴說，要她一起在這裡等太可憐了。

「不知道要等到什麼時候，美晴，妳也先回家吧。」

「但是……」美晴說到這裡，陷入了沉默，眼中露出猶豫的眼神。
「一旦有狀況，我會通知妳。」薰子說。
美晴點了點頭，注視著薰子後說：「我會祈禱。」
「嗯。」薰子回答。
千鶴子和美晴他們離開後，氣氛變得更加凝重。醫院內雖然開了空調，但和昌覺得呼吸困難，解下了領帶，而且把上衣也脫了。
兩個人幾乎沒有說話，只是默默等待。在等待期間，和昌的手機響了好幾次，都是工作上的電話。雖然是星期六，卻不斷收到電子郵件。那是從公司的電子郵件信箱轉寄過來的。最後，他乾脆關了機。今天沒時間處理工作的事。
只要打開家屬休息室的門，就可以看到旁邊加護病房的入口。和昌好幾次探頭張望，都沒有看到任何變化，也完全不知道裡面在幹什麼。
他感到口渴，於是去買飲料。在自動販賣機前買了寶特瓶的日本茶時看向窗外，才發現已經晚上了。
晚上八點多時，護理師走進來問：「是播磨妹妹的家屬嗎？」
「是。」和昌與薰子同時站了起來。
「醫生要向你們說明情況，現在方便嗎？」
「好。」和昌回答後，看著年約三十多歲的護理師的圓臉，試圖從她的表情中解讀凶吉，但護理師始終面無表情。

護理師帶他們來到加護病房隔壁的房間，那裡有一張辦公桌，桌上放著電腦，看起來像是醫生的男人正在寫資料，當和昌他們走進去時，他停了下來，請他們坐在對面的椅子上。

醫生自我介紹說，他姓進藤，是腦神經外科的醫生。年齡大約四十五、六歲，寬闊的額頭充滿知性的感覺。

「我打算向你們說明目前的情況。」進藤輪流看著和昌與薰子說道，「但如果你們想先看一下令千金，我可以立刻帶你們去。只是因為以目前的狀況，我認為你們預先瞭解一下情況，更容易接受現實，所以請你們先來這裡。」

醫生用平淡的口吻說道，但從他字斟句酌的態度，可以感受到事態並不尋常。

和昌與薰子互看了一眼後，將視線移回醫師。

「情況很不樂觀嗎？」他的聲音有點發抖。

進藤點了點頭說：「目前還沒有恢復意識，也許兩位已經聽說了，令千金送到本院後不久，心跳就恢復了，但在心跳恢復之前，全身幾乎無法供應血液，其他器官受到的損傷可能還不至於太大，大腦的情況比較特殊。更進一步的情況必須等接下來慢慢瞭解，但必須很遺憾地告訴兩位，令千金的大腦損傷很嚴重。」

和昌聽了醫生的話，覺得視野搖晃。他完全沒有真實感，腦袋深處卻覺得自己一定可以想辦法。大腦損傷？那根本是小事一樁。播磨科技有ＢＭＩ技術，即使留下一些後遺症，自己一定可以解決——身旁的薰子一定感到絕望，他打算等一下好好激勵她一番。

然而，薰子隨即哭著問：「她可能永遠都無法清醒嗎？」時，進藤的回答徹底粉碎了和昌的信心。

進藤停頓了一下後說：「請兩位最好有這樣的心理準備。」

嗚嗚嗚。薰子哭出了聲音，雙手捂著臉。和昌無法克制自己的身體不停地顫抖。

「無法進行治療嗎？已經無藥可救了嗎？」他勉強擠出這句話。

戴著眼鏡的進藤眨了眨眼睛。

「當然，我們目前仍然在全力搶救，但目前還無法確認令千金的大腦發揮了功能，腦波也很平坦。」

「腦波……是腦死的意思嗎？」

「按照規定，現階段還無法使用這個字眼，而且腦波主要是顯示大腦的電氣活動，但可以明確地說，令千金目前的大腦無法發揮功能。」

「但可能大腦以外的器官能夠發揮功能？」

「這種情況就是遷延性昏迷，也就是所謂的植物人狀態，但是——」進藤舔了舔嘴唇，「必須告訴兩位，這種可能性也極低。因為植物人狀態的病人腦波也會呈現波形，只是和正常人不一樣。核磁共振檢查的結果，也很難說令千金的大腦發揮了功能。」

和昌按著胸口。他感到呼吸困難。不，他覺得胸膛深處好像被勒緊般疼痛，坐在那裡也很痛苦。他覺得該發問，卻想不到任何問題。大腦正拒絕思考。

身旁的薰子仍然用雙手捂著臉，身體好像痙攣般抖動著。

和昌深呼吸後問：「你希望我們預先瞭解的，就是這些情況嗎？」

「對。」進藤回答。

和昌把手放在薰子背上說：「我們去看她吧。」

她捂著臉的雙手縫隙中發出了痛哭聲。

他們在進藤的帶領下走進了加護病房，兩名醫生面色凝重地站在病床兩側，一個看著儀器，另一個在調節什麼機器。進藤和其中一位醫生小聲說了什麼，那個醫生一臉嚴肅地回答，但聽不到他們在說什麼。

和昌與薰子一起走到床邊，再度陷入了黯淡的心情。

躺在病床上的正是自己的女兒。白皙的皮膚、圓臉、粉紅色的嘴唇——

然而，她沉睡的樣子無法稱為安詳。因為她的身上插了各種管子，尤其是人工呼吸器的管子插進喉嚨的樣子讓人看了於心不忍，如果可以代替，和昌真希望可以代替女兒受苦。

進藤走了過來，好像看穿了和昌的內心般說：「目前令千金還無法進行自主呼吸，希望兩位瞭解，我們已經盡力搶救，但最後是目前的結果。」

薰子走向病床，但走到一半停了下來，回頭看著進藤問：「我可以摸她的臉嗎？」

「沒問題，妳可以摸。」進藤回答說。

薰子站在病床旁，戰戰兢兢地伸手摸向瑞穗白皙的臉頰。

「好溫暖，又柔軟，又溫暖。」

和昌也站在薰子身旁，低頭看著女兒。雖然身上插了很多管子，但仔細觀察後，發現她熟睡的臉很安詳。

「她長大了。」他說了這句和現場氣氛格格不入的話，他已經很久沒有仔細打量瑞穗熟睡的樣子了。

「對啊，」薰子說，「今年還買了新的泳衣。」

和昌咬緊牙關。此時此刻，內心才湧起激烈的情緒，但是他告訴自己，現在不能哭。即使必須要哭，也不是現在，而是以後。

他的眼角掃到什麼儀器的螢幕，他不知道那是什麼儀器，不知道是否沒有打開電源，螢幕是黑的。

螢幕上出現了和昌與薰子的身影。穿著深色西裝的丈夫，和一身深藍色洋裝的妻子，簡直就像是穿著喪服。

4

進藤說，有事想和他們談，所以和昌與薰子又回到了剛才的房間，再度和醫生面對面坐了下來。

「我相信兩位已經瞭解，目前令千金的狀態很不樂觀。雖然我們會繼續治療，但已經無法康復，只能採取延命措施而已。」

身旁的薰子用手捂著嘴，發出了嗚咽。

「所以，我女兒很快會死嗎？」

和昌問道。

「對，」進藤點了點頭，「只是目前無法回答到底是什麼時候。因為我也不知道。通常在那種狀態下，幾天之後，心跳就會停止，只是小孩子的情況不太一樣，也曾經有活了好幾個月的例子。但是，我可以斷言，令千金並不會康復。我再重複一次，目前只能採取延命措施而已。」

醫生的每一句話，似乎都積在胃的底部，和昌很想說：「夠了，我已經知道了。」

「請問兩位瞭解了嗎？」

對方仍然追問道，和昌冷冷地回答：「對。」

「好。」進藤挺直了身體，重新坐好，「接下來，我不是以醫生的身分，而是以本院器官捐贈協調員的身分說以下這些話。」

「啊？」

和昌皺起了眉頭。進藤的話太出人意料，身旁的薰子也愣在那裡。她應該也有相同的想法。這個醫生到底想說什麼？

「我知道兩位會感到困惑，但當病人陷入像令千金目前的狀態時，我就必須說以下這些話。因為從某種意義上來說，這是令千金和兩位的權利。」

「權利……」

這個字眼聽在和昌的耳中感到極度奇妙。因為他認為這個字眼不該出現在目前的場景。

「雖然我想這個問題可能多此一舉，但還是要確認一下，令千金有沒有器官捐贈同意卡？或是兩位是否曾經和令千金聊過器官移植和器官捐贈的事？」

和昌看著用認真的語氣說這番話的進藤，搖了搖頭。

「她當然不可能有那種東西，我們也沒聊過這個話題，因為她才六歲啊。」

「我想也是。」進藤點了點頭，「那我請教兩位，如果令千金確認是腦死時，你們願意捐贈器官嗎？」

和昌的身體微微向後仰，他無法立刻回答醫生的問題。瑞穗的器官要捐贈給別人？他至今為止，從來沒有想過這個問題。

薰子突然抬起頭。

「你是要求我們提供瑞穗的器官，移植給別人嗎？」

「不是，妳誤會了。」進藤慌忙搖著手，「我只是確認兩位的意願，這是懷疑病患腦死時的手續。如果兩位拒絕也沒問題，請兩位不要誤會，我只是院內的協調員，和移植手術沒有任何關係。即使兩位同意捐贈器官，也會由院外的協調員接手今後的作業。我的任務只是確認兩位的意願而已，絕對不是在拜託兩位捐贈器官。」

薰子不知所措地看向和昌。意想不到的發展似乎也讓她的思考停擺。

「如果我們拒絕，會怎麼樣？」和昌問。

「不會怎麼樣。」進藤用平靜的語氣回答，「只是目前的狀態會持續，因為死期遲早會出現，所以只是等待那一天。」

「如果我們同意呢？」

「這樣的話，」進藤用力吸了一口氣，「就要進行腦死判定。」

「腦死……喔，原來是這樣。」和昌終於瞭解了狀況，他想起剛才進藤說，「按照規定，現階段還無法使用這個字眼」。

「什麼意思？」薰子問：「腦死判定是什麼？」

「就是字面上的意思，要正式判定令千金是否腦死。如果沒有腦死就摘取器官，就變成殺人了。」

「等一下，我聽不太懂。你的意思是，瑞穗可能並不是腦死嗎？你剛才說，她可能在目前的狀態下活好幾個月，就是這個意思嗎？」

「不是。——不是這樣，對不對？」和昌向進藤確認。

「對，不是這樣。」進藤緩緩收起下巴，轉頭看向薰子說：「我的意思是，即使是腦死的狀態，也可能可以存活幾個月的時間。」

「啊，但是，這麼一來，」薰子的眼神飄忽起來，「接下來可能還可以活好幾個月，卻要殺了她，摘取她的器官嗎？」

「我認為這和殺人不太一樣……」

「但事實不就是這樣嗎？也許還有機會存活，卻要終結她的生命，那不就是殺人嗎？」

薰子的疑問很有道理。進藤露出無言以對的表情後，再度開了口。

「一旦確認腦死，就是判斷那個人已經死了，所以並不是殺人。即使心臟還在跳動，也被視為是屍體。正式判定腦死的時間，就是死亡時間。」

薰子難以接受地偏著頭，「要怎麼知道有沒有腦死？而且為什麼現在不馬上判定？」

「因為啊，」和昌說，「如果不同意捐贈器官，就不會做腦死判定，這是規定。」

「為什麼？」

「因為……法律就是這麼規定的。」

「這項規定的確很費解，」進藤說，「在全世界，也屬於很特殊的法律。在其他國家，認為腦死就是死了。因此，在確認腦死後，即使心臟還在跳動，也會停止所有的治療。只有願意提供器官捐贈的病患，才會採取延命措施。但是在我們國家，腦死等於死亡的說法還無法獲得民眾的理解，所以如果不同意捐贈器官，只有在心跳停止時，才認定死亡。極端地說，可以選擇兩種死法。我剛才提到了權利，就是指兩位具有選擇以什麼方式，是心臟死還是腦死的方式決定送令千金離開的權利。」

薰子聽了醫生的說明，似乎終於瞭解了狀況，可以明顯感受到她的肩膀垂了下來。她轉頭看向和昌問：

「你認為呢？」

「認為什麼？」

「就是腦死啊。腦死就代表已經死了嗎？你的公司不是在研究如何把大腦和機械連結在一起嗎？既然這樣，應該很瞭解這些事，不是嗎？」

「我們的研究是以大腦還活著為大前提，從來沒有考慮過腦死的情況。」

和昌在回答的瞬間，有一個念頭突然浮現在腦海，只是那個念頭還沒有明確成形，就已經消失了。

「當家屬願意提供器官捐贈時，通常都是強烈希望病人至少一部分身體繼續活在這個世上。當然也有不少人希望能夠對他人有幫助。」

進藤停頓了一下，又繼續說道：

「但是，我們並不會因為家屬不同意就加以指責。我再度重申，這是兩位的權利，因此，不需要急著做出結論。」進藤再度看向和昌與薰子，「兩位可以仔細思考，而且應該也必須和其他人討論後才能做決定。」

「我們可以考慮多久？」

和昌問道。

「這個嘛。」進藤偏著頭，「很難說。正如我剛才所說，通常認為腦死到心跳停止最多只有幾天的時間，一旦心跳停止，許多器官就無法再用於移植。」

也就是說，如果要選擇腦死，就要盡快做出決定。

和昌看向薰子。

「要不要回家之後，好好考慮一個晚上？」

薰子眨了眨眼睛，「把瑞穗留在這裡嗎？」

「我能夠理解妳想要在這裡陪她的心情，我也一樣，但我總覺得在這裡無法做出冷靜的判斷。」和昌將視線移向進藤問：「我們可以明天再答覆嗎？」

「可以，」進藤回答，「根據我的經驗，至少還可以維持兩、三天，只不過我無法保證，所以兩位必須做好某種程度的心理準備。一旦發生狀況，我們會立刻通知家屬，請保持電話暢通。」

和昌點了點頭，然後再問薰子：「這樣可以嗎？」

她一臉沮喪地按著眼角，輕輕點了點頭，「回家之前，我想再去看看瑞穗。」

「對啊。——可以去看她吧？」

「當然可以。」進藤回答。

回到位在廣尾的家時，已經晚上十點多了。踏進大門，走向玄關時，和昌的心情很複雜。他已經一年沒有踏進這個家門，作夢都沒有想到，竟然會以這種方式回家。

打開玄關的門後，感應器感應到人影，門廳的燈亮了。正在脫鞋子的薰子停了下來，和昌看向她，發現她的視線看向斜下方。

那裡有一雙小巧的拖鞋。粉紅色的拖鞋上有一個紅色的蝴蝶結。

「薰子。」和昌叫著她的名字。

她的臉立刻扭曲起來，甩掉腳上的鞋子，衝上旁邊的樓梯。

和昌也脫了鞋子，緩緩走到樓梯途中，停下了腳步。

因為他聽到了薰子哭喊的聲音。幾近悲鳴的吶喊彷彿是從黑暗的絕望深淵中吐出來的。面對如此壓倒性的悲傷浪潮，和昌無法繼續靠近。

5

客廳的矮櫃上有一瓶布納哈本威士忌。那是他一年前喝剩下的。他走去廚房，拿了廣口玻璃杯，放了幾塊冰箱裡的冰塊。他坐在客廳的沙發上，把威士忌倒進杯子時，冰塊發出了叭哩叭哩碎裂的聲音。他用指尖攪動冰塊後喝了一口，獨特的香味從喉嚨衝向鼻子。

他已經聽不到薰子的哭聲。薰子的悲傷不可能這麼快消失，也許是她哭累了。他可以想像薰子趴在床上，淚流滿面的樣子。

和昌把杯子放在桌上，再度打量室內。家具的位置和一年前完全一樣，但感覺完全不一樣了。原本放在矮櫃上的彩繪盤收了起來，如今放了玩具電車。客廳角落的滑板車上印了知名卡通人物的臉，還有一輛幼兒可以跨坐在上面的車子。除了這些東西以外，還有娃娃、積木、球——到處都是玩具，顯示這個家裡有活潑的六歲女孩和四歲男孩。

和昌覺得，這是薰子為兩個孩子打造的房間。她每天應該有很長時間都在這個房間，她一定絞盡腦汁，千方百計不讓兩個孩子因為父親的離開而產生失落感。

和昌聽到「喀答」的聲音，轉頭一看，發現薰子站在門口。她已經換上了T恤和長裙，頭髮凌亂，哭腫的雙眼讓人看了於心不忍。才短短幾個小時，她似乎變瘦了。

「我也來喝一點。」薰子看著桌上的酒瓶，無力地說道。

「嗯，好啊。」

薰子走進客廳。雖然聽到動靜，但不知道她在幹什麼。不一會兒，她端著放了細長形的杯子、裝了礦泉水的寶特瓶，和冰桶的托盤走回客廳。

她在與和昌隔了桌角的位置坐了下來，默默地開始調兌水酒。她的動作很生硬，因為她原本就很少喝酒。

喝了一口兌水酒後，薰子吐了一口氣。

「好奇怪的感覺，女兒目前是那種狀態，我們夫妻竟然在這裡喝酒，而且是即將離婚，正在分居的夫妻。」

這番自虐的話讓和昌不知道該如何回答，只能默默喝著威士忌。

短暫的沉默後，薰子打破了沉默。

「難以置信，」她小聲嘀咕道，「難以相信瑞穗竟然會從這個世界消失……我從來沒有想過這件事。」

我也是。和昌原本打算這麼說，但把話吞了下去。回想這一年和瑞穗見面的次數，他覺得自己沒有資格說這句話。

薰子握緊酒杯，再度發出了嗚咽。淚水順著臉頰，一滴又一滴地滴落在地上。她拿起旁邊的面紙盒，擦了擦眼淚之後，也擦乾了地上的水滴。

「我問你，」她說：「要怎麼辦？」

「妳是說器官捐贈嗎？」
「對啊，你不是為了討論這件事才回家的嗎？」
「是啊。」和昌注視著杯子。
薰子長長地吐了一口氣。
「如果把器官移植到別人的身體上，就代表瑞穗的一部分還留在這個世上嗎？」
「這取決於從哪個角度思考，更何況即使心臟或腎臟留下來，也無法保留她的靈魂，反而應該思考能不能認為對需要移植器官的人有幫助，讓她的死更有意義。」
薰子把手放在額頭上。
「說實話，我覺得能不能救陌生人一命，根本無所謂。雖然這種想法可能很自私。」
「我也一樣，目前根本無法思考別人的事，而且聽說我們也不會知道移植的對象。」
「是這樣嗎？」薰子意外地瞪大了眼睛。
「我記得是這樣，所以，即使我們同意器官捐贈，也不知道那些器官去了哪裡，最多只會告訴我們移植手術是否成功。」
「嗯。」薰子從鼻子發出這個聲音後，陷入了沉思。又是一陣沉默。
當和昌喝完第二杯威士忌時，她小聲地開了口。
「但是，至少可以認為，可能在這個世界上。」
「……什麼意思？」

「也許可以認為，移植了她的心臟的人，或是她的腎臟的人，今天也在世界的某個地方活得好好的。你覺得呢？」

「不知道，也許是這樣吧。應該說，」和昌微微偏著頭，「假設要捐贈瑞穗的器官，如果不這麼想，就無法做出這樣的決定吧。」

「是啊。」薰子小聲嘀咕後，把冰桶裡的冰塊加在酒杯中，搖了搖頭。

「我沒辦法，現在還無法相信瑞穗死了這件事，卻要決定這件事，未免太殘酷了。」

和昌也有同感，而且覺得有點不對勁。為什麼自己和薰子要接受這樣的考驗？他突然想起進藤的話。而且應該也必須和其他人討論後才能做決定。

「要不要和大家討論一下？」和昌問。

「大家是？」

「我們的父母，還有妳妹妹。」

「喔。」薰子一臉疲憊的表情點了點頭，「是啊。」

「這麼晚了，無法請他們來家裡討論，要不要分別打電話，聽聽他們的意見？」

「好啊……」薰子露出空洞的眼神看著和昌，「但要怎麼開口？」

「這……」和昌舔了舔嘴唇，「就只能實話實說啊，妳父母知道發生了什麼事，所以先告訴他們，目前已經無法起死回生，然後再和他們討論器官捐贈的事。」

「不知道能不能說清楚腦死的問題。」

「如果妳說不清楚，可以由我來解釋。」

「嗯，我先試試看。你要用家裡的電話嗎？」

「不，我用手機，妳用家裡的電話就好。」

「好。」

「嗯，」薰子回答後站了起來，「我去臥室打電話。」

薰子邁著沉重的步伐走向門口，但在走出客廳之前，轉過頭問：

「你會恨我媽和美晴嗎？會怪罪她們為什麼沒有好好照顧瑞穗嗎？」

薰子在問游泳池的事。和昌搖了搖頭。

「我很瞭解她們，她們不是那種不負責任的人，所以我認為這是無可奈何的事。」

「你真的這麼認為嗎？老實說，我內心很想對她們發怒。」

和昌猶豫了一下，不知道該不該表示同意，但隨即再度表現出否定的態度，「即使當時是妳我在場，我猜想應該也是相同的結果。」

薰子緩緩眨了眨眼睛，說了聲：「謝謝。」走出了客廳。

和昌把剛才脫在一旁的上衣拿了過來，從內側口袋裡拿出手機。他打開電源，檢查了電子郵件，發現又有幾件新的郵件，但看起來都不是緊急的事。

他從通訊錄中找出多津朗的號碼，在撥電話之前，想了一下該如何開口。和昌的親生父親與薰子的父母不同，並不知道孫女發生了什麼事。在醫院的家屬休息室時，他好幾次想要打電話通知多津朗，但最後還是決定等有結果時再打，所以遲遲未通知多津朗。

和昌的母親剛好在十年前，因為罹患食道癌離開了人世。她臨死之前，都在為獨生子遲遲不結婚感到遺憾，但和昌現在覺得這樣反而比較好。因為母親生前有點神經質，如果她還活著，一定無法接受溺愛的孫女突然死亡的事實，不是傷心過度，整天躺在床上，就是情緒失控地指責千鶴子和美晴。

和昌在腦海中整理了要說的話之後，撥打了電話。雖然已經晚上十一點多了，七十五歲高齡的多津朗是個夜貓子，所以八成還沒有上床睡覺。和昌結婚離家後不久，他就賣了原本居住的透天厝，目前獨自住在超高大廈公寓內。因為請了家事服務公司的人上門服務，所以生活並沒有任何不自由。

鈴聲響了幾次之後，電話接通了。

「喂？」電話中傳來父親低沉的聲音。

「是我，和昌。現在方便嗎？」

「嗯，怎麼了？」

和昌吞了口水之後開了口。

「瑞穗今天發生了意外，她溺水，被救護車送去了醫院。」他一口氣說完這幾句話。

電話中傳來倒吸一口氣的聲音。「嗯，然後呢？」聲音中已經沒有剛才的從容。

「目前意識還沒有清醒，醫生認為不可能起死回生。」

電話中傳來「呃」的呻吟。多津朗沒有說話，不知道是否在調整呼吸。

「喂？」和昌叫了一聲。

多津朗重重地吐了一口氣之後問：「目前的情況怎麼樣？」他的聲音變得有點尖銳。

和昌告訴他，目前正在加護病房救治，但只是採取延命措施而已，沒有康復的可能，應該是腦死狀態。

「怎麼會！」多津朗費力地擠出聲音，「瑞穗怎麼……？這到底是怎麼回事？為什麼會發生這種事？」他的聲音中充滿悲傷和憤怒。

「因為她碰到排水孔的網，手指被卡住了。至於真正原因，接下來會調查，只是目前並不是調查這些事的時候，必須先考慮下一步的事，所以我才打電話給你。」

「下一步的事？什麼事？」

「器官捐贈的事。」

「啊？」

多津朗搞不清楚狀況，和昌開始告訴他是否有意願提供器官捐贈，和腦死判定的事，說到一半時，多津朗打斷了他。

「你先等一下，在瑞穗的生死關頭，你到底在說什麼啊？」

果然是這樣。聽到父親的話，和昌這麼想道。這才是正常人的感覺。在還無法接受心愛的人死亡的事實之際，根本不可能討論器官捐贈的事。

「不是這樣，生死關頭已經過了。瑞穗已經死了，所以要討論下一步的事。」

「死了……但這不是要等判定之後才知道嗎？」

「雖然是這樣，但醫生認為，瑞穗八成應該已經腦死了。」

和昌開始說明日本的法律，在說明的同時，想到薰子應該也解釋得很辛苦。因為就連自認已經瞭解內容的和昌，也有點說不太清楚。

在他發揮耐心說明後，多津朗終於瞭解了狀況。

「是喔，雖然還有心跳，但瑞穗已經死了，已經不在人世了，對嗎？」多津朗說話的語氣，好像在告訴自己。

「對。」和昌回答。

「唉唉唉，」多津朗發出嘆息聲，「怎麼會這樣？她還這麼小，人生才剛開始啊，為什麼會發生這種事……？如果可以，真希望可以代替她，我可以用自己的命和她交換。」

多津朗的這句話應該發自肺腑。從瑞穗出生後不久，多津朗把長孫抱在懷裡時，就經常說，為了這個孩子，他隨時可以去死。

「所以，你有什麼看法？」父親終於停下來時，和昌問道。

「……你是說器官捐贈的事嗎？」

「嗯，我想聽聽你的意見。」

多津朗在電話的那一頭發出呻吟。

「這個問題很難回答，既然目前等於死了，至少讓她的器官對別人有幫助，也算是對她的悼念，但同時又希望能夠守護她到最後一刻。」

「是啊。雖然明知道同意器官捐贈是理性的判斷，但心情上還是有些難以割捨。」

「如果是捐贈自己的器官，回答起來就比較簡單。我會回答說，放心拿去用吧。話說回來，誰都不會想要我這種老頭子的器官。」

「自己的器官……嗎？」

和昌突然想到，如果能夠確認瑞穗自己的想法，不知道該有多好。雖然這是不可能的事。

「和昌，」多津朗在電話中叫了一聲，「這件事交給你們自己決定，無論你們做出怎樣的決定，我都不會有意見。因為我覺得只有父母有權決定這件事。你覺得這樣好嗎？」

和昌深呼吸後回答說：「好。」他在打電話之前，就隱約猜到父親可能會這麼說。

「我想見見瑞穗，明天怎麼樣？應該還可以見到吧？」

「對，明天應該沒問題。」

「那我去探視她。不，可能已經不能用探視這兩個字了……總之，我會去醫院，醫院在哪裡？」

和昌告訴他醫院名字和地點，「你們明天的行程決定之後，用電子郵件傳給我。還有，你要好好扶持薰子。」多津朗說完，掛上了電話。他並不知道兒子和媳婦即將離婚，他以為和昌租的房子只是第二個落腳處。

和昌放下手機，拿起了酒杯。喝了一口，發現變淡了。他拿過酒瓶，在杯子裡加了酒。

他回想著和多津朗的對話，一直想著多津朗剛才說「如果是自己的器官」這句話。

他再度拿起手機，用幾個關鍵字開始搜尋有關腦死和器官捐贈的資訊。

他立刻搜尋到各種相關的文章，從中挑選了幾篇有內容的文章看了起來，終於瞭解自己這麼煩惱的原因。

器官移植法的修正，正是自己的煩惱根源。以前只要病患本身表明願意提供器官捐贈，就可以認為腦死等於死亡。但修正之後，變成當事人的意願如果不明確，只要家屬同意即可，而且也適用於像瑞穗這樣對器官移植一無所知，當然也從來沒有考慮過這個問題的幼童。在修正之後，也消除了器官捐贈的年齡限制。

雖然對腦死有不同的意見，但只要當事人同意捐贈器官，家屬也比較能夠接受，可以認為是尊重病人的遺志。然而，如果當事人並未做出決定，竟然變成需要由家屬決定。

和昌越想越不知道該怎麼辦，他把手機丟在一旁，站了起來。

他走出客廳，沿著走廊來到樓梯前，停下腳步，豎起了耳朵。二樓沒有哭聲，也沒有說話的聲音。

他遲疑地走上樓梯，走向走廊深處的臥室，敲了敲門，但沒有聽到回答。

薰子該不會自殺了？不祥的預感急速膨脹，和昌打開了門。房間內一片漆黑，他按了牆上的開關。

但是，薰子不在室內。加大型雙人床上放了三個枕頭，可見他們母子三人平時都睡在一起。和昌想著和目前狀況毫無關係的事。

薰子不在這裡，會在哪裡呢？和昌想了一下，沿著走廊往回走，那裡有兩扇門，他打開其中一扇，房間內亮了燈。

那是差不多四坪大的西式房間，薰子背對著門口坐在那裡，手上緊緊抱著一個很大的泰迪熊。那是瑞穗三歲生日時，薰子的父母送的禮物。

「最近啊，」薰子用沒有起伏的聲音說，「她經常一個人在這個房間玩耍，還說媽媽不可以進來。」

「……這樣啊。」

和昌巡視室內，房間內沒有任何家具，但牆邊並排放了兩個紙箱，可以看到裡面放了娃娃和玩具樂器，還有積木。紙箱旁還放了幾本繪本。

「原本打算瑞穗上小學後，這裡作為她的書房。」

和昌點了點頭，走到窗邊。站在窗前可以看到庭院。當初建造這棟房子時，曾經想像自己站在庭院內，孩子在窗前向自己揮手。

「妳已經打電話給妳父母了，對嗎？」

「嗯。」薰子說，「他們都哭了，因為我一直沒打電話，所以他們猜想應該沒希望了。我媽連續對我說了好幾次對不起、對不起，還說想以死謝罪。」

想到岳母的心情，和昌也感到難過不已。

「是喔……他們對器官捐贈的事有什麼看法？」

薰子抬起原本埋在絨毛娃娃中的臉。

「他們說，交給我們決定，因為他們無法做決定。」

和昌靠在牆上，身體滑了下去，直接盤腿坐在地上。「他們也這麼說嗎？」

「你爸爸也這麼說？」

「對，我爸說，他認為只有父母能夠決定這件事。」

「果然是這樣啊。」薰子把手上的泰迪熊靠在紙箱上，「真希望她可以出現在我夢裡。」

「夢？」

「是啊，希望她出現在我夢裡，然後告訴我她想怎麼做。是希望就這樣靜靜地離開，還是希望至少自己身體的一部分可以留在這個世界。這樣的話，我就會按她的意思去做，我們應該就沒有遺憾了。」說完，她緩緩搖了搖頭，「但這是不可能的事，今晚不可能睡得著。」

「我和我爸談了之後，也有相同的想法，很希望有方法可以瞭解瑞穗自己的想法。於是我在思考，如果她長大以後，能夠思考這個問題時，會做出怎樣的結論。」

薰子目不轉睛地看著泰迪熊，「瑞穗長大之後……嗎？」

「妳認為呢？」

和昌預料薰子會回答，即使你問我，我也不知道，但薰子微微偏著頭，沒有說話。

「之前在公園的時候，」不一會兒，她開了口，「她發現了幸運草，四片葉子的幸運草，是她自己發現的。她對我說，媽媽，只有這個有四片葉子。於是我對她說，哇，太厲害了，發現幸運草的人可以得到幸福，那就帶回家吧。結果你知道她說什麼？」薰子問話的同時，把頭轉向和昌。

「不知道。」和昌搖了搖頭。

「她說，我很幸福，所以不需要了，要把幸運草留給別人，然後就留在那裡，她說希望她不認識的那個人，能夠得到幸福。」

有什麼東西從內心深處湧現，立刻進入了淚腺，和昌的視野模糊了。

「她是一個心地善良的孩子。」他的聲音哽咽。

「是啊，是非常善良的孩子。」

「妳教得很好。」和昌用指尖擦著淚水，「謝謝妳。」

6

薰子拿給和昌看了瑞穗的照片，一直到黎明時分，和昌回到了青山的公寓。因為他想要換衣服，而且用家裡的電腦處理工作等各項作業比較方便。

雖然他整晚沒有闔眼，卻完全沒有睡意，只是感到腦袋昏昏沉沉，敲打鍵盤的手指動作也很遲鈍。

完成了所有工作後一看時間，已經快上午九點了。他和薰子約定上午十點在醫院見面，也用電子郵件通知了多津朗。聽薰子說，她的父母也想去看瑞穗。

他伸手拿起手機，撥打電話給神崎真紀子。他記得自己好像從來不曾在星期天上午打電話給她，不知道電話是否能夠順利接通。

但是，電話鈴聲很快就斷了，電話中傳來快活的聲音。

「早安，我是神崎。」

「早安，不好意思，假日打擾妳。」

「沒關係，請問有什麼指示嗎？」她用秘書特有的語氣問道。

「嗯，不瞞妳說——」

他發現自己產生了不同於向多津朗說明情況時的緊張，可能是身為經營者的矜持，不願意下屬發現自己內心的脆弱。

「我女兒發生了意外，目前情況很危急。」

「啊？瑞穗嗎？」神崎真紀子的聲音緊張起來。之前在某次宴會時，她曾經見過瑞穗。

「她在游泳池中溺水，雖然目前在醫院治療，但失去了意識。聽醫生說，似乎很難救活。」他努力用淡然的語氣說話。

「怎麼會這樣？」神崎真紀子說完這句話，就說不下去了。即使是能幹的秘書，遇到這種情況時，也一時想不到該說什麼。

「所以明天之後的行程需要調整一下，能夠取消或是更改的行程，由妳判斷後做處理。」

她停頓了一下後回答說：

「我知道了。明天只有公司內部會議，所以應該沒問題。如果遇到需要您裁示或是決定的問題，會盡可能延後。當遇到緊急狀況時，可以聯絡您嗎？」雖然她口齒俐落，但聲音微微發抖。和昌眼前浮現出神崎真紀子心慌意亂，操作著愛用的平板電腦的身影。

「沒問題，我盡可能不關機。如果遇到需要關機的狀況，我會事先通知妳。」

「知道了，但問題在於後天之後的行程，該怎麼辦？基本上會盡可能取消，但星期三有新產品發表會。」

沒錯。這次的產品是多年努力的成果，他對此充滿自信。不久之前，在接受商業雜誌的採訪時，他還充滿雄心壯志地說，播磨科技將會因為這項產品更上一層樓。

說到底，自己是工作狂。和昌暗自想道。埋頭工作更適合自己的個性，也許想要建立幸福溫馨的家庭生活本身就是錯誤的決定。

「董事長。」神崎真紀子在電話中叫著他。

「啊……對不起，我出神了。我會盡可能出席產品發表會，所以請妳往這個方向安排。」

「知道了，我會分別安排您會出席，和萬一您缺席的兩個方案。萬一您缺席時，可以請副董事長代理嗎？」

「沒問題。啊，對了——」和昌拿著手機的手忍不住用力，「希望妳暫時不要告訴其他人詳細的情況。如果有人問起……就說家人發生了不幸——就這麼回答。」

「遵命。」

「拜託了，不好意思，星期天還打擾妳。」

「請您別介意。而且，那個……」她似乎在調整呼吸，「真的已經束手無策了嗎？連發生奇蹟的一線希望也沒有嗎？」

和昌咬緊牙關。如果稍不留神，可能就會向她訴苦。

「因為已經沒有腦波了。」

神崎真紀子沒有回答。她可能無法回答。

「妳對ＢＭＩ多少有點瞭解，所以應該知道這代表的意義。」

「……是。」

「那就這樣，其他事就拜託妳了。」

「好的。董事長，請您保重，也請夫人多保重。」

「謝謝。」

掛上電話後，從窗簾縫隙照進來的強烈陽光讓他忍不住眨了眨眼睛。

奇蹟嗎？

在和薰子談話時，這個字眼曾經出現過多少次？只要奇蹟能夠發生，自己願意付出任何代價，即使自己怎麼樣也都沒關係。然而，這句話每說一次，就更加空虛。因為不會發生，所以才稱為奇蹟。

他沖了澡，換了衣服。雖然不覺得餓，但在出門之前，還是吞了一袋冰箱裡的果凍狀營養輔助食品。因為他知道這一天將會很漫長。

來到醫院後，發現薰子已經到了。她的父母、生人，還有美晴和若葉也都來了。千鶴子和美晴雙眼都哭腫了，岳父茂彥雙手放在腿上，對著和昌深深鞠躬。

「真的很對不起，我不知道該怎麼道歉，我老婆做錯事，就是我的錯。不管是要殺要剮，都隨便你。」他呻吟著，費力地擠出這番話。

「請你不要這樣，我知道媽媽她們並沒有錯。」

「但是……」茂彥皺著眉頭，痛苦地搖了好幾次頭。

和昌站在千鶴子和美晴的面前說：

「我想，接下來可能會調查意外的原因，但請妳們千萬不要責怪自己。」

千鶴子用力閉著的雙眼擠出了淚水，美晴用雙手捂著臉。

不一會兒，多津朗也到了。他穿著茶色西裝，還繫了領帶。多津朗向薰子打招呼後，和茂彥他們一起為失去孫女咳聲嘆氣。

護理師來叫和昌他們，進藤似乎暫時忙完了。

他和薰子兩個人來到昨天的房間，進藤已經等在那裡。

「先向兩位說明目前的情況。」和昌他們坐下後，醫生開了口，然後指著電腦螢幕說：「請先看這個螢幕。」

螢幕上顯示了瑞穗的頭部。整體偏藍色，但有些地方有少許黃色和紅色。

「目前顯示的是大腦活動的情況。藍色部分代表沒有活動，黃色的部分和帶有一小塊紅色的部分有少許活動，但沒有活動的部分占了這麼大的比例，通常認為大腦失去功能的可能性相當高。」

和昌默默點了點頭，薰子也沒有再度感到悲嘆。因為他們從昨天開始一直告訴自己，不可能發生奇蹟。

「你們討論過了嗎？」進藤問道。

「是。」和昌回答，「但在回答之前，我想先確認幾件事。」

「什麼事？」

「首先是關於腦死判斷的相關檢查，如果並沒有腦死，會造成痛苦嗎？」

進藤用力點了點頭表示理解，好像在說，經常有人問這個問題。

「因為大腦已經沒有活動，所以沒有意識，也不會感到痛苦，但是，大腦以外的部分可能會產生反應。一旦發生這種情況，就會立刻終止檢查，因為這代表並沒有腦死，會繼續進行治療。」

「我看到網路上說，腦死判定檢查會對病患造成很大的負擔。」

「你是說無呼吸測試。沒錯，因為會將人工呼吸器移開一定的時間，確認病人沒有自主呼吸。因為無法進行自主呼吸，所以無法吸入氧氣，的確會對身體造成很大的負擔，所以，這項測試會安排在最後進行。」

「會不會因此造成症狀進一步惡化呢？」

「也有這種可能。如果發現可能有負面影響時，就會中斷測試，判定腦死。這一連串的測試會進行兩次，第二次確認腦死時，就是死亡時間。」

進藤的說明很理性，也很容易理解。和昌瞭解之後，小聲嘀咕說：「是這樣啊。」

「希望兩位瞭解，腦死判定並不是為病人所做的檢查，只是器官移植的步驟之一，所以也有很多人覺得無法接受，因此拒絕。」

和昌也覺得有道理。昨天晚上和薰子討論時，在網路上查了腦死判定的方法等各種資訊。雖然無法搞懂對每項測試的細節，但兩個人都對拿掉人工呼吸器進行測試的項目感到不安。因為覺得這完全是「置人於死地」的行為。

腦死判定並不是為病人所做的測試——聽了進藤的這句話，他瞭解了測試的意義。

「還有其他問題嗎？」

和昌與薰子互望了一眼後，看著醫生說：

「如果我們同意捐贈器官，會移植到誰身上呢？」

進藤聽了這個問題，立刻挺直了身體。

「這個問題我無法回答，據我所瞭解的常識，全國有約三十萬病人需要洗腎，大部分病人都希望可以換腎；全國也隨時有數十名等待心臟移植手術的兒童，我無法得知令千金的器官將會如何處理。如果兩位想要瞭解更詳細的情況，我可以聯絡移植協調員。在聽取移植協調員的說明之後，也可以拒絕捐贈。請問兩位有需要嗎？」

和昌再度看著薰子，確認她輕輕點頭後，對進藤說：「那就麻煩你了。」

「我瞭解了，那請兩位稍候片刻。」進藤說完，走出了房間。

室內只剩下和昌與薰子後，薰子從皮包裡拿出手帕，按著眼角後小聲地說：「那件事不問也沒關係嗎？」

「哪件事？」

「我們昨天晚上不是曾經聊到嗎？手術的時候……手術摘取器官時，不知道瑞穗會不會覺得痛。」

「喔。」和昌輕輕應了一聲，「聽他剛才所說，大腦已經無法發揮功能，所以也不會覺得痛。」

「但是，網路上不是寫，外國有時候會在手術時注射麻醉嗎？因為要摘取器官前，用手術刀割開皮膚時，有病患血壓會上升，還有人會掙扎，所以這種時候就會使用麻醉。」

「真的有這種事嗎？網路上的消息有時候真假難辨。」

「萬一是真的呢？如果她會痛，不是太可憐了嗎？」

「太可憐……」

既然已經腦死，根本不需要擔心疼痛的問題。雖然和昌這麼想，但還是沒有說出口，因為薰子應該也發現自己說的話很奇怪。

「那等一下問協調員。」和昌這麼回答。

門打開了，進藤走了進來。

「我已經聯絡了移植協調員，他差不多一個小時後會到。」

和昌看了手錶，剛好上午十一點。

「我父母也來了，他們想見瑞穗最後一面。」

「當然沒問題。」進藤說完，稍微猶豫了一下，然後下定決心似的看著和昌他們，「我可以請教一個問題嗎？」

「什麼問題？」

「我想請教兩位願意考慮器官捐贈的理由。當然，如果兩位不願回答，我不會再過問。」

和昌點了點頭，問薰子：「可以說嗎？」

「嗯。」她眨了眨眼睛。

和昌將視線移回進藤身上。

「我們開始思考，瑞穗自己會希望怎麼做，於是，我太太告訴我一件事。」

和昌把四葉幸運草的事告訴了近藤。

「聽了這件事後，我覺得如果可以問瑞穗的意見，她應該會說，願意用自己殘餘的生命，幫助正陷入痛苦的陌生人——我們認為她會這麼說。」

進藤用力吸了一口氣，然後吐了一大口氣。他看著和昌與薰子後，向他們鞠了一躬說：「我會銘記在心。」

和昌看到進藤的舉動，覺得雖然這樣的結果很不幸，但很慶幸遇到這位主治醫生。
他們去家屬休息室叫了多津朗和其他人，大家一起去見瑞穗。
瑞穗和昨天一樣，全身插滿各種管子，躺在加護病房的病床上。雖然已經瞭解了她目前的狀況，但看到她安詳的睡臉，難以想像她的靈魂已經不在了。
千鶴子和美晴開始啜泣，茂彥和多津朗雖然沒有落淚，但懊惱地咬著嘴唇。若葉抱著她的母親，還不太瞭解眼前狀況的生人茫然地看著大人。
大家開始輪流撫摸瑞穗的身體。雖然目前尚未確定腦死，但眼前的儀式完全像是告別式。茂彥和千鶴子最先撫摸了瑞穗，接著是多津朗，然後是美晴和若葉。大家摸著瑞穗的臉和手，對她說著話。加護病房內一片哀傷。
最後輪到和昌他們。和昌與薰子、生人一起走向病床。
和昌注視著瑞穗雙眼緊閉的臉龐，腦海中浮現許多的回憶。他發現雖然這一年很少見面，但內心的相簿內留下了無數的場景。就連很不顧家的自己都有這麼多的回憶，和瑞穗朝夕相處的薰子不知道會多難過。光是想像薰子的悲傷，和昌就感到暈眩。
薰子親吻著瑞穗的臉頰，然後小聲地說：「再見，希望妳在天堂很幸福……」說到這裡，就因為哽咽而說不下去了。
和昌拿起瑞穗的左手，放在自己的手掌上。瑞穗的手又小、又輕，又柔軟，而且很溫暖，可以感受到血液正在她的身體內循環。

薰子也把手放了上來。他們兩人把女兒的手夾在掌心。

生人踮起腳，看著姊姊的臉。他應該以為姊姊只是睡著了。

「姊姊。」生人小聲地叫了一聲。

就在這時。和昌覺得瑞穗的手在自己手掌上輕輕抽動了一下。但只是很輕微的感覺，難以確定真的是她的手動了。而且，他的手上並不是只有瑞穗的手而已，薰子的手放在瑞穗的手上方，也許是薰子的手動了，傳遞到和昌的手上。

和昌看著薰子，薰子也一臉驚訝的表情注視著他。

剛才是怎麼回事？——薰子的表情似乎在這麼問。我感覺到瑞穗的手動了一下，是你動了嗎？瑞穗的手不可能會動，一定是你動了，對不對？

剛才的是錯覺。和昌告訴自己。因為生人突然叫了一聲，所以自己的感覺有點錯亂，也可能是自己在無意識中動了一下。

瑞穗已經死了，屍體不可能動彈。

「生人，」和昌叫著兒子，「你握住姊姊的手。」

年幼的兒子走了過來，和昌拿起他的右手，讓他握住瑞穗的手。

「對姊姊說再見。」

「……再見。」

和昌將視線從生人移到薰子身上，薰子仍然注視著和昌，眼中充滿了問號。

這時，門打開了，進藤走了進來。
「移植協調員到了。」
一個長相溫厚的男人跟著進藤走了進來。雖然頭髮花白，但並沒有蒼老的感覺。
那個男人走向和昌他們，從懷裡拿出名片。
「我姓岩村，這次的意外真讓人遺憾，聽說兩位願意考慮提供器官捐贈，所以我來拜訪兩位，有任何不瞭解的情況，都可以問我。」
和昌伸出右手，想要接過岩村遞過來的名片，薰子的手突然從旁邊伸了過來，握住了他的手腕。
怎麼了？他想要問妻子，看到妻子的臉，立刻感到一驚。她張大的雙眼中滿是血絲，但絕對不是因為剛才哭過的關係。
「女兒，」薰子說：「她還活著，她還沒死。」
「薰子……」
她的臉轉向和昌。
「你也知道，對不對？瑞穗還活著，她真的還活著。」
他們相互凝視。她的眼中發出的光芒，充滿了希望和他有共鳴的期待。他們夫妻之間，已經有多少年沒有如此真摯相對了？
和昌無法忽略妻子如此強烈的期待，只有丈夫能夠回應妻子的期待。

和昌看著那個姓岩村的協調員說：

「很抱歉，請回吧，我們拒絕提供器官捐贈。」

岩村露出困惑的表情，但並沒有持續太久。他點了點頭，似乎能夠理解，然後轉頭看向進藤。進藤也輕輕點了點頭。

岩村不發一語地走出加護病房。進藤目送他離開後，看著和昌他們說：「我們繼續進行治療。」

「拜託了。」和昌向他鞠躬。

生人不停地叫著：「姊姊，姊姊。」

如果瑞穗回答，就真的是奇蹟了。可惜並沒有發生。

7

來到幼稚園，大門剛好敞開著，已經有許多家長來接孩子。因為有幾個熟識的媽媽，薰子向她們打了招呼。大家都已經知道薰子的女兒發生的事，說話時也很小心謹慎，她們似乎覺得要避免在薰子面前說女兒、女孩，或是姊姊之類的字眼。

雖然薰子並不在意，但並沒有特地說出口。因為說了大家反而尷尬。

女園長站在大門旁，正在目送小朋友回家。薰子向園長鞠了一躬打招呼，看向幼稚園內，走出教室的小朋友正在爭先恐後地換鞋子。

生人也走出了教室。他在換鞋子之前看向前方，發現了薰子，露出了笑容。他花了一點時間穿上鞋子後跑了過來。

「要去姊姊那裡嗎？」

「對啊。」

薰子牽著生人的手，再度向園長打招呼後，走出了大門。

回家之後，做完準備工作，坐上停在車棚內的休旅車出發了。她讓生人坐在後車座的兒童座椅上。

車子開了一會兒，才發現空調的溫度設定得太低了。陽光不知道什麼時候變弱了，空氣中也有了秋天的味道，再過一陣子，該為生人換長袖衣服了。

他們在下午兩點之前到了醫院，把車子停在停車場後，牽著生人的手從大門走進了醫院。

他們直直走向電梯廳，搭電梯來到三樓。向護理站內的護理師打招呼後，沿著走廊往前走。瑞穗住在倒數第二個單人病房。

打開病房門，看到瑞穗靜靜躺在病床上的身影。雖然每次看到她身上插滿管子的樣子都很心痛，所幸她的表情很安詳，似乎並不感到痛苦。

「午安。」薰子向瑞穗打招呼，然後用指尖按著瑞穗的臉頰，小聲地問：「今天想不想醒來呢？」這是她每天都問的話。

生人走到枕邊叫著：「姊姊，午安。」

起初生人還經常問：「為什麼姊姊還在睡覺？」最近他似乎用他的方式察覺到某些事，已經不再問了。薰子在暗自鬆了一口氣的同時，也感到難過。

薰子從帶來的東西中拿出紙袋，裡面是新的睡衣，上面印著瑞穗以前喜歡的卡通角色的圖案。

「對不起，媽媽幫妳換一下衣服。」薰子對瑞穗說完後，開始脫下她身上的睡衣。因為她身上插了很多管子，所以起初覺得手忙腳亂，現在已經習慣了。

薰子順便檢查了紙尿褲，發現瑞穗既排了便，也排了尿。雖然是軟便，但顏色並不差。

為瑞穗擦乾淨下半身後，穿上了新的紙尿褲。瑞穗算是一個文靜的孩子，但或許是因為卡通圖案的關係，看起來像是一個活潑的女孩累壞睡著了。

薰子為她重新蓋好被子時，護理師武藤小姐走了進來。抽痰的時間到了。

「哎喲，瑞穗，媽媽為妳換了一件可愛的睡衣。」武藤小姐最先對瑞穗說話，然後才面帶微笑地對薰子說：「穿在她身上很好看。」

「我想偶爾換一下不同的感覺。」

薰子說，她也順便換了紙尿褲。

「這一陣子情況都很不錯，」武藤小姐在抽痰時說：「脈搏很穩定，SpO2 值也很不錯。」

SpO2 是動脈血氧濃度的數值，可以瞭解血液內的氧氣和血紅素的結合是否正常。只要使用脈衝式血氧濃度器，即使不需要抽血，也可以隨時監測。

薰子注視著護理師正在抽痰的動作。因為她認為和換紙尿褲一樣，自己也早晚要接手抽痰的工作，還要學習注射營養劑、翻身等很多事。

悲劇發生至今已經一個多月，雖然瑞穗曾經多次陷入危險的狀態，幸好每次都度過了難關，如今已經進入穩定狀態。幾天前，轉到這間個人病房。

薰子的下一個目標是把瑞穗帶回廣尾的家中。不是回家小住幾天而已，她希望能夠在家自行照顧瑞穗。正因為如此，她必須學會像護理師一樣照護。

武藤小姐完成一連串的作業後，走出了病房。薰子把椅子放在床邊，看著瑞穗的臉，坐了下來。

「小生，今天在幼稚園玩了什麼？」薰子問趴在地上玩迷你車的生人。

「嗯，玩了攀爬架。」

「玩了攀爬架嗎？好玩嗎？」

「嗯，我爬到很上面。」生人高高舉起了雙手。

「是嗎？真是太好了，你好厲害。——瑞穗，妳聽到了嗎？生人可以爬到攀爬架的最上面。」

薰子在病房時，都會在和生人聊天的同時，對瑞穗說話。雖然默默看著沉睡的女兒也絕對不會無聊，但不能忽略年幼的兒子。

薰子並不後悔那一天拒絕器官捐贈。想到在一個多月後的今天，仍然能夠像這樣和瑞穗在一起，就很想稱讚自己當初的決定。

進藤醫生並沒有詢問他們改變心意的原因，他是腦神經外科的醫生，並沒有參與瑞穗的延命措施，但有幾次剛好遇到，薰子主動向他報告近況。

她告訴進藤醫生，她與和昌一起夾著瑞穗的手時，感覺到她的手動了，而且剛好和生人叫沉睡的姊姊的時機一致。

薰子認為，瑞穗對弟弟的聲音產生了反應。或許在醫學上認為這是不可能的事，但既然自己感覺到這樣，也是無可奈何的事。

「原來是這樣。」進藤聽了之後，用平靜的聲音回答，看起來並沒有很驚訝，「原來上次發生了這樣的事。」

「這是我們父母的錯覺嗎？」薰子問，進藤搖了搖頭。

「目前還無法瞭解人類身體所有的一切，即使大腦無法發揮功能，身體也可能因為脊髓反射而活動。請問妳有沒有聽過拉撒路現象？」

薰子從來沒有聽過，所以就如實回答。

「我上次曾經說過，腦死判定進行最後一項測試時，會移開人工呼吸器。世界上曾經有報告顯示，在進行這項測試時，有病患的手臂動了。目前並不瞭解詳細的原因。拉撒路是新約聖經中的人物，因為生病死亡，但後來基督耶穌讓他復活了。」

「太令人驚訝了。那些會動的病人真的腦死了嗎？」薰子問道，進藤回答說，都是被判定為腦死的病人。

「一旦親眼看到拉撒路現象，家屬很難認為病患已經死了，所以有醫生認為，最好不要讓家屬看到最後一項測試項目。」

進藤說，人體還有很多尚不瞭解的部分，即使瑞穗的手動了，也並不是什麼奇妙的事。

「尤其是幼童，經常會出現一些在成年人身上難以想像的現象。但是……」

進藤又補充說：

「我不認為令千金是聽到弟弟叫她產生了反應，我至今仍然無意改變認為令千金的大腦功能已經停止的見解。」

純屬偶然——這就是醫生的言下之意。

薰子沒有反駁，因為她認為醫生無法理解也沒關係。

她在調查之後發現，光是日本，就有好幾名長期腦死狀態的兒童，他們的父母幾乎都認為自己和孩子之間有某種精神上的維繫，而且這種維繫並非單向，病童也向他們發出了訊息，只是這種訊息很微弱。

當她告訴進藤這件事時，進藤回答說，他知道。

「對於這些情況，我不會說都是家屬的心理作用，因為每個病童的症狀各不相同，而且長期腦死的定義也很模糊。既然家屬並沒有同意器官捐贈，就代表並沒有進行腦死判定。可能和這次令千金的病例一樣，只是從各種數據判斷是腦死，也許其中有特殊的病例。」

但是，令千金應該不屬於這種情況——雖然進藤並沒有明說，但他冷靜的眼神似乎在這麼說。

「是否曾經有病例比目前的狀態稍有改善？全世界都沒有任何前例嗎？」這是薰子最後的問題。

「很遺憾，我並沒有聽說過有類似的例子。」進藤用沉重的語氣回答後，注視著薰子的眼睛，「但我認為任何事都不能把話說死，雖然身為腦神經外科醫生，已經對令千金的病情束手無策，但仍然會持續做測試。我希望妳知道，這並不是為了證明當初我認為令千金的大腦已經無法發揮功能，不可能有所改善的判斷無誤，而是相反，我帶著祈禱的心情，希望有徵兆證明我當初判斷錯誤。我也希望令千金身上能夠出現奇蹟。」

薰子默默點了點頭，想起和昌那天說，很慶幸進藤醫生是瑞穗的主治醫師。薰子也有同感。

傍晚快六點時，美晴帶著若葉來到醫院。雖然她們並不是每天都來醫院，但她們也經常來探視。她們一走進病房，若葉就探頭看著瑞穗的臉，撫摸著她的頭髮說：「午安。」

薰子告訴美晴，瑞穗的身體狀況穩定時，美晴也露出鬆了一口氣的表情。

「什麼時候可以帶她回家？」

妹妹問，薰子偏著頭。

「醫生說，要繼續觀察一段時間才能決定，如果必要的照護超出我們這種外行人的能力，就沒辦法回家。」

「是這樣啊……」

「而且聽說還要做氣切手術。」薰子摸著自己的喉嚨。

「氣切？」

「目前人工呼吸器的管子不是插在嘴裡嗎？但這樣很容易不小心造成鬆脫，一旦鬆脫，只有醫生能夠重新插好。不光是因為技術困難，更因為沒有證照的人不可以為病人插管，所以要把氣管切開，把管子直接連在那裡，這樣嘴巴也比較輕鬆。」

「原來是這樣。」美晴看著躺在床上的瑞穗，「嗯，但這樣好嗎？不是要把喉嚨切開嗎？總覺得有點可憐。」

「是啊。」薰子小聲嘀咕。

之前看長期腦死病人的照片，發現都毫無例外地切開了氣管。雖然考慮到照護問題，當然需要切開氣管，但這似乎是很重大的一步，要做好必須有所放棄的心理準備，如果能夠避免，真希望可以避免。

薰子看向生人，若葉正在陪他玩。兩個小孩子用迷你車和娃娃，用只有小孩子才懂的語言交談、歡笑著。看到這一幕，很難不回想起瑞穗以前健康時的情景。雖然薰子內心深處一陣發熱，但努力克制著淚水。

「姊姊，妳時間沒問題嗎？」美晴問。

薰子拿出手機，確認了時間。傍晚六點十分。

「嗯，差不多該走了。美晴，真對不起。」

「完全沒問題，難得好好放鬆一下。——小生，跟媽媽說再見。」

生人一臉納悶地看著薰子問：「媽媽要去哪裡？」

「媽媽要和朋友見面，所以小生去美媽媽和若葉姊姊家等媽媽。」

美媽媽就是美晴，最初是瑞穗這麼叫。

生人和美晴很親，和若葉的感情也很好，請美晴代為照顧，薰子不會感到任何不安。她對美晴說，今天要和學生時代的朋友見面。

以前遇到這種情況時，都會把孩子帶回娘家，她覺得現在也可以這麼做，但父親茂彥說，目前還不行。

「妳媽說對帶孩子沒自信，想到只要稍不留神，生人就可能發生意外，就不敢去上廁所，也沒辦法做家事，光是想到要照顧生人，就已經開始緊張了。」

既然父親這麼說，她當然無法再將孩子送回娘家。想到千鶴子至今仍然這麼自責，不由地感到心痛。

「那媽媽先走了，明天會再來看妳。」薰子向瑞穗打招呼後，對美晴說：「那就拜託了。」

「路上小心。」

薰子在生人、美晴和若葉的目送下，離開了病房。

離開醫院後，她先把車子開回廣尾家中，換了衣服，補了妝之後再度出門，攔了計程車，請司機前往銀座。

她拿出手機，打開榎田博貴傳來的訊息。除了今天吃飯的店名和地點以外，還寫著「想到相隔這麼久，又可以見到妳，既期待，又有點緊張。」

薰子把手機放回皮包，嘆了一口氣。

她向美晴說了謊。今晚並不是和學生時代的朋友見面。第六感敏銳的妹妹可能已經隱約察覺到了，她知道姊姊和姊夫處於即將離婚的狀態，因為和昌搬離家中不久，薰子告訴了她實情。

「不要分居，乾脆直接離婚啊。向他拿一大筆贍養費，並要求他付足夠的育兒費。」

美晴當時很焦急地說：「妳一定可以很快就找到理想的對象。」

不需要妹妹提醒，薰子自己也認為離婚是唯一解決的方法。她向來知道自己的個性很容易記仇，也知道自己個性中有某些部分不夠開朗。即使表面上假裝原諒了和昌，但絕對不可能忘記他的背叛行為，想到這件事將會像永遠都治不好的傷口般，不斷流出憎恨的膿汁，心情就不由地沮喪。

但是，她遲遲無法踏出離婚那一步。

即使有再多贍養費和育兒費，一個女人照顧兩個孩子長大並不是一件容易的事。薰子固然有翻譯的專長，但無法保證穩定的收入。

同時，她也擔心兩個孩子。她目前只是用「爸爸工作很忙，所以沒辦法經常回家」來解釋父親突然不住家裡這件事，偶爾見面時，也會扮演感情和睦的夫妻，但不可能永遠裝下去。

她不知道該怎麼辦，內心越來越煩躁。有時候半夜突然淚流滿面。

差不多在這個時候，她遇到了榎田博貴。薰子去診所開安眠藥時，認識了這位醫生。

「開藥給妳當然沒問題，但如果可以消除根本的原因，當然是最理想的方法。妳知道造成自己失眠的原因嗎？」在第一次診察時，榎田用溫柔的語氣問道。

薰子只告訴他，自己因為家庭問題煩惱。榎田並沒有進一步追問，只問了一句：「妳有辦法自行解決這個問題嗎？」

「不知道。」她回答說。榎田只是對她點了點頭。

因為開立的安眠藥和體質不合，薰子再度前往診所。榎田處方了另一種安眠藥後問她：「上次之後，家庭問題解決了嗎？有沒有向好的方向發展？」

薰子只能搖頭。在醫生面前打腫臉充胖子並沒有意義。

當時，榎田也沒有繼續追問，只是露出平靜的笑容說：「先設法讓自己好好睡覺。」

榎田身上有一種奇妙的感覺，而且富有魅力。薰子預感到他這個人臨危不亂，無論用多麼粗暴的態度對待他，他都會溫柔地接受。於是，在第三次見面時，薰子告訴他，目前和丈夫分居，正打算離婚。

果然不出所料，榎田的表情幾乎沒有變化，只是露出嚴肅的眼神說：「那妳辛苦了。」

然後又說：

「很抱歉，我無法回答怎麼做對妳最好，因為這件事必須由妳決定，唯一確定的是，持續煩惱這件事有它的意義，而且煩惱的方式也必定會改變。」

薰子聽不懂「煩惱的方式」這句話的意思，於是向榎田請教。

「即使每天看似為相同的事煩惱，其實煩惱的本質發生了微妙的變化。假設有一個男人被公司裁員，他開始煩惱，為什麼自己會遇到這種事，但接下來就會煩惱接下來要找什麼工作。又比方說，有家長為小孩子功課不好，對孩子未來的出路感到煩惱，但這種煩惱很快就會變成孩子會不會學壞，會不會被奇怪的異性騙了這些新的煩惱。」

「你的意思是說，時間會解決所有的問題嗎？」薰子問。

「這並不是唯一的正確答案，但應該也有人會用這種方式解釋。」榎田用謹慎的語氣回答。

每次見面，薰子都會向他傾訴煩惱。正如榎田所說，煩惱的內容逐漸發生了變化。她漸漸開始覺得，夫妻感情因為丈夫的外遇而破裂，也是無可奈何的事，對於小孩子的事，也覺得順其自然就好。令人驚訝的是，榎田向來不向她提供任何建議，只是默默靜聽她的傾訴。

薰子忍不住想，原來自己是想要向別人傾訴煩惱。這種想法有一半正確，但總覺得並不完全正確，總覺得如果對象不是榎田，情況可能會不一樣。

分居半年後，薰子與和昌見面討論了以後的事。她已經下定了決心，等瑞穗的入學考試告一段落就正式離婚。和昌也沒有異議，只是一臉心灰意冷地說：「這也是無可奈何的事。」

一旦做了決定，心情就輕鬆了。奇妙的是，即使不需要再吃安眠藥，也可以安然入睡。她向榎田報告了這件事，榎田雙眼發亮地說：「真是太好了」，為她感到高興。

「這代表妳已經克服了心病。恭喜妳，要來慶祝一下。」

於是他邀薰子，下次一起吃飯。

「我要聲明，我並不是經常像這樣邀約女病人。」

薰子猜想這也許是他第一次自動邀約病人，但女病人應該經常約他。榎田五官端正，具有包容力，最重要的是，他很擅長聽人傾訴，對內心有煩惱的女人很有吸引力。他們第一次約在赤坂的義大利餐廳吃午餐。在診所以外的地方見面時，更強烈地感受到他全身散發的高雅氣質，而且說話的方式也比之前輕鬆，所以增加了彼此的親近感。

「下次希望有機會一起吃晚餐。」走出餐廳時，榎田說道。

「好啊。」薰子也微笑著回答。

沒過多久，他們就完成了這個約定。之後，他們每個月會見一、兩次面。最後一次見面是在上個月，在瑞穗發生意外的不久之前，榎田第一次邀約薰子，要不要去他家。

如果當時去了他家，不知道現在會怎麼樣──薰子看著計程車窗外的銀座想道。

他們約在一家螃蟹料理店見面。餐廳位在大廈的四樓，薰子在電梯內用力深呼吸，用右手輕輕拍了拍臉頰，確認自己的表情沒有太緊張。

電梯門一打開，就看到了餐廳的入口。一個身穿和服的女人站在門口，面帶微笑地向她打招呼：「歡迎光臨。」

「用榎田的姓名預約了。」薰子說。

「感謝您的光臨，」服務生鞠了一躬說：「您的朋友已經到了。」

跟著服務生走進包廂時，發現一身西裝的榎田喝著日本茶等在包廂內。他放下茶杯，對薰子露出爽朗的笑容。

「對不起，讓你久等了。」

「不，我也剛到。」

女服務生轉身離開，當薰子坐下後不久，她送了小毛巾進來，問他們要點什麼飲料。

「要喝什麼？」榎田看著薰子。

「我都可以。」

「那就喝香檳，慶祝我們隔了這麼久，終於又見面了。」

「嗯，」薰子露出笑容，收起下巴說：「好啊。」

服務生離開後，榎田再度注視著薰子問：「最近還好嗎？」

「嗯，馬馬虎虎。」

「妳女兒的身體好一點了嗎？」

「是啊……」薰子用小毛巾擦著手，「已經完全好了，不好意思，讓你擔心了。」

「不，妳不必向我道歉。這樣真是太好了，妳今天晚上出門沒問題嗎？」

「對，我請妹妹幫忙照顧。」

「原來是這樣，那就放心了。」榎田絲毫沒有懷疑薰子的話。

薰子完全沒有向他提起瑞穗意外的事。並不是沒有這種心情，而是根本無暇向他說明情況。在意外發生的幾天後，曾經收到他傳來的電子郵件，薰子只回覆說，因為女兒生病，這段時間暫時無法見面。榎田回覆說：『既然這樣，我就暫時不聯絡妳了，請妳好好照顧女兒，自己也要保重身體。不必回覆這封郵件。』

三天前，薰子寄了電子郵件給榎田。『好久不見，別來是否無恙？如果你有時間，很想和你聊一聊。』榎田很快回覆，決定了今晚見面吃飯。

香檳送了上來。榎田點了餐點後，拿起杯子乾杯。喝著冒著無數小氣泡的液體，薰子想起這是瑞穗發生意外那天之後，自己第一次喝酒。那天晚上，與和昌討論器官捐贈的時候喝了酒。

「是感冒嗎？」榎田問。

「啊？」

「我是問妳女兒，因為聽說她生病了。」

「喔……是啊，類似感冒，渾身無力，但現在已經完全好了。」薰子在說話時，感到內心產生了沉重的東西。那是悲傷，也是空虛。這種不舒服的感覺讓她忍不住想要皺眉，但她拚命忍住了，嘴角露出笑容。

「是嗎？夏天的感冒如果拖久了很麻煩。」榎田說完，向前探出身體，看著薰子的臉，「那妳呢？」

「我……嗎？」

「我是問妳的身體狀況，剛才妳走進來時，我立刻覺得妳好像變瘦了。對不對？」
薰子坐直了身體，微微偏著頭說：
「不知道，這一陣子都沒有量體重，所以不太清楚，但聽到你這麼說，我就放心了。因為我很久沒去健身房，還擔心會發胖。」
「所以妳並沒有生病？」
「沒有，我沒問題。」
「聽到妳這麼說，我就放心了。」榎田點了點頭。
料理送了上來。第一道是使用蟹膏和蟹內臟做的開胃菜，菜單上寫著之後還有生魚片、毛蟹蟹蓋蒸蟹肉和涮松葉蟹。
榎田像往常一樣，提供了豐富的話題，也引導薰子表達想法。雖然談話的內容豐富多樣，但還是以家庭或育兒為中心。當榎田把薰子視為兩個健康孩子的母親而發問時，薰子就不得不說謊，空虛讓心情更加沉重。
於是，薰子主動發問了和家庭無關的話題。
「榎田醫生，你最近有沒有看什麼電影？如果你喜歡的電影出了ＤＶＤ，請你推薦給我。」
「電影嗎？我想一想，是闔家觀賞的嗎？」
「不，我一個人看的。」

榎田推薦了幾部電影，並說明了這幾部電影的賣點。雖然他說得很精采，但薰子覺得走出這家餐廳時，自己應該已經忘記一大半了。因為她只是想讓榎田說話。

料理接二連三送了上來。榎田點了冰酒，薰子慢慢喝著酒，吃著螃蟹料理。雖然每一道料理都美味可口，但她並沒有心情品嘗，只是機械式地送進嘴裡。吃到一半就覺得吃飽了，最後送上來的壽司幾乎都沒動。

「等一下為兩位送上甜點。」聽到女服務生這麼說時，薰子內心感到厭煩。還有嗎？

「妳吃得比平時少。」榎田說。

「嗯……是啊。不知道為什麼，好像突然吃飽了。」

「希望不是不合妳的胃口。」

「當然不是。」薰子搖著手，「很好吃，真的很好吃。」

榎田輕輕點了點頭，握住了服務生剛送來的茶杯，但並沒有拿起來喝。

「我在這裡等妳時，胡亂想了很多事，」他看著茶杯說了起來，「妳這次傳給我的電子郵件，到底隱藏了什麼訊息。如果只是想和我見面，當然沒有任何問題，但我總覺得並不是這樣而已。不瞞妳說，其實我今晚想要提議一件事，雖然之前好幾次想要說，只是始終找不到契機。不，也許應該說，妳始終沒有給我機會。」

薰子握緊了放在腿上的雙手，「你要提議什麼事？」

「我在想，」榎田說到這裡，舔了舔嘴唇，看著薰子說：「能不能讓我見一見妳的兩個孩子？我想見一見瑞穗和生人。」
薰子被榎田嚴肅的表情震懾了，不得不移開了視線。
「但是，」榎田繼續說道：「我剛才也說了，妳始終沒有給我機會。起初我以為只是我想太多了，但後來發現並不是這樣。妳徹底迴避了孩子的問題，對不對？」
雖然榎田說話的語氣很溫柔，卻像一把銳利的刀子，刺進了薰子的胸口。巨大的衝擊讓她一時說不出話。
「播磨太太，」榎田叫著她。薰子一動也不動，榎田改口叫著：「薰子。」她忍不住抬起了頭。
「即使不是今天也沒關係，如果妳有什麼心事想要告訴我，請隨時和我聯絡。只要妳不嫌棄，我願意當妳的聽眾。雖然我可能什麼忙也幫不上。」
榎田的聲音打進薰子的心裡，在下一刻迅速膨脹。這些溫暖的話語反而讓她感到痛苦。
悲傷的浪潮撲了過來，薰子完全無力抵抗。薰子剛才努力發揮克制力的心靈防坡堤終於潰堤了。她注視著榎田，淚水流了下來。眼淚撲簌簌地順著她的臉頰流下來，滴落在地上。
榎田瞪大了眼睛。薰子無從得知他內心有多驚訝，因為她根本無暇推測，甚至無暇擦拭眼淚。

「打擾了。」這時，包廂外傳來聲音，接著，紙拉門打開，女服務生出現在門口，手上拿著放了兩份甜點的托盤。

薰子的眼角捕捉到她下一剎那倒吸了一口氣，愣在那裡。她應該發現了女客人的眼淚。

「甜點不用了，」榎田用平靜的聲音說道：「麻煩妳幫我結帳，盡可能快一點。」

「喔，好……」女服務生立刻關上了拉門，似乎覺得看到了不該看的畫面。

「走吧。」榎田說，「要直接回家嗎？還是想去別的地方坐一坐？我知道幾家可以安靜聊天的店。」

薰子的身體終於可以活動了。她調整了呼吸，從皮包裡拿出手帕，按著眼角說：「不，我不想去店裡。」

「是嗎？那我幫妳叫車，妳要回廣尾吧？」

「不，」薰子搖了搖頭，「我想去你家……如果、方便的話。」

「去我家？」

「對。對不起，我知道自己的要求很厚臉皮，如果不行的話就算了。」薰子低著頭說。

榎田想了一下後說：「好吧，那就這麼辦。不知道該說是幸好，還是我早有準備，我房間剛好整理過了。」

薰子雖然知道榎田努力在開玩笑，卻無法擠出笑容。

榎田住在東日本橋，兩房一廳的房間，一個人住有點大。客廳和飯廳連在一起的房間超過十坪，正如他所說，房間整理得很乾淨，就連隨意放在中央桌子上的雜誌看起來也有時尚的感覺。

薰子在榎田的示意下，在沙發上坐了下來。

「要喝什麼？我家有很多酒，但我想還是先喝礦泉水比較好。」

「好。」薰子回答後，要了礦泉水。

她在喝水時，榎田不發一語，也沒有看她。薰子覺得即使自己最後什麼都沒說就離開，榎田應該也不會有任何意見。

「你願意聽我說嗎？」薰子放下杯子問道。

「當然。」榎田回答，露出真摯的表情看著她。

該怎麼說？又該從何說起？——各種想法在腦海中交錯，最後，薰子說出了這句話。

「我的女兒……瑞穗她可能會死。」

榎田的眼瞼抽搐著。他難得露出慌亂的樣子。

「可能的意思是？」

「她在游泳池溺水了，心跳一度停止，之後雖然恢復了心跳，但始終無法清醒。醫生說，應該是腦死狀態。」

薰子緩緩地訴說著像噩夢般的相關情況。突如其來的悲劇、夫妻兩人為器官捐贈的事討論了一整晚。翌日去醫院時原本打算同意器官捐贈，卻在最後關頭改變主意，以及如今每天都在照顧昏迷不醒的女兒。薰子的說明條理清晰，連她自己都感到驚訝。

榎田露出哀傷的眼神頻頻搖頭，小聲地說：「太難以置信了。妳女兒的不幸也令人難以置信，但更無法相信妳的堅強。妳今晚和我吃飯時，內心藏了這麼大的事嗎？為什麼能夠……？」

薰子用皮包裡拿出手帕按著眼角，「因為我打算作為最後一次。」

「最後一次？」

「最後一次和你見面，所以我希望至少今晚可以遺忘痛苦的現實，假裝一切都沒有發生，一切都像以前一樣，享受和你在一起的時光。我決定要扮演這樣的自己，但還是做不到。」

榎田皺著眉頭，看著薰子的眼睛。

「妳決定不再和我見面的理由是什麼？」

「因為……我決定不離婚了。」薰子握緊了手上的手帕，「我想為瑞穗做力所能及的事。無論別人說什麼，我都認為她還活著。在我接受她的死亡之前——雖然我不知道會不會有這麼一天，但在這一天之前，我想盡力照顧她。為此，將需要龐大的金錢，因為我必須照顧瑞穗，所以不能外出工作。即使離婚，我丈夫也會提供經濟援助，但還是會感到不安。因為這個原因，我決定不離婚了。我已經和我丈夫談過，他也同意了。」

榎田抱著手臂。

「既然不打算離婚，所以就不能和其他男人在外面見面嗎？」

「這當然是原因之一，但我更害怕會輸給自己的內心。」

「什麼意思？」

「因為持續和你見面，我就會想要離婚，但因為有瑞穗，又無法離婚。我擔心日子一久，自己的心情會向奇怪的方向扭曲。」

「妳的意思是……」榎田似乎察覺了薰子的想法，但並沒有說出口。

「沒錯，」她回答說，「我擔心自己會希望瑞穗早點斷氣。」

榎田搖了搖頭，「妳不會變成這樣。」

「希望如此……」

「我當然無意要求妳，既然妳這麼決定了，我也會尊重妳的想法，只是身為醫生，我很擔心妳的心理狀況。如果妳有任何煩惱，隨時歡迎妳來找我。如果妳認為在外面見面不太妥當，來診所應該沒問題吧？」

榎田的話溫柔地打進了薰子的心裡，她忍不住想要把自己託付給他。但正因為這樣，繼續見面才是一件危險的事。

她重重地嘆了一口氣後，再度巡視著室內說：「你家裡很漂亮。」

榎田露出意外的表情回答說：「謝謝。」他可能不知道薰子為什麼突然稱讚他的居家環境。

「不瞞你說，如果今天晚上你約我來這裡，我覺得應該可以答應。因為我想拋開所有的痛苦，當作什麼事都沒有發生，做回一個女人。」薰子對榎田露出微笑，「女兒遭遇這種事，我卻在想這些，真是一個壞母親，又壞又笨的母親。」

冷靜的醫生聳了聳肩說：

「謝謝妳告訴我一切，如果和妳共度了幸福的時光後才知道真相，我會陷入自我厭惡，恐怕會有好一陣子無法站起來。」

「對不起……」

「等妳心情平靜後告訴我，我送妳去可以攔到計程車的地方。」

「謝謝。」薰子說完，喝著杯子裡的礦泉水。奇妙的是，這杯礦泉水比今晚吃的任何一道料理更美味。

第二章——讓她呼吸

1

低頭看資料的和昌抬起了頭。

這一天的第三項發表的內容，是關於Brain Robot System——播磨科技內簡稱為BRS的研究。站在大型液晶螢幕前的是三十歲左右的研究員。

「現在容我向各位報告，BRS的無線化獲得了良好的結果。」男研究員白淨細長的臉上露出了緊張的神情。

他身後的巨大螢幕上出現了一個男人。男人年約五十多歲，體型略微肥胖，看起來不像病人。他的頭上戴著頭罩，坐在椅子上。仔細觀察後，才發現他的身體被皮革固定在椅子上。

男人的面前放了一張桌子，上面並排放了兩條機械手臂，手臂上各有五根手指，和人類的手一樣左右對稱。兩條機械手臂之間放了一張紅色的摺紙。

「開始。」不知道哪裡傳來一個聲音。

不一會兒，畫面左側的機械手臂動了起來。對男性實驗對象而言的右手臂靈巧地拿起了桌上的摺紙。

會議室內響起了一陣輕微的騷動。

右側的機械手臂也動了起來，手指拿著摺紙。左右機械手臂像人類的手一樣開始摺紙。雖然速度並不快，但兩條機械手臂的動作很流暢。

「這名男子因為車禍導致頸椎損傷，四肢都麻痺了。」男研究員開始解說，「脖子以上也只有一小部分能夠自由活動，但大腦本身並無異狀，所以藉由接收想要動手時神經元活動的微弱信號，並根據這些信號活動機械手臂。雖然世界各地都積極嘗試這種方法，但大部分都是採取藉由外科手術，在大腦中植入晶片的方式，並沒有這種不需要外科手術的頭罩式，而且也從來不曾有過能夠做這麼細膩動作的案例。」

兩條機械手臂順利摺好了紙鶴。鏡頭移向實驗對象的男人，他緩緩地眨了兩次眼睛。雖然表情沒什麼變化，但可以充分感受到他很有成就感。

螢幕上切換成複雜的線路圖和插圖結合的影像，研究員將雷射筆在畫面上移動的同時，說明了這項研究比傳統技術更進步的地方和今後的課題。他說話的語氣充滿自信。

太了不起了。和昌在聽取簡報的同時不由地感到佩服。公司每個月都會舉行一次BMI的開發會議，每次都會有相當程度的進展，但並不能因此認為播磨科技的研究員很優秀。他們隨時密切瞭解其他研究機構的動向，有時候也會模仿他人的技術，和自己的研究成果相結合。也就是說，隨時處於開發競爭的狀態，今天在這裡介紹了新技術，明天其他公司就可能會開發出類似的技術。

ＢＭＩ——腦機介面技術，是一項將大腦和機械融合的技術。

簡直就是充滿夢想的技術。即使身負重傷，只要大腦還能夠發揮功能，人類就不必放棄人生，可以再度找回生命的喜悅。

沒錯，只要大腦還能夠發揮功能——

和昌告訴自己，必須專心聽下屬簡報的內容，但還是忍不住想起躺在醫院病床上的瑞穗。因為工作的關係，自己無法經常去醫院探視，但只要能夠擠出時間，他就會盡可能去醫院。雖然即使去了，也無法為瑞穗做什麼，只能看著她沉睡的臉龐。

護理師經常走進病房照顧瑞穗，每項護理工作都很複雜和細膩，和昌覺得自己根本無法勝任，但薰子似乎正在努力學習自行護理。因為如果想要帶瑞穗回家進行居家護理，家屬必須能夠勝任護理的工作。和昌之前聽薰子說這件事時，暗自驚訝不已。

即使在拒絕器官捐贈之後，和昌也從來沒有想過要讓瑞穗出院。雖然瑞穗還有心跳，但也只是這樣而已，他覺得只能接受女兒已死的事實，也做好了在不久的將來，瑞穗將在那家醫院停止呼吸的心理準備。不，和昌至今仍然做好了這樣的心理準備。薰子應該也一樣。

只不過薰子並沒有放棄。無論在醫學上的根據多麼渺茫，她仍然願意在不知道有沒有萬分之一的可能性上下賭注。或許即使是極短的期間，她仍然認為自己的女兒還活著，否則根本不可能打算把那種狀態的女兒帶回家裡。

和昌覺得薰子是堅強的女人，自己根本望塵莫及。

當生人叫「姊姊」時，和昌的確感覺到瑞穗的手動了一下，但更強烈地認為那只是錯覺。和昌知道有一種請碟仙算命的方法，他認為應該只是發生了和請碟仙時相同的現象。薰子說她沒有動，和昌也不認為自己動了，但可能實際上有某一方在無意識之下動了，或是雙方可能都動了。

和昌當然無意主張這一點。他想要尊重薰子相信瑞穗還沒有死的想法，而且他自己也期待奇蹟能夠發生。

然而，在聽取BMI的研究成果簡報時，卻不由地感到極度空虛。因為這些最尖端的技術，也無法拯救瑞穗。他已經不抱任何希望，覺得應該無法從瑞穗的大腦捕捉到任何信號。

當他回過神時，發現下屬的視線都集中在自己身上。BRS的研究員已經完成了簡報，正一臉不安地等待他的指示。

「喔，」和昌清了清嗓子，輕輕舉起了手，「研究的進展似乎很順利，在不動手術的情況下，可說是劃時代的成果。問題在於如你剛才所說，到底可以將多觸感回饋到大腦。在具有障礙的病患中，如果能夠找回健康時代的感覺，即使風險比較高，有些人也願意接受外科手術。」

研究員一臉緊張地回答：「我會繼續努力。」

「我對目前的成果很滿意，繼續加油。」

「謝謝董事長。」

「這次沒有請實驗對象表達感想嗎？」

「有。關於這個問題，我想請大家看一樣東西。」

研究員操作了手上的遙控器，螢幕上出現了一張紙，紙上用簽名筆寫著『簡直就像在作夢，好像送給我一雙新的手。』文字很工整。

「這是剛才那位病人用機械手臂寫的，因為他無法說話。」

「是嗎？太了不起了。」和昌對研究員點了點頭，「他既然無法說話，可見傷勢很嚴重？」

「對，只有舌頭能夠稍微活動，聲帶無法發揮作用，也無法自主呼吸。」

「是喔，原來是這樣。」和昌說完之後，腦海中浮現了疑問，「嗯？怎麼可能？不可能啊。」

「……董事長的意思是？」

「我是說，他不可能無法自主呼吸。」和昌指著螢幕說：「讓我看剛才的影片，就是實驗對象的影片，靜止畫面就可以了。」

螢幕上出現了影片。實驗對象的男人坐在那裡。

「你們看，他不是在自主呼吸嗎？」
「不，不是。」
「為什麼？他並沒有裝人工呼吸器。」
「喔，原來董事長是在問這件事。」研究員點了點頭，似乎終於瞭解了和昌的疑問，「沒錯，這位先生的確沒有裝人工呼吸器，因為他不需要裝。」
「不用裝？怎麼回事？他無法自主呼吸，為什麼不用裝人工呼吸器？」
「因為他接受了這種治療，動了特殊的手術……」
「怎樣的手術？」
「這個嘛，呃……」研究員的眼神飄忽。
「那個……」有人舉起手，是星野祐也，「我可以發言嗎？」
「有什麼事？」
「也許我可以比較清楚說明這個問題。」
「為什麼？你不是其他小組的嗎？」
「是啊，但我得知這名病人的情況時，曾經和董事長產生了相同的疑問，所以自行調查了一番。」
和昌看了看仍然一臉困惑地站在那裡的研究員後，將視線移向星野，對他揚了揚下巴，示意他說明。

星野站了起來，面對和昌，雙手交握在身體前方。
「因為這位病人裝了很特殊的橫隔膜起搏器。」
和昌皺了皺眉頭，「你說裝了什麼？」
「橫隔膜起搏器，簡單地說，就是藉由電力刺激橫隔膜，用人工方法活動橫隔膜的裝置，和心臟起搏器的構想是相同的。」
「有這種東西？是最新技術嗎？」
「很久以前就有了基本構想，在一九七〇年代已經有成功的案例。」
「這麼早以前……」和昌搖了搖頭，「我竟然一無所知，太慚愧了。」
「不知道也很正常，因為日本幾乎沒有使用這種方法，不僅器具很難買到，而且維護也很複雜，費用更是相當昂貴。最重要的是，大部分無法自主呼吸的人都臥床不起，只要切開氣管，裝人工呼吸器就可以解決問題，再加上橫隔膜起搏器在安全性方面尚有疑慮，所以很難普及。」
「但這名男子決定要在體內裝這種器具。」
「聽說有幾個原因。首先這名男子的症狀適合裝起搏器，另一個原因是技術有了進步，開發了劃時代的產品，解決了之前的起搏器存在的問題。」
和昌探出身體問：「是怎樣的產品？之前的產品又有什麼問題？」
星野為難地轉動眼珠子後搓了搓手說：「如果要說明這些情況，恐怕會占用很長時間。」

和昌聽到這句話，終於回過神看著四周。可能是因為看到董事長突然關心起和會議完全無關的話題，所有人都露出困惑的表情不說話，眼中露出了不安的眼神。

「不好意思，」和昌對星野說：「讓你陪我閒聊，你可以坐下了。」

星野鬆了一口氣，坐了下來。

「啊，星野……不好意思，你等一下來我辦公室一趟。」

年輕的研究員擔心地看了周圍一眼，回答說：「我知道了。」

聽到敲門聲，和昌應了一聲：「進來。」

「打擾了。」隨著招呼聲，門打開了，星野抱著一堆資料走了進來。

「剛才不好意思，因為我個人對這個問題很有興趣，所以一時太忘我了。」和昌離開辦公桌，請星野在沙發上坐下，「請坐吧。」

「是。」星野拘謹地在沙發上坐了下來。

「我找你來，不是為別的事，就是想瞭解剛才你還沒有說完的情況。」和昌在星野對面坐了下來，「就是剛才說的那個什麼，橫隔膜……」

「橫隔膜起搏器嗎？我猜想應該是這件事，所以把資料帶來了。」星野把資料放在茶几上。

和昌點了點頭問：「你為什麼對這項技術有興趣？」
星野坐直了身體，收起下巴說：
「原因很簡單，因為我覺得可能對自己目前著手進行的研究有參考價值。」
「我記得你的研究和剛才的BRS不同，是將大腦的信號傳給肌肉，讓病人可以自行活動手腳，不是嗎？」
「董事長說得對，因為都是藉由電氣信號，讓因為接收不到大腦的指令，而無法活動的器官活動，所以我對橫隔膜起搏器產生了興趣。」
「原來是這樣，但和橫隔膜相比，手腳的肌肉活動不是複雜多了嗎？你的研究內容難度更高，我不認為有參考價值。」
星野點了點頭，翻開了資料。
「傳統的起搏器是這樣，電氣刺激是單向進行，只是讓橫隔膜以一定的節奏活動而已，但這樣會衍生出各種問題。」
「你剛才也提到這件事，到底有什麼問題？」
「最具代表性的就是誤吞的情況。食物等異物可能會不慎吸入氣管，即使可以藉由其他方法補充營養，異物進入喉嚨的危險性仍然存在。另外，還有排痰的問題。正常人如果喉嚨卡痰時，會怎麼辦？董事長應該知道吧？」
「痰？那當然——」和昌輕咳了兩下，「是不是這樣？」

「沒錯，正常人會咳嗽。咳嗽有兩種，一種是像董事長剛才那樣的自主咳嗽，還有另一種反射性的咳嗽。當異物進入氣管時，黏膜表面的感受器就會產生反應，將信號傳達到大腦的咳嗽中樞，然後向橫隔膜等呼吸肌發出指令，產生咳嗽──這是保護氣管和肺部等呼吸器官的生理防禦反應，稱為咳嗽反射。咳嗽還具有把氣管內累積的痰排出的功能，但傳統的橫隔膜起搏技術難以重現這種咳嗽功能，即使能夠在形式上重現，也無法順利和正常呼吸進行切換。關於這個問題，只要回想一下健康的人在不小心嗆到時，常常無法順利切換回正常呼吸的狀態就能夠理解。」

星野的說明很流暢，內容也條理清楚，通俗易懂。雖然有時候會看資料，但顯然他已經清楚掌握了相關內容。

「最新型的橫隔膜起搏器解決了這些問題嗎？」

「雖然還沒有到完美的程度，但已經大致解決了。」

「怎麼解決的？」

「簡單地說，就是讓向起搏器發出信號的控制裝置具有大腦的功能，不是單向發出信號而已，同時也接收黏膜表面感受器發出的信號，並根據接收的信號，改變發出信號的種類。比方說，接收到有異物吸入的信號時，就會向橫隔膜發出咳嗽的信號，問題一旦解決之後，就恢復正常的呼吸。」

「原來是這樣，聽了你的說明，的確有可能做到，反而很納悶為什麼以前無法做到。」

星野露出嚴肅的表情搖了搖頭。

「因為要真正做到並不是一件容易的事。開發者首先必須分析健康的人在咳嗽時，以及恢復正常呼吸狀態時，腦內會進行怎樣的信號交換，然後再建築神經元網絡的模型。接著，在模型的基礎上，開發能夠發出多頻信號的控制裝置。雖然為了方便起見而稱為橫隔膜起搏器，但其實除了橫隔膜，還用電氣刺激腹肌。我也並不是瞭解所有的情況，但可以想像這項研究付出的辛勞。」

星野的說明突然變得很難，但和昌已經瞭解，這是一項和傳統技術無法相提並論的複雜而高性能的技術。

「對你的研究有幫助嗎？」

「有很大的參考價值。」星野點了點頭，「正如剛才董事長所說，我的研究課題是讓身體仍然有障礙的人能夠自行活動手腳，但實際上，光能夠活動還不行。比方說，在碰到燙的東西時，還必須有能夠立刻縮手的反射行為。因為自己的手和機械手臂不同，皮膚會燙傷。我覺得從中得到了一些解決這種問題的啟示。」

年輕研究員雙眼發亮。談到自己的研究項目，果然會充滿熱情。

「謝謝，我充分瞭解了。」和昌說：「再回到剛才的話題，最新型的橫隔膜起搏器是由誰開發的？」

「慶明大學醫學院呼吸器外科研究團隊，我直接見到了論文的執筆者，向他瞭解了情況。」

星野說，論文的執筆者是一位姓淺岸的副教授，也參與了成為ＢＲＳ實驗對象那名男子的手術。

「至今為止，完成了幾次手術？」

「聽說有六個人，所有人手術後的情況都很順利。」

和昌抱著雙臂想了一下後開了口，「這些病人都意識清晰吧？」

「意識……嗎？」星野看向斜下方。

「有沒有因為意識障礙而臥床不起的病人？」

「這個……呃……」星野不敢正視和昌，偏著頭，拚命眨著眼睛，「我並沒有確認這件事，但我想應該沒有。如果是臥床不起的病人，只要切開氣管，裝上人工呼吸器就可以輔助呼吸，更何況如果失去意識，沒必要使用這麼高精度的起搏器，因為這是為了方便病患進行正常生活所開發的產品。」

「但你並沒有聽說，失去意識的人不能裝，對不對？」

「這……是的。」星野似乎下定了決心，直視著和昌回答：「董事長說得對，也許也能夠用於昏睡狀態的病人身上，因為據我聽到的情況，這項技術並不需要任何來自大腦的信號。」

和昌看到星野認真的眼神，瞭解到這名下屬的顧慮。公司幾乎所有的員工都知道董事長的女兒發生意外，目前陷入了植物人狀態或是更加嚴重的狀態。星野正因為知道董事長找自己的原因，才會帶著厚厚一疊資料進來。

「謝謝你和我分享這些有益的資訊。」

「不敢當。」星野低下了頭。

和昌從口袋裡拿出手機，撥打了神崎真紀子的電話，立刻聽到電話中傳來：「你好，我是神崎。」的回答。

「妳進來一下。」和昌只說了這句話，就掛上了電話。

不一會兒，響起了敲門聲，神崎真紀子打開門走了進來。她穿著灰色套裝和白襯衫，一頭黑髮綁在腦後。

「我想請妳聯絡一個研究機構，」和昌說：「是慶明大學醫學院呼吸器外科，詳細情況妳問星野。——星野，你願意提供協助嗎？」

「當然。」他回答。

「但是，」和昌抬頭看著神崎真紀子，「這是我私人的事，所以不要影響公司的業務。」

「是，遵命。」女秘書恭敬地鞠躬。

2

「不必著急，要慢慢地、慢慢地。因為皮膚變得很脆弱，所以請小心不要用力摩擦。」

千鶴子在護理師武藤小姐的指導下，正在為瑞穗翻身。因為躺在病床上一直維持相同的姿勢會造成瘀血，而且容易生褥瘡。

千鶴子扶著孫女身體的手很穩當，臉上的表情也很緊張。如果稍微發生一點小狀況，她就會立刻手忙腳亂。

「媽媽，」薰子叫了一聲，「注意左手。」

「啊？什麼？」千鶴子看著自己的左手。

「不是妳的左手，是瑞穗的左手，不要忘記她的手上連著管子。」

「喔……」千鶴子不知所措地愣在那裡。

薰子雖然覺得快看不下去了，但還是忍著沒有說出內心的焦躁。因為如果現在沉不住氣，千鶴子可能這輩子再也不願意參與照護瑞穗。這樣就太傷腦筋了。

「別緊張，放輕鬆，就這樣慢慢來。沒錯，這樣很好。」武藤小姐輕聲細語地對千鶴子說道。這名資深的護理師無論在任何時候都鎮定自若。

千鶴子總算完成了工作。在照護瑞穗的所有護理工作中，翻身是最簡單的。光是這項最簡單的工作就這麼辛苦，未來令人擔憂，但薰子決定要發揮耐心。

意外發生至今即將兩個月，瑞穗的心臟持續跳動，各項數值也很穩定，讓醫生驚訝不已，也從來沒有接到醫院方面的緊急通知。

醫生似乎也無法預測這種情況能夠持續多久，正如腦神經外科醫生進藤之前所說，很難預測小孩子的情況。

既然這樣，薰子只有一個目標。她以瑞穗還能繼續活下去為前提，開始著手進行各項準備工作。

主治醫生對瑞穗奇蹟般的生命力認輸，認為如果目前的狀態可以持續，在家照顧也並非困難的事，但有一個條件，最少必須有兩個人有能力進行目前護理師所做的工作，隨時必須有一個人陪在瑞穗身旁，一旦發生異狀，就可以立刻處理。

問題在於除了薰子以外，還有誰能夠勝任。薰子無法拜託美晴，美晴有自己的家庭，和昌當然更不可能。

煩惱多日，最後決定拜託千鶴子。

照理說，原本應該第一個就想到千鶴子。在瑞穗出生後，千鶴子曾經在廣尾的家中住了一個月，幫忙照顧孩子。

薰子之所以猶豫，是因為擔心千鶴子的精神狀態。

在決定繼續進行延命治療後，千鶴子也遲遲不來探視瑞穗。聽茂彥說，她認為自己沒有資格。薰子再三打電話給她，告訴她沒這回事，希望她來探視瑞穗。在瑞穗住院兩個星期後，她才終於來醫院。

看到孫女昏迷不醒，千鶴子再度泣不成聲。她流著淚，懊惱地自責，為什麼當時沒有及時發現？如果一直看著瑞穗，就不會發生這種事了，真希望可代替瑞穗受苦。如果可以用自己的生命交換，她很想馬上這麼做，因為自己活著也沒有用。然後對瑞穗道歉說，對不起，對不起，妳就在那裡好好痛恨外婆，詛咒外婆早死。她在病房期間，眼淚始終沒有停過。

之後，她每隔幾天都會來醫院探視，但薰子發現一件事，千鶴子絕對不碰觸瑞穗的身體，甚至不敢靠近。

薰子問她原因，她回答說，因為害怕。

瑞穗身上插滿管子，正用自己無法想像的高度而複雜的科學技術，維持著這個小生命。如果不小心亂碰瑞穗的身體，萬一引起重大意外，後果不堪設想。

這和她不敢幫忙照顧生人的理由一樣，母親無法再相信自己。

即使薰子告訴她，不必擔心，請她碰觸瑞穗的身體，或是拜託她撫摸瑞穗的頭，千鶴子也不敢伸出手。如果繼續要求，她就會微微發抖，所以薰子也不敢強烈要求。

看到母親這種狀況，薰子覺得根本不可能拜託她協助居家照顧，但又想不到其他的人選，於是和茂彥商量這件事。父親對她說，不需要猶豫。

「就讓妳媽幫忙，這樣比較好，對雙方來說，都是這樣比較好。如果妳媽知道妳找別人幫忙，就會覺得自己沒用，一定會更加自責。薰子，我拜託妳，就讓妳媽去幫忙。」

聽了父親這番話，薰子也覺得言之有理。而且，在照護瑞穗這件事上，自己的母親當然是這個世上最值得信賴的人選。

但是，即使自己提出要求，千鶴子未必會答應。不，薰子甚至覺得千鶴子不可能答應。因為她一直不敢碰瑞穗的身體，所以猜想只要自己一開口，母親會毫不猶豫地回答，自己無法幫忙。

沒想到千鶴子的反應出乎意料。當薰子提到正在考慮居家照護時，她露出有點驚訝的表情，之後一臉嚴肅地聽薰子說明，當薰子拜託她幫忙時，她並沒有露出太意外的表情，而是看著半空中的某一點沉思起來。

經過長時間的沉默之後，她回答說：「只要妳不嫌棄就好。是我害瑞穗變成這樣，我必須受到懲罰。雖然我好幾次都想用死來彌補，但即使我這種人死了，也無法改變任何事，只不過活著也很痛苦，我不知道該怎麼辦。所以，如果能夠把餘生全部奉獻給瑞穗，當然求之不得。只要妳不嫌棄，我願意做任何事，我也可以做任何事。」

母親的話讓薰子感到心痛，很慶幸自己沒有拜託別人，一旦自己這麼做，千鶴子必定會迷失自己存在的意義。

就這樣，薰子終於找到了幫忙一起照顧瑞穗的副手，但接下來的發展並非一帆風順。千鶴子每天都來醫院學習護理的方法，只是恐怕還有很長一段路要走。因為千鶴子直到最近，才終於敢碰瑞穗的身體。

「除了體溫過低的問題以外，還要隨時注意低血壓的問題。這樣的病人很容易因為一點小狀況就導致血壓急速下降，經常因為沒有及時發現而導致病人的生命陷入危險。」

武藤小姐正在說明各種儀器的使用方法，千鶴子一邊聽，一邊做筆記，臉上的表情甚至有點悲愴。

後方的門打開了，回頭一看，身穿西裝的和昌探頭進來。

「啊……呃，現在方便嗎？」他瞥了一眼千鶴子和武藤小姐後問薰子。

「沒問題啊。」

千鶴子向他鞠了一躬，「你好。」

「媽媽正在學護理的方法。」薰子說。

「是嗎？——辛苦了。」和昌說道。

「不辛苦。」千鶴子輕輕搖了搖頭。

「那今天就先到這裡，」武藤小姐離開了病床，「如果有什麼問題，可以隨時叫我。」

資深護理師走出病房，大家都向她道謝。

和昌走向病床，站在那裡，一動也不動地低頭看著女兒。
「沒什麼變化嗎？」
「嗯，」薰子回答，「最近都很穩定。」
和昌默默點了點頭，他的雙眼仍然注視著瑞穗沉睡的臉。
薰子注視著丈夫的側臉，無法不猜想他內心的想法。他在想什麼？對於已經被宣告腦死的可能性相當高的女兒，仍然用這種方式繼續活著，到底有什麼想法？雖然他嘴上沒說，是不是覺得這樣的行為很荒唐？是不是在內心很不以為然，覺得是愚蠢的行為？和昌在工作上都接觸最先進的科學技術，當然不可能相信靈魂的存在。
和昌轉頭看向薰子說：
「現在方便嗎？我在電話中也說了，有事情想要和妳商量。」
「可以啊，不能在這裡說嗎？」
「如果可以，我想和妳單獨商量。」說完之後，他瞥向瑞穗，「之後再告訴瑞穗。」
他可能認為自己很幽默。
「好啊。」薰子回答後，看著千鶴子說：「媽，那就拜託一下。」
千鶴子有點緊張地點了點頭說：「那你們去吧。」
走出病房後，和昌問薰子：「妳媽沒問題嗎？」薰子之前就告訴他，將會請千鶴子協助居家照護。

「有問題就傷腦筋了。」薰子注視著走廊前方回答。

「如果妳仍然感到不安，隨時告訴我，護理員的事，我可以想辦法。」

「嗯，謝謝。」

聽說薰子打算居家照護時，和昌就認為必須僱人照顧。因為他知道薰子一個人無法勝任，但她拒絕了。因為之後經濟上必須仰賴和昌，她想自行完成力所能及的事，而且有外人一天二十四小時在家也會讓她感到不自在。

他們走進醫院一樓的咖啡廳，坐在窗邊的座位。點了飲料後，薰子突然想到，他們夫妻已經很久沒有這樣面對面了。最後一次可能是決定離婚的時候，雖然兩個月前決定取消離婚的協議，但當時只是通電話而已。

和昌也有點坐立難安，喝了一口杯子裡的水後開了口。

和昌說的內容完全出乎薰子的意料。

「讓她自行呼吸？這是怎麼回事？」

「利用電腦發出的信號，讓橫隔膜和腹肌活動，當灰塵進入氣管，就可以咳嗽，也不容易積痰。」

「等一下，有辦法這麼做嗎？」

「必須做詳細的檢查之後才能明確知道，但在理論上沒有問題。這稱為人工智能呼吸控制系統，簡稱ＡＩＢＳ，是慶明大學醫學院和工學院共同開發的技術。前幾天，我見了其中一名開發人員，聽他說明了情況，雖然需要動手術，但只是把幾個電極植入體內，和體外的控制器和電線連結，控制器的體積也不大，比人工呼吸器更方便。妳覺得怎麼樣？」

和昌問薰子的意見。

薰子眨了眨眼睛，低頭看著桌子。拿起不知道什麼時候送上來的茶杯，喝了一口紅茶。

「要不要切開氣管？」

「不需要，因為不需要裝人工呼吸器，所以當然沒必要。」

「是喔……原來不需要裝人工呼吸器。」

薰子完全沒有真實感。意外發生至今，瑞穗靠人工呼吸器活到今天，她一直以為瑞穗以後的生活中也無法擺脫人工呼吸器。

「既然那麼方便，為什麼大家都不裝？」

「有兩大理由，第一是沒有必要，因為大部分無法自主呼吸的病人都躺在床上無法動彈，所以人工呼吸器就夠用了。另一個原因是金錢問題，因為無法使用保險，所以金額相當高。」

「金額相當高，要多少錢？」

和昌搖了搖頭，「妳不需要知道。」

既然和昌這麼回答，可見費用很驚人，也許並不是一、兩百萬能夠解決的問題。

「為什麼？」薰子問。

「什麼為什麼？」

「為什麼想要為瑞穗裝這種器材？瑞穗整天都躺在床上，人工呼吸器也沒有問題。」

和昌聳了聳肩。

「慶明大學的人也這麼說，還說沒有想到會有這種病例，更不瞭解失去意識的人裝這種器材有什麼意義。」

「你怎麼回答？」

和昌停頓了一下後說：

「我回答說，只是想讓我女兒呼吸。」

「呼吸……」

「我一直在想，我能夠為瑞穗做什麼。如果我的時間很自由，當然也可以協助照護她，但這並不現實。剛好在這個時候，得知了ＡＩＢＳ的事。在瞭解情況之後，就想要讓瑞穗呼吸。雖然那並不是她自主呼吸，而是電腦讓她呼吸，但我總覺得她用肉體進行的呼吸，和人工呼吸器不一樣。」

和昌在說話時微微晃動著腦袋，眼中露出對自己無能為力的焦躁。他比任何人更清楚，利用最新的科學技術，讓瑞穗進行形式上的呼吸，只是自我滿足而已。
薰子在內心為自己剛才有一絲懷疑道歉。原來和昌也堅定地希望瑞穗活下去。
「有風險嗎？」
「因為要動手術，不能說完全沒有風險，如果判斷控制信號和呼吸器官無法順利反應，就會立刻中止。到時候就會切開氣管，改成裝人工呼吸器。」
「嗯。」薰子用鼻子發出聲音，「可以讓我考慮一下嗎？我也想和這家醫院的醫生討論一下。」
「當然沒問題，如果妳想瞭解進一步的情況，下次我們可以一起去慶明大學。」
「好，我也許會這麼做。」
和昌露出鬆了一口氣的表情，拿起了咖啡杯。他可能做好了被薰子斷然拒絕，說不願意做這種莫名其妙的手術的心理準備。
和昌挽起西裝的袖子想要看手錶，這時，薰子發現他襯衫的袖子有點髒。可能已經穿了超過兩天，他向來不在意這種事。
「我問你，」薰子說：「你應該有人吧？」
「妳在說什麼？」
「我是說女人。我們原本打算離婚，你有女朋友也很正常。如果是這樣，希望你可以告訴我。」

和昌皺著眉頭，「才沒有呢。」

「真的嗎？你沒有必要隱瞞，因為我無所謂，當初是我提出要取消離婚的決定，而且是因為瑞穗的關係。」

「我知道。」

「照顧瑞穗需要很多錢，我沒辦法賺那麼多錢，所以決定依靠你。雖然今年春天，是我提出要和你離婚，說起來，我真的很自私。」

「沒這回事。」

「不，我很自私，所以我無意束縛你。或許你現在沒有，但如果有喜歡的人，記得告訴我，我會努力不影響你們。」

和昌坐直了身體，直視著薰子，但可能想不到該說什麼，默默地咬著嘴唇。

「對不起，」薰子小聲嘀咕後低下頭，「我真是一個討厭的女人。」

一滴眼淚滴落在腿上，她自己都不知道是為什麼流淚。

3

時序進入十二月後不久，瑞穗在慶明大學附屬醫院接受植入AIBS的手術。和昌、薰子和千鶴子都在候診室等待。在手術之前，醫生花了三個小時向他們說明情況。

三個人沒有說話，只是默默等待。岳母千鶴子雙手在臉部前方交握，用力閉著眼睛，可能正在祈禱手術成功。

但是，到底怎樣才算成功？

如果ＡＩＢＳ能夠順利發揮功能，當然算是成功，但即使ＡＩＢＳ無法發揮功能，也可以切開氣管，裝上人工呼吸器，所以也不會有任何問題。瑞穗最近的狀況很穩定，醫生判斷能夠承受手術的負擔，才決定今天動手術。只要沒有發生重大意外，瑞穗就會活著離開手術室。

活下去——

得知和昌他們正在評估手術的可能性時，包括主治醫生在內，每個人都提出了疑問，無法瞭解為什麼要這麼做。

使用人工呼吸器就已經足夠了。

因為瑞穗能夠恢復自主呼吸的可能性連萬分之一都不到。

甚至不知道她到底還能夠活幾天。

和昌每次都回答：「這只是我這個做父親的自我滿足。」

於是，大部分人都不再說什麼。他們可能認為讓瑞穗在這種狀態下繼續活著，就是父母的自我滿足。

負責手術的慶明大學研究團隊的態度稍有不同。他們並不認為這個手術能夠為瑞穗的人生帶來重大的改變，但期待能夠對自己的研究帶來極大的正面幫助。從溝通的階段開始，他們似乎就不把瑞穗視為病人，而是視為實驗對象。而且是允許失敗的實驗。和昌與薰子在手術前簽了同意書，無論手術會對瑞穗的身體造成任何影響，都不會追究研究團隊的責任。

「播磨先生。」聽到叫聲抬起頭，看到身穿藍色手術服的淺岸站在那裡。他是研究團隊的實質領導人，雖然個子矮小，但身材很結實。

和昌從椅子上站了起來，「結束了嗎？」

淺岸點了點頭，看了薰子她們一眼之後，將視線移回和昌身上。

「手術已經結束，目前正在觀察後續狀況。」

「情況怎麼樣？」

「機器開始運作。」

「機器是指……？」

「ＡＩＢＳ。」

和昌輕輕吸了一口氣之後，回頭看了薰子一眼，再度看著醫生。

「所以手術成功了？」

「目前沒有任何異狀，你們要看她嗎？」

「現在可以見到瑞穗嗎？」

「當然，這邊請。」

淺岸快步走在走廊上，和昌跟在他身後，薰子和千鶴子也跟了上來。她們母女兩人握著手。

他們跟著淺岸來到恢復室，看到瑞穗正躺在床上。身旁有兩名醫生，正看著複雜的儀器。

「老公，你看瑞穗的嘴……」薰子小聲說道。

「嗯。」和昌應了一聲，他知道薰子想要說什麼。

意外發生後，一直插在瑞穗嘴巴裡的管子消失了。雖然固定管子的膠帶造成了瑞穗嘴巴周圍的皮膚過敏，但很久沒有看到她的嘴巴周圍這麼清爽了。目前用於補充營養的鼻胃管也拆了下來，完全是瑞穗以前健康時熟睡的樣子。

仔細一看，發現她小小的胸口微微起伏著。瑞穗在呼吸。

淺岸和看著儀器的幾名醫生小聲說了幾句話後，走向和昌他們。

「肌肉的活動很出色，目前完全沒有任何問題，但因為之前一直沒有自主呼吸，所以肌肉力量有點衰退，吸氣的力量還很弱。在肌肉力量恢復之前，會進行輔助使用氧氣面罩的氧氣療法。」

「會不會不舒服？」

淺岸聽到薰子的問題，露出納悶的表情，「什麼不舒服？」

「就是——」

「沒關係啦，不必擔心這件事。」和昌對著妻子的側臉說，然後又看向淺岸說：「之後呢？」

「目前先觀察情況，等手術的患部恢復，確認呼吸穩定之後，就可以回原本的醫院。通常是七天左右，但也許會多幾天。」

「我瞭解了，那就拜託了。」

淺岸離開後，三個人再度走向病床。

薰子把臉湊到瑞穗嘴邊，「可以聽到她的呼吸……」然後就因為哽咽說不下去了。看到薰子的樣子，和昌很慶幸動了手術。即使連執刀的醫師也認定這名病患沒有意識，不可能感到不舒服，妻子感受到女兒微弱的生命氣息，就如此感動不已。這樣不就足夠了嗎？

薰子仍然不願意離開瑞穗身旁，她一定想要一直聽著女兒的呼吸聲。年輕醫師拿著氧氣療法的面罩，不知所措地站在那裡。

「薰子，」和昌叫著她，「走吧，不要影響治療。」

這時，薰子才發現醫生，趕緊道歉說：「對不起。」

走出恢復室，在走廊上走了幾步，薰子說：「要記得買乳霜。」

「乳霜？」

「你不是看到瑞穗的嘴了嗎？之前貼膠帶的地方過敏了，太可憐了。」

「對喔……」

「啊，對了，還有，」薰子停下了腳步，在胸前握著雙手，「還要買圓領的衣服。」

「圓領？」

「嗯，之前因為無法拿掉呼吸器，所以只能穿開襟的衣服，但以後可以穿套頭的衣服了，毛衣、T恤和運動衣都沒問題。」薰子雙眼發亮。

和昌頻頻點頭，「妳可以買很多衣服給她穿，她不管穿什麼都好看。」

「沒錯，不管穿什麼都好看，我明天就去百貨公司。」薰子的視線在半空中飄忽，可能想像著為瑞穗換上了各種衣服，但突然想起了什麼，露出嚴肅的表情。

「老公，」她用真摯的眼神看著和昌，「謝謝你，真的很感謝。」

和昌搖了搖頭。

「謝什麼，真是太好了。」他的聲音有點沙啞。

4

買完菜，薰子和生人一起走回家的路上，發現天空中飄下了白色的東西。

「哇，是雪。小生，下雪了。」薰子仰頭看著天空。

「下雪了，下雪了。」穿著深藍色連帽羽絨衣的生人盡情地伸出一雙短短的手臂，想要抓住從天空飄落的雪花。

時序已是嚴冬，這是新年過後，東京第二次下雪，但上一次只是飄了零星的雪花而已，很快就停了。不知道今天會下多久。希望可以多下一點雪，有冬天的感覺，但如果下太多，癱瘓交通就糟了。

回到家，生人脫了鞋子，走去盥洗室。因為之前就教過他，從外面回到家要漱口、洗手。

薰子拎著購物袋，打開離玄關的門廳最近的那道門。當初和昌打算把這個房間作為自己的書房，但他搬離了家裡，這裡也變成多年沒有使用的房間。

但是，這個房間目前發揮了重要的功能。

薰子看向窗邊的床，忍不住皺起眉頭。應該躺在那裡的瑞穗不見了，負責照顧瑞穗的千鶴子也不在。

她把購物袋放在地上，走出了房間，快步穿越走廊，打開了走廊後方客廳的門。和剛才的房間相比，這裡的空氣有點冷。

她看到了身穿灰色開襟衫的千鶴子背影，正在面向庭院的落地窗前。套了粉紅色套子的擔架式輪椅放在旁邊。

「啊，你們回來了。」千鶴子轉過頭說。

「妳在幹嘛？」

「幹嘛……因為下雪了，所以我想告訴瑞穗。」

薰子衝了過去，繞到輪椅前。雖然椅背豎了起來，但穿著紅色毛衣的瑞穗閉著眼睛。薰子把手放在她的脖子上。

「她身體都變冷了，毛毯呢？」

「毛毯，呃……」

「算了，我去拿。媽媽，妳把這個房間的暖氣打開。」薰子一口氣說完，來到走廊上。

她拿著毛毯回到客廳，蓋在瑞穗的身上，然後立刻把體溫計夾在瑞穗的腋下。

「為什麼隨便移動她？」薰子瞪著母親。

「因為這裡看雪比較清楚……」

「我之前不是說過，如果要帶她來這個房間，要預先把暖氣打開，讓房間變暖和，妳忘了嗎？」

「對不起，因為我擔心如果動作太慢，雪就停了。」

「既然這樣，至少要為她多穿件衣服，然後馬上打開暖氣啊。萬一她感冒怎麼辦？瑞穗和普通的孩子不一樣，一旦生病，沒那麼容易好。」

「我知道，對不起。」

「妳真的知道嗎？上次也是在我洗澡的時候——」薰子咄咄逼人地開始數落母親之前犯的小錯。

就在這時，瑞穗的右手抽搐了幾下，簡直就像是在說：「媽媽，不要再罵外婆了。」千鶴子也發現了，母女兩人互看了一眼。

薰子放鬆了嘴角，「看在瑞穗的面子上，這次就原諒妳。妳以後要小心啦。」

「嗯。」千鶴子點了點頭後，看著輪椅上的瑞穗說：「瑞穗，謝謝妳。」

薰子從瑞穗腋下抽出體溫計。三十五度出頭。瑞穗最近的體溫偏低，但應該沒有大礙。

生人不知道什麼時候走進了房間，站在落地窗前看著庭院。雪花把枯萎的茶色草皮漸漸染白了。

「姊姊，下雪了。」生人回頭對輪椅上的姊姊說。

薰子看著瑞穗的臉，覺得她臉上的表情稍微變得柔和了，但應該只是自己的心理作用。

開始居家護理快兩個月了。起初一個人根本忙不過來，必須和千鶴子兩個人二十四小時一起照顧。雖然之前在醫院時已經充分訓練，但真正在家自行照護時，發生了好幾個之前沒有遇過的問題。痰突然增加就是其中一個問題，薰子猜想可能是空氣不乾淨，立刻在房間內放了一個高性能的空氣清淨機，改善了痰的問題。補充營養用的管子也一直插不好，經過上門指導的醫生提醒，才發現瑞穗的姿勢和之前在醫院時有微妙的差異。

各種儀器的警鈴聲也讓人頭痛。薰子和千鶴子都沒有時間好好睡覺，整天昏昏沉沉，好幾次都擔心這樣的生活能夠持續多久。

不，現在仍然感到不安，總是戰戰兢兢地擔心犯下重大疏失，危及瑞穗的生命。但是，和瑞穗共同生活的喜悅振作了挫折的心，想到自己如果不堅強起來，瑞穗就無法活下去，就沒時間抱怨了。

幸好一個月下來，照護工作已經漸入佳境，千鶴子也漸漸熟練，可以留她一個人在家照護瑞穗。今天她擅自用輪椅把瑞穗推到這個房間，也證明她對照護工作已經遊刃有餘。

而且還有一個振奮人心的巨大變化。瑞穗的身體頻繁出現反應。雖然之前在住院期間也曾經發生過幾次，但開始居家護理後，反應情況更加顯著了。薰子告訴千鶴子時，千鶴子也說有相同的感覺。

而且，瑞穗不像是隨便亂動，經常像剛才一樣加入談話，或是像在表達喜悅或是憤怒。雖然薰子告訴自己，只是心理作用，但有時候實在無法這麼解釋，瑞穗甚至曾經在叫她的名字時做出反應。

向腦神經外科的進藤報告這個情況後，他的反應很不積極，只說是居家護理和瑞穗接觸的時間增加，所以看到這種現象的次數也增加了。

沒錯，醫生用了「現象」這個字眼。他說這只是名為脊髓反射的現象，沒什麼好驚訝的。

「出院之前，曾經做了CT檢查，很遺憾，並沒有看到任何功能恢復的跡象，這代表瑞穗目前的狀態和當時一樣。」

而且，進藤還說，如果反射運動真的增加，應該是AIBS的影響。

「因為透過神經回路傳送微弱的電氣信號，讓呼吸器官活動，很可能是這些信號也同時刺激了脊髓，最後導致了手和腳產生了反應。」

他斷言說，瑞穗對叫她的名字時有所反應，完全只是巧合而已。

薰子並不討厭進藤這位醫生，他向來不會表達輕率的意見，只重視客觀事實的態度，應該是醫生應有的態度，但那一次薰子覺得他的意見很冷漠，總覺得好像遭到了否定，叫自己不要作白日夢。

薰子注視著沉睡的女兒，再度覺得自己絕對不能輕言放棄。即使全世界所有人都認為她不會再醒來，自己都要深信有這一天，持續等待。

她把手伸進毛毯，輕輕握著瑞穗的手臂。瑞穗的手臂像棉花糖般柔軟，而且比意外發生之前更瘦了。因為她沒有活動，肌肉慢慢萎縮，當然越來越瘦。

薰子抬頭看著牆上的掛鐘，傍晚五點多。她打算六點多吃晚餐，所以該去準備了。

希望可以在八點之前吃完晚餐，也收拾完畢。因為今天晚上有重要的「客人」上門。

快九點的時候，玄關傳來動靜。薰子正在瑞穗的房間，和千鶴子一起餵食瑞穗。敲門聲後，門打開了，看到身穿大衣的和昌站在門口。他對千鶴子說：「晚安。」

「啊，晚安。」千鶴子回答，並沒有對他說：「你回來了。」

和昌目前仍然獨自住在青山的公寓，千鶴子最近才知道女兒和女婿分居的事，但並沒有多問，應該是美晴已經告訴了她大致的情況。

「妳們是不是在忙？」

「沒關係。」她回答。

和昌脫下大衣，走向女兒的輪椅。因為瑞穗剛進食完，所以輪椅的椅背稍微豎了起來，以免胃中的食物倒流。

「有沒有什麼變化？」和昌看著女兒的臉問道。

「沒什麼特別的變化，情況很不錯啊。」

「是嗎？」和昌輕輕握著瑞穗的手，動了動手指，似乎在確認感覺，然後回頭看著門口。

門口站了一個年輕男人，也穿著大衣，手上拖了一個大皮包。年輕人的年紀大約三十歲左右，身材偏瘦，長相很斯文，向薰子她們微微欠身打招呼。

「這是我在電話中和妳提到的星野，可以請他進來嗎？」

和昌問，薰子點了點頭，「好啊，當然沒問題。」

和昌對星野說：「進來吧。」

「打擾了。」年輕人走進房間，站在瑞穗面前，他似乎因為緊張的關係，表情有點僵硬。

星野端詳瑞穗片刻後，對薰子露出微笑。

「她真可愛。」

薰子一見到他，就覺得可以放心交給他。他的笑容很真誠，感覺是發自內心的笑容，所以，薰子也很自然地表達了感謝：「謝謝你。」

「生人呢？」和昌問。

「剛才上床睡覺了。」

「星野做了充分的準備，現在方便聽他說明嗎？」和昌問道。

「可以啊。媽媽，這裡交給妳也沒問題吧？」

「沒問題，妳去好好聽清楚。」千鶴子說，她也知道和昌他們來這裡的目的。

薰子與和昌、星野一起來到客廳，薰子想要準備飲料，但星野說不需要。

「因為我想專心說明。」

薰子覺得他做事很認真，工作能力一定很強。

星野從皮包裡拿出筆電，放在茶几上，然後敲打著鍵盤，螢幕上出現了影片。
影片中有一隻猩猩，頭上戴著像是頭套的東西。頭套上有電線，電線連向猩猩的背部。猩猩的前方是一個有把手的箱子，牠的右手固定在把手上。
「這隻猩猩的脊髓受到損傷，無法自行活動手腳，但在訓練之後，牠已經瞭解只要不停地搖把手，就可以拿到食物。」星野說完，開始播放影片。
猩猩看著箱子，時而眨眼，時而轉頭，但握著把手的手仍然靜止不動。
「牠的手不會動，但是——」
星野的話音未落，就出現一個像是實驗人員的手，他的手上有一個小巧的裝置，他的手指按下了開關。
「啊！」薰子忍不住叫了起來。因為猩猩的右手動了，前後搖動把手好幾次。
實驗人員關了開關，猩猩的手再度靜止不動。重新打開開關之後，手又動了——
星野暫停了影片。
「這隻猩猩的頭部植入了電極，能夠捕捉大腦皮質發出的電氣信號。這些信號透過特殊的電子迴路，比脊髓損傷部位搶先一步傳達，就可以像這樣正常活動手。」
「也就是說，把大腦的指令直接傳達到肌肉。」和昌在一旁補充道。
薰子輪流看著他們的臉，嘆了一口氣說：「這麼厲害！」
「雖然離實用化還有一段距離，想要活動麻痺的手腳，並不是只要能夠活動就行，還必須要有感覺，也可以感受到溫度。」

「是這樣嗎？但我覺得已經很厲害了。只不過——」薰子將視線移向電腦螢幕，「這隻猩猩的大腦沒有異狀，對嗎？」

言下之意，就是猩猩的案例並不具有參考價值。

星野似乎瞭解到她的意思，點了點頭，再度操作筆電的鍵盤。螢幕上出現了新的影片，但這次的主角不是猩猩，而是一名男子，身上戴著好像降落傘用的護具，懸在半空中。

「這名男子是健康的人，手腳都可以自由活動，」星野開始說明，「妳應該可以看到他手上有電線。這是藉由觀察流過肌肉的電流，瞭解在活動手臂時，大腦會發出怎樣的指令。再將這種電流經過特殊處理，變成信號，送到裝在他腰上的磁力刺激裝置上。」

正如星野所說，影片中男人的手臂上的電線連結在附有監視器的儀器上，儀器還伸出另一條線，連在男人的腰上。

「請妳仔細看影片。」星野開始播放影片。

男人似乎接收到什麼指令，開始活動起來。他懸在半空中前後擺動手臂，儀器的監視畫面上出現了波形。

「監視器上的波形是手臂的肌電圖，實驗時要求這個男人放鬆下半身，所以腳沒有活動，向下伸直，但是，如果向腰部的磁力刺激裝置傳送電氣信號呢？」

實驗人員打開了某個開關，立刻發生了驚人的情況。擺動手臂的男人，雙腳也以相同的節奏前後擺動起來。關掉開關後，他的動作就跟著停止；打開開關之後，又開始動了起來。和剛才的猩猩一樣。

星野停止播放影片。

「步行是高度自動化的運動，目前認為基本上由脊髓負責控制。在走路的時候，我們不會一直思考先跨出右腳，再跨出左腳這種。簡單地說，大腦只是發出『走路』的信號而已。這個實驗只是證明可以透過擺動手臂這個信號加工後，人工製造出『走路』的信號。我想不需要我說明也知道，這是為了脊髓受到損傷而無法行走的人進行的研究。」

「這項研究有兩大重點，」和昌接著說道：「首先瞭解到，大腦的信號並不是送到脊髓。因為實驗對象並不想活動自己的腳，但腳自己動了起來。另一個重點，就是沒有任何侵入性行為，也就是實驗對象的身體不會有任何傷口。磁力刺激裝置只是線圈而已，貼在腰部後方就好。」

「所以不需要動手術，對嗎？」薰子向星野確認。

「不需要，」年輕的研究員回答，「只要沿著脊髓貼幾個線圈，分別傳送不同的信號，應該就可以活動全身的肌肉。」

「……是這樣啊。那我想問一個問題，這也是我最想瞭解的事，」薰子舔了舔嘴唇後繼續說道：「像我女兒那樣的身體，也可以活動嗎？」

星野的表情稍微嚴肅起來，然後轉頭看著和昌，似乎在請示他是否可以回答。看到上司輕輕點頭後，轉頭看著薰子說：

「我認為可以，因為她的脊髓並沒有受到損傷，不可能無法活動。」

這句話就像福音般在薰子的耳朵深處迴響，她閉上眼睛，用力深呼吸。

「就是這麼一回事。」和昌說，「技術上沒有問題，接下來就是決定要不要做，妳決定就好。」

「我已經決定了。我想要做，想要為瑞穗做——星野先生，可以拜託你嗎？」

「我只要接到指示……沒問題。」

薰子直視著丈夫說：

「又要讓你花很多錢了。」

「這種事不重要，」和昌揮了揮手，「星野，那你可以從明天就開始進行這項作業嗎？需要什麼，隨時向我開口。」

「知道了。」星野開始收拾電腦。

薰子把他們送到門廳。星野並沒有問為什麼董事長不留在自己家裡，他應該已經知道了這些複雜的內情。

「那我再和妳聯絡。」和昌穿上大衣後，看著薰子說。

「好。啊，老公，」薰子抬頭看著和昌，「對不起，拜託你這麼麻煩的事。」

「妳在說什麼啊。」和昌皺著眉頭，「那就晚安了。」
「晚安。」
「我告辭了。」星野鞠躬說道，薰子向他道謝：「謝謝你。」
回到瑞穗的房間，發現她已經被移到床上。
千鶴子問薰子，情況怎麼樣，薰子把剛才與星野、和昌討論的內容告訴了她。千鶴子安心地頻頻點頭說：「真是太好了。」然後看著孫女。
薰子坐在床邊的椅子上，聽到了瑞穗靜靜的呼吸聲。
兩個星期前，她帶瑞穗去醫院做了定期檢查。她回想起醫生當時說的話。
雖然進藤不認為瑞穗的大腦機能恢復，但確認了瑞穗的身體狀況逐漸好轉。她的氣色明顯比以前更好，而且血壓、體溫和 SpO2 值等客觀的數據也證實了這個事實。
主治醫生認為可能是AIBS帶來的效果。雖然是受到電腦控制，但瑞穗目前使用了自己的呼吸器官，當然會消耗能量，所以代謝很可能比以前增加了。
「這就像健康的人運動時，血壓和體溫會上升一樣。」
主治醫生隨即補充說：
「但是，通常這種狀態的病人不會發生這種情況。因為調節體溫和維持血壓是大腦的功能，所以瑞穗很可能還殘存了一小部分這方面的功能。」
薰子立刻追問了主治醫生不經意說的這句話。

「請問這句話是什麼意思？進藤醫生說，瑞穗的大腦功能完全停止，八成已經是腦死狀態，你說還殘存了一小部分，這是什麼意思？」

主治醫生慌忙搖著雙手。

「不是不是，進藤醫生說的大腦功能停止，是指在判定時必須確認的功能全都停止的意思。」

主治醫生說，大腦內有名為下視丘和腦下垂體前葉的部分，會分泌各種不同的荷爾蒙，維持體溫和血壓，因應身體的各種變化。醫生將之稱為身體的統合性。

腦死判定會測試是否具有意識，頭顱神經是否能夠發揮正常功能，以及是否有自主呼吸，並不會確認是否失去了統合性。

「瑞穗剛住院時，注射的荷爾蒙量也很多，但之後逐漸減少，如今幾乎已經不需要了。我認為是那個部分發揮了功能，對幼童來說，這種情況並不罕見。」

所以即使只有一小部分肌肉活動，身體狀況也會逐漸好轉。

薰子聽了這番話後，內心產生了某些隱約的想法，只是當時還不清楚具體的內容。

在照顧瑞穗之後，她找到了答案。在為瑞穗擦拭身體時，發現她的腿動了一下。雖然進藤認為，那只是反射而已，但薰子並不這麼覺得。

「啊喲，妳覺得癢嗎？妳可以多動幾下。」

在對瑞穗說話時，腦海中突然閃過一個念頭。只要瑞穗多活動，就可以增加肌肉——

她恍然大悟。對啊，只要多增加肌肉就好。無論對普通人，或是像瑞穗這種身體的人都一樣，適度的運動一定有益身體健康。

薰子努力想要甩開這個想法。讓瑞穗運動？這根本是不可能的事，不能被這種荒唐的想法困住。

然而，即使她努力想要忘記，這個想法仍然揮之不去。相反地，這種想法一天比一天強烈。當她回過神時，發現自己開始在網路上用「臥床不起、運動」等關鍵字搜尋相關內容，結果當然無法找到令她滿意的內容。

她只能找一個人商量這件事。她做好了被認為是無稽之談，遭到一笑置之的心理準備，鼓起勇氣，與和昌討論了這件事。

沒想到和昌認真地傾聽妻子說的話，而且提到了令薰子意外的事。

「妳還記得之前在醫院聽進藤醫生說，瑞穗腦死的可能性相當高時，妳對我說的話嗎？妳問我，你們公司不是在研究把大腦和機械連結在一起嗎？既然這樣，應該很瞭解這些事，不是嗎？我當時回答說，我們的研究是以大腦還活著為大前提，從來沒有考慮過腦死的情況。但是，當時我覺得有某種隱約的念頭浮現在腦海，只是連我自己也不清楚到底是什麼想法。現在聽了妳說的話，我終於瞭解了。雖然很遺憾，瑞穗的大腦發生了重大障礙，喪失了很多功能，但只要彌補這些功能就好。既然大腦無法發出運動的指令，可以用其他方式發出指令。」

當薰子問他，有沒有可能做到時，和昌回答，雖然不知道，但不能排除這種可能性。

「我會找一名技術人員討論這件事，我問他看看。」

今天早上，和昌打電話給薰子，說想帶那名技術人員去家裡。

薰子回想起星野的臉，他看起來很誠懇，讓她感到安心。因為接下來有相當長一段時間，都必須把瑞穗的身體交給他，如果發現他打算用瑞穗來做人體實驗，薰子打算拒絕。

薰子握著女兒細瘦的手腕。

雖然現在變得很細，但如果能夠藉由運動，逐漸增加肌肉，每天的生活一定會很快樂。

最重要的是——

當有朝一日發生了奇蹟，瑞穗清醒過來時，如果能夠靠自己的能力坐起來、站起來，然後走路，她自己一定比任何人更高興。

媽媽會努力等到這一天——薰子注視著女兒的臉喃喃說道。

5

星野祐也正在自己的座位上把東西放進皮包，放在桌上的手機響了。一看螢幕，發現是真緒打來的。星野站著接起了電話。
「喂?」
「喂?是祐也嗎?我是真緒,現在方便嗎?」
「沒問題啊,怎麼了?」星野一邊說話,一邊看著手錶。下午三點半剛過。
「這個星期天,你有沒有什麼安排?」
「星期天喔……」星野拿起皮包,另一隻手拿著手機邁開步伐,「星期天有什麼事嗎?」
「嗯,美紀他們說要烤肉,約我一起去。你要去嗎?」
「烤肉喔。嗯……」
「怎麼了?你不方便嗎?」真緒帶著不悅的聲音變得很尖。
「也不是不方便,可能要加班。」
「啊?你上個星期不是也這麼說嗎?所以我們已經有三個星期沒見面了。」
「我知道,但工作很忙,我也沒辦法啊。」
「就是你們老闆直接委託你的工作嗎?到底要你做什麼?不能請其他人代替你嗎?」
「跟妳說,妳也聽不懂,這是只有我能夠勝任的工作,所以董事長才會找我。」
電話中傳來嘆息的聲音。

「好吧，既然這樣，那也沒辦法了。我一個人去烤肉，但是你要小心點，假日也加班，小心累壞身體。」

「我知道，謝謝。妳也要小心，去烤肉時不要喝太多。」

「怎麼可能？那就再聯絡。」聽真緒的聲音，她似乎已經不生氣了。

他把電話放進口袋，在電梯廳等電梯，旁邊有人問：「你去出差嗎？」轉頭一看，原來是BMI團隊第一小組的同事，他是比星野早一年進公司的前輩，目前正在開發針對視障者的人工視覺認知系統。只要戴上特殊的風鏡和頭罩，就可以在有障礙物的迷宮行走，的確是很驚人的研究成果。

他之所以問星野是否去出差，是因為星野並沒有戴上公司規定要戴的名牌，而且還沒有到下班時間，星野就帶著皮包準備離開。

「雖然沒有出差津貼，但的確是去外面工作。」

前輩聽了星野的回答，露出訝異的神情，但立刻恍然大悟地點了點頭。

「是去董事長家裡嗎？我聽說了，是不是利用ANC技術，讓腦死的董事長女兒能夠活動？聽說是董事長夫人想到的主意，沒想到董事長竟然會同意。」

ANC是星野目前正在進行的研究項目的簡稱，正式名稱是人工神經接續技術。

「董事長似乎希望盡可能完成夫人的心願。」

「話雖如此，」前輩說到這裡時，電梯的門打開了，星野很希望電梯內有人，但不巧的是，電梯內空無一人，所以一走進電梯，前輩又繼續剛才的話題。

「他女兒不是已經腦死了嗎？沒有意識，只是在等死而已。讓這種人的手腳活動，到底有什麼意義？費用也很驚人吧。」

「董事長個人支付相關的費用。」

「我知道，但是你的人事費用呢？雖說是董事長，但也不能把技術員當成私有財產啊。」

「雖然我是去董事長家裡，但並不認為董事長把我當成私有財產，反而覺得是提供了很寶貴的研究機會。能夠有機會瞭解當病患的大腦無法發出運動指令時，如何刺激脊髓，會產生怎樣的反應，我相信以後再也不會有這種機會了。」

前輩聳了聳肩，微微偏著頭說：「換成我就沒辦法。」

「什麼沒辦法？」

「我才不願意去做這種事。我做目前的工作，是希望幫助身障者，既覺得很有意義，也感到驕傲，但換成是腦死病患，又另當別論了。病人不是沒有意識嗎？以後也不會恢復意識，不是嗎？用電腦和電氣信號活動病人的手腳，到底有什麼用？我覺得根本只是在製造科學怪人。」

星野沒有看前輩的臉說：「科學怪人有意識。」

「那就比科學怪人更不如，只是利用失去意識的病人身體，沉浸在自我滿足之中。

主謀是董事長夫人。你聽我一句話，我勸你趕快收手，這是為你好。這不是什麼太困難的事，你只要煞有其事地做幾個實驗，然後說無法活動他們女兒的手腳，就可以全身而退。」

星野很希望電梯中途停下來，有人走進電梯，但電梯完全沒有停，直接來到一樓，所以電梯內陷入了尷尬的沉默。

「我無法表達得很清楚，」走出電梯後，星野對前輩說，「雖然我們在研究大腦發出的信號，卻不知道心在哪裡，全世界的學者都不瞭解這個問題。既然這樣，不接觸這個部分，只回應病人家屬的要求，不就好了嗎？」

前輩仔細端詳著星野的臉說：「你真冷酷。」

「是這樣嗎？」

「雖然法律上還很模糊，但腦死實質上就等於已經死了，也就是說，你面對的是一具屍體。我無法對著屍體做實驗，感覺毛毛的，渾身起雞皮疙瘩。」

星野內心憤怒不已，臉頰的肌肉都快抽搐了，但還是克制了怒氣，面帶笑容說：

「董事長的女兒並沒有接受腦死的判定。」

「難道你要說她只是植物人狀態嗎？」

「我不知道，我沒有資格判斷。」

前輩一臉很受不了的表情搖了搖頭。

「沒關係啦，既然你這麼說，那就隨你囉。但我告訴你，再怎麼研究如何活動腦死的人的手腳，也不會對任何人有幫助。」

「我會牢記在心。」

「那就加油囉。」前輩揮了揮手，走向和玄關相反的方向。

星野瞪著前輩的背影，在心裡嘀咕道。

不會對任何人有幫助？你在說什麼啊，已經有幫助了——

下午四點多，他來到了廣尾的播磨家。按了大門對講機的門鈴，對講機中傳來播磨夫人的聲音。

「哪位？」

「我是星野。」

「好。」隨著播磨夫人的回答，門鎖喀嚓一聲打開了。

他眼角掃到了庭院，沿著通道走向玄關，播磨夫人已經打開了門，等在門口。她皮膚白皙，下巴很尖，單眼皮的眼睛細細長長，穿和服應該很漂亮。她今年三十六歲，比星野年長四歲，但她皮膚滋潤，根本看不出實際年齡。

「午安。」星野鞠了一躬，向播磨夫人打招呼。

「辛苦了，那就拜託你了。」

播磨夫人客氣的語氣讓星野感到高興，她似乎並不認為自己是丈夫的下屬，更覺得是女兒的恩人。

走進熟悉的房間，發現瑞穗坐在輪椅上，穿著格子圖案的洋裝，腳上穿著褲襪。

「今天外婆不在嗎？」

「對啊，她帶我兒子回她家了，晚上之前都不會回來。」

「是嗎？」

也就是說，今天和播磨夫人單獨相處。星野正暗自感到高興，想到還有瑞穗，在心裡暗暗糾正了自己的想法。今天只有我們三個人。

「線圈已經貼好了。」播磨夫人說。

「是嗎？瑞穗，午安，打擾一下喔。」星野微微直起瑞穗的上半身，把手放在她後背上，「嗯，位置沒有問題。」

「我覺得越來越貼合了，現在這樣，瑞穗應該不會覺得痛了。」

「希望是這樣。」

線圈是向脊髓發出磁力刺激的裝置，在配合瑞穗脊椎形狀的盒子內，排放了好幾個線圈，但起初盒子的形狀無法完全貼合脊椎，至今為止，已經修改了多次。

輪椅旁的工作台上並排放了兩台儀器，一台是信號控制器，也是司令塔，連結了磁力刺激裝置，控制各個線圈發出什麼信號。目前尚未完成，星野每次造訪，都會稍加改良。另一台是用電力監視肌肉活動的裝置。

「今天也從腿部運動開始，麻煩妳裝上電極。」

「好。」播磨夫人在女兒面前彎下腰，脫下了她的褲襪，用ＯＫ繃把星野遞給她的電線上的電極貼在瑞穗的腿上。她的動作很熟練。

「那就開始了。」星野操作著信號控制器的鍵盤。調整了運動幅度、速度和次數之後，按下了執行鍵。

瑞穗的右側膝蓋微微抬了起來，立刻又放了下來。接著，左側膝蓋也做了相同的動作。在輪流各做了三次之後停了下來。也就是說，她坐在輪椅上原地踏步。

星野看著肌電監視器，左右肌肉的活動很平均，也沒有造成過度的負荷。

「很好，非常好。」

聽到他這麼說，播磨夫人把雙手交握在胸前，看著瑞穗的臉。

「瑞穗，聽到了嗎？妳做得非常好，太好了。」

可惜女兒並沒有回應母親的呼喚。星野忍不住想像，如果這種時候，能夠立刻操作控制器，讓瑞穗點頭，不知道該有多好，只是目前還無法做到這種程度，還只是在摸索的階段。

「現在稍微將腿張開，做相同的運動。」

「好。」播磨夫人回答後，抓著瑞穗的膝蓋向左右兩側打開。「請等一下。」星野叫了起來，但晚了一步。監視器發出了警告聲。

「完了……」播磨夫人慌忙把瑞穗的腿放回原位。

星野操作了監視器，關掉了警鈴聲。

「我上次也說過，即使瑞穗的動作停止，也不代表沒有送信號給肌肉，有時候可能發出了維持相同姿勢的信號。在這種狀態下強制移動，電腦會判斷信號和身體位置不同，就會像剛才一樣發出警告鈴聲。」

「我知道，對不起，我太大意了……」

「妳不用道歉，剛才那種程度不會有問題，但以後肌肉增加時，可能會損傷肌肉，請特別注意。」

「我知道了，對不起。」

「我說了，不用道歉。」

星野笑著說，播磨夫人的表情也放鬆了。

之後，花了一個小時活動了瑞穗的腿部和手臂的肌肉。雖然目前都只是簡單的動作，但可以感受到動作越來越順暢，應該是關節漸漸放鬆了。

休息時，播磨夫人泡了紅茶。

「上次不是和你提到整骨師的事嗎？你還記得嗎？」

看到播磨夫人表情開朗地說話，星野知道應該不是壞消息。

「我記得是請整骨師來瞭解瑞穗在臥床不起的這段期間，肌肉衰退的程度，是不是？我記得這件事。」

「那位整骨師昨天又來看瑞穗的身體情況，說她的肌肉漸漸有了彈性，之前骨骼有點歪的地方，也慢慢糾正了。」

「真的嗎？那真是太好了。」

「我看了日曆，只有一個月而已。小孩子的身體真的充滿潛力。」播磨夫人轉頭看著女兒，心滿意足地瞇起眼睛。

「之後肌肉會越來越飽滿，其他部分也一樣。」

「我很期待，我很感謝你，真的太謝謝了。」

播磨夫人正視著星野說道，星野心慌意亂。

「不，別這麼說……」他伸手拿起紅茶杯，掩飾著慌亂。

是喔，一個月了——。

時間過得真快，星野想道。

播磨董事長在兩個月前找他，說有重要的事和他談一談。星野聽了之後大驚失色，因為董事長的女兒失去意識，臥床不起，董事長問星野，有沒有辦法活動他女兒的肌肉。

這件事並不是毫無預兆。星野之前就聽說，董事長女兒裝了人工智慧呼吸控制系統，已經能夠自主呼吸了。當初也是星野告訴播磨這項技術，播磨也知道他在研究ANC——人工神經接續技術。既然想要活動肌肉，當然會最先想到星野的名字。

星野雖然驚訝，但並不覺得是異想天開。相反地，星野很希望有機會一試。這是全世界誰都沒有做過的研究。

他立刻著手進行這項工作。最先將微弱的信號送至脊髓各處，瞭解瑞穗的身體會產生何種反應。同時在公司製作了磁力刺激裝置和信號控制器，以及肌電監視器。一個月前，才完成了所有的裝置，正式開始肌肉訓練。之後幾乎隔天就來播磨家一次。因為要等肌肉恢復，所以才會隔天訓練。

實際進行之後，充分瞭解到這項研究的困難度。因為只要稍微改變信號模式和刺激的部位，身體就會做出完全不同的動作。有時候想要活動手臂，但手臂完全不動，背部挺了起來，整個身體幾乎跳起來。

星野在這個過程中深刻體會到，人類的身體和機械不同，恐怕要花上好幾個月，不，可能要幾年的時間，才能夠完全控制身體。

但是，即使這樣也沒有關係。他認為這項研究有這樣的價值，而且每天都感到很充實。

「啊，對了，我有東西要給你看。」

播磨夫人合著雙手站了起來，走向衣櫃，從衣櫃裡拿出的衣架上，掛了一件深藍色的服裝。

「喔！」星野叫了起來，「這該不會是制服？」

播磨夫人笑著點了點頭，「下個星期一是小學的入學典禮。」

「是嗎？是下個星期嗎？真讓人期待。」

星野之前就聽說，特殊教育學校接受了瑞穗，但瑞穗並不需要去學校，而是老師每週來家裡數次。雖然星野納悶，不知道老師會對持續沉睡的孩子實施怎樣的教育，但他並沒有問出口。

「所以下週一不能訓練了，因為瑞穗不常外出，回來之後應該會很累。」播磨夫人把制服掛回衣櫃時說道。

「是啊，我瞭解了。」

「但接下來就是星期二，中間會不會隔太久？」播磨夫人一臉沉思的表情說道。因為今天是星期四，最好不要連續每天訓練。播磨科技週六和週日都休假。

「那要不要星期六來？雖然是假日，但我沒關係。」

播磨夫人聽了，一臉遺憾地垂著眉毛。

「謝謝你這麼說，但星期六要帶瑞穗去醫院。」

「是嗎？那星期天呢？」

「啊？但你上個星期天也來……你會不會有其他事？像是約會之類的。」

星野笑了笑，搖了搖頭。

「沒關係，我猜想可能會發生這種情況，所以特地空了下來。」

播磨夫人得救的表情，雙手放在胸前。

「是嗎？太好了，謝謝你。」

「妳太客氣了。」

星野把茶杯舉到嘴邊，感受著紅茶的香氣，很希望剛才說「再怎麼研究如何活動腦死的人的手腳，也不會對任何人有幫助」的前輩，能夠聽到夫人剛才說的話。

第三章——你守護的世界通往何方

1

那家餐廳位在月島，是一整排文字燒餐廳中的一家。真緒隔著窗戶看向餐廳內，看到身穿短袖襯衫的星野祐也坐在牆邊的座位，正低著頭。八成在滑手機。

一看手錶，晚上七點不到。祐也約會時提早到並不稀奇，但今天晚上，這種理所當然的景象卻讓真緒感到意外。

她打開門，走進餐廳內，祐也抬起頭，對她點了點頭。

「等很久了嗎？」真緒發問的同時，在他對面坐了下來。

「不，我也剛來而已。」

女服務生送上了小毛巾，問他們要點什麼飲料，於是他們點了兩杯生啤酒和毛豆。

「今天真熱啊。」真緒說。

祐也點了點頭，「都已經是九月下旬了，聽說好像快三十度。」

「天氣這麼熱，真想去涼快的地方旅行。」

祐也輕輕笑了笑說：「是啊，如果有時間的話。」

言下之意，就是目前沒有時間。

生啤酒送了上來，雖然沒有什麼值得慶祝的事，但他們還是乾了杯，然後點了韓國泡菜豬肉文字燒，他們每次都會在快煎好時，最後撒上「寶貝之星拉麵」脆果。

他們已經有一個月沒約會了，主要原因是雙方的時間無法配合。其實真緒的時間可以調整，之所以仍然沒有約會，是因為祐也沒有時間。

「你的工作好像仍然很忙。」

祐也聽到真緒這麼說，露出苦笑，聳了聳肩。

「沒辦法啊，因為這是全世界前所未有的研究，時間永遠不夠用。」

「我猜想也是這樣，所以也很少打電話給你，也盡量不傳訊息給你。」

「妳不必這麼見外，如果有事，隨時可以聯絡我。」

「嗯。」真緒點了點頭，但內心的不滿並沒有消失。沒事也會聯絡，才算是情人啊。

文字燒的食材送了上來，每次都是祐也負責煎餅。他將食材在大碗中混合後，放在鐵板上，用兩根鏟子俐落地切成小塊。他的動作很熟練，真緒第一次看到時驚訝不已。

因為我學生時代在文字燒店打工——祐也當時這麼告訴真緒，露出了爽朗的笑容。

祐也和那次一樣，動作精準地煎著文字燒。真緒看著他的臉，覺得不一樣了。眼前的祐也，已經不是那時候的祐也了。

「好了，煎好了。」祐也最後把寶貝之星拉麵脆果撒在最上方，對真緒說道。

真緒用名叫剁鏟的小鏟子，把文字燒送進嘴裡後表達了感想，「真好吃啊，你煎的文字燒果然最棒了。」

「妳不用奉承，反正每次都是我在煎。」

他們吃著文字燒，喝著啤酒，聊了很多事，但幾乎都是真緒提供話題。工作的事、朋友的煩惱、時下的流行和演藝圈的事。無論真緒聊什麼，祐也都不會露出不感興趣的表情，總是認真地回應她的話。當真緒分享自己出糗的經驗時，祐也都會很捧場地發笑。

但是，他不會主動提供話題。之前和現在不一樣，他總是和真緒分享各種大小事，尤其聊到工作時，表情特別生動。即使真緒因為內容太費解而無法理解，只能目瞪口呆地聽他說話，他也無所謂。真緒不只一次佩服他這麼熱愛研究工作。

第一次見面時也一樣。

他們是在共同認識的朋友經營的餐廳開幕那一天認識的，那天是只有餐廳老闆的朋友參加的小型派對，真緒和祐也剛好坐在同一張桌子上。

祐也的五官清秀，整個人感覺很有氣質。雖然不會積極和其他人聊天，但不會感覺他不起眼，或是覺得他陰沉。真緒猜想他應該喜歡聽別人聊天。

大家聊天時，真緒剛好聊到自己的工作。當她說自己在動物醫院當助理，有時候也會參與手術時，祐也比任何人更有興趣。

「妳有沒有參與脊髓受到損傷的動物的手術？」這是他問真緒的第一個問題。

「有啊。」聽到真緒這麼回答，他探出身體，接連不斷地問，是什麼動物？損傷的程度如何？手術的具體內容是什麼？真緒有點被他嚇到了，其他客人也都驚訝不已。這時，祐也似乎才終於發現不對勁，不好意思地向大家道歉說：「對不起。」然後又接著說：

「因為我的工作是開發脊髓損傷的人使用的輔助器。」

真緒聽到他的解釋，立刻對他產生了好感。

他不僅從事出色的工作，而且隨時都想到工作的事，隨時張開天線，接收能夠為工作帶來靈感的資訊。真緒從他的這種態度中感受到誠實，認為他一定能夠瞭解他人內心的痛苦。

真緒告訴他，自己參與的是發生車禍導致脊髓損傷的狗的手術，那隻狗雖然後腿無法動彈，但在下半身裝了用滑板改裝的輪椅後，就可以靠前腿移動。祐也熱心地聽著她說的這些事，中途甚至開始做筆記。其他人都開始聊其他的事，真緒暗自慶幸，因為和他單獨聊天很開心。

「希望下次還有機會見面。」祐也主動對真緒說，於是，他們交換了聯絡方式。

「你有女朋友吧？」真緒鼓起勇氣問道。

祐也露出微笑，搖了搖頭，「沒有。川嶋小姐呢？」

「我目前也是自由身。」

「是喔，那就太好了。」說完，他露出了潔白的牙齒。

約會了幾次之後，他們很自然地發展為男女關係。因為雙方都很忙，所以每個月只能見兩、三次面，就這樣交往了兩年多。

真緒即將三十歲，父親雖然不過問，但母親經常和她聯絡，不時打聽她有沒有理想的對象。真緒一直騙母親說沒有男朋友，因為只要告訴母親祐也的事，母親一定會要求見面，甚至希望可以帶他回家。真緒的老家在群馬，即使當天來回也沒問題。

真緒並不是不想讓父母見到祐也，事實完全相反，她一直期待可以有這樣的發展，但她認為這種事不該由自己開口。祐也從來沒有提過結婚的事，而且真緒認為必須等祐也求婚之後，才能要求他和父母見面。更何況她自己並不急著結婚。

沒想到最近對未來越來越不確定。這和年齡無關，而是她覺得祐也的態度發生了變化，所以令她感到不安。

差不多半年前，她察覺到這種變化。那時候好像是三月，即使傳訊息給他，他也遲遲不回覆，有時候甚至完全不回覆。即使約他出來玩，他也總是用各種理由拒絕。

真緒知道直接的原因。因為祐也的工作比以前更忙了，而且那是董事長直接交代的工作，只有祐也才能勝任。真緒能夠理解祐也想要全力以赴，回應董事長的期待，所以真緒起初並沒有太在意，只是擔心他會累壞身體。

但是，真緒漸漸覺得祐也不光是因為工作忙碌，而是對自己的感情變淡了。理由之一，就是祐也幾乎不再主動說自己的事，尤其隻字不提工作。以前只要真緒問起，他就願意回答，但現在不一樣了。

「我問你啊，上次的猩猩之後怎麼樣了？」真緒用剝鏟吃著明太子年糕起司文字燒，語氣開朗地問。

「妳是問奧利佛嗎？」

「沒錯沒錯，就是奧利佛，因為脊髓受到損傷，手腳無法活動的那隻猩猩，但用了你製作的機械之後，手臂可以活動了，之後有什麼進展嗎？」

祐也在一年前第一次告訴真緒這件事。祐也雙眼發亮，侃侃而談。

但是，今天晚上的祐也臉上不見當時的表情。

「那項研究已經交給後輩了，我不是很清楚，但好像沒什麼進展。」祐也一臉冷漠的表情搖了搖頭。

「是這樣嗎？我覺得這項研究很了不起啊。」

「謝謝。」

「上次我們醫院來了一隻因為腦梗塞影響，下半身無法順利活動的貓，我在想，那隻貓也使用那種機械，或許就可以治好。」

「不太清楚，脊髓損傷和腦梗塞完全不一樣。」

「是喔，重點是大腦到底發出了怎樣的信號，對不對？腦梗塞導致無法行動，就代表無法順利發出信號。」

正準備伸手拿文字燒的祐也停下了手。

「難得約會，不想聊工作的事。」

「啊，對不起。對喔，這樣你心情無法放鬆，但因為你之前經常告訴我工作的事……」真緒抬眼看著他。

「現在和之前的狀況不同。」

「怎樣不同？」

「怎樣……」祐也把剷鏟放在盤子上，坐直了身體，直視真緒。「我之前沒告訴妳嗎？我正在做高度機密的工作，詳細情況只有董事長一個人知道，所以希望妳能諒解。」

「這件事聽你說過，但我原本以為稍微聊一下應該沒問題。」

「董事長特別吩咐，就連家人也不能說。」

「是喔……那我知道了。」真緒低下了頭。她覺得祐也的言下之意，就是說和她之間的關係不如家人。

雖然心情很沉重，但她努力表現得很開朗，不想把心事寫在臉上。真緒和剛才一樣，不斷提供各種話題，努力聊得很投入，但腦袋深處始終覺得不太對勁。並不是因為研究內容是高度機密，所以不能告訴自己。或許這也是原因之一，但真緒覺得另有原因。也許那是祐也想要守護的世界，所以拒絕他人進入——真緒忍不住有這樣的感覺。

走出餐廳時，已經九點多了。真緒覺得自己一個人聊了兩個多小時，雖然吃了很多，但不太記得後半段吃了些什麼。

「吃得好飽。」真緒邊走邊說。

「嗯，好久沒吃這麼多了。」

「接下來要去哪裡？要去門仲嗎？不知道常去的那家酒吧有沒有空位。」

他們常去的那家酒吧在門前仲町。

但祐也停下腳步，看了看手錶，皺著眉頭，微微偏著頭說：

「不，今晚就先到這裡吧，因為我有事要在明天之前完成。」

真緒愣在原地，瞪大了眼睛。

「啊？什麼意思？該不會是工作？」

「嗯……不好意思。」

「到底──」是什麼工作？真緒差一點這麼問，但還是把話吞了下去，「我們好不容易約會一次。」

祐也把背包背在肩上，合起雙手說：

「真的很對不起，下次一定補償妳。我送妳回家，作為道歉。」

「不用了，反正坐上計程車，馬上就到了，而且現在時間還早。」

「那我送妳到可以攔到計程車的地方。」

說完，他們剛走了沒幾步，前方就駛來一輛亮著空車燈的計程車。為什麼偏偏這種時候，一下子就有空車。真緒忍不住想要生氣。因為她還有很多話要說。

祐也舉起手，攔了計程車。「真緒，妳上車吧。」

「祐也，你先上車吧。我不是這個方向，要到轉角處去搭車。」

他們目前所在的那條路是單行道。

祐也完全沒有客氣，很乾脆地點了點頭說：「好啊，那就這樣，我會再和妳聯絡。晚安。」

「晚安。」

目送祐也坐上的計程車離開後，真緒邁開步伐。她內心仍然覺得難以釋懷。

她還沒有走到轉角，又有一輛計程車迎面駛來。

搭這輛計程車，方向還是相反，但她突然浮現一個想法。她轉頭看向後方，祐也的那輛計程車正在等紅燈。真緒見狀，下定了決心。她對著計程車舉起了手。

計程車停了下來，後方車門打開。真緒一上車就指著前方對司機說：「請跟蹤前面那輛計程車。」

「跟蹤？要去哪裡？」白髮的司機訝異地問。

「不知道，所以請你跟著那輛車。」

「啊？」司機發出不太願意的聲音，「我不太想牽扯這種事。」

「拜託你了。啊，如果再不趕快，車子就要開走了。」

祐也的計程車已經駛了出去。

「真傷腦筋啊。」司機邊說，邊踩下了油門。

「不能讓對方發現，對嗎？真難啊，萬一追丟了，就請妳見諒囉。」

「沒關係，不好意思，我好像有點強人所難。」

「這位小姐，妳應該不是警察吧？我可不希望那輛計程車上坐的是危險人物，結果發現我們跟蹤，來找我麻煩。」

「別擔心，他是普通人。」然後又補充說：「是我男朋友。」

「男朋友？妳跟蹤妳的男朋友？喔喔喔……」司機似乎察覺了什麼，輕輕點了點頭，「妳是不是懷疑他劈腿？懷疑他接下來去見其他女人？」

「呃，嗯……差不多就是這樣。」

「是喔，我就知道。妳男朋友真差勁啊，既然這樣，那我就努力跟蹤。」司機的好奇心受到了刺激，似乎終於來勁了。

懷疑男朋友劈腿——原來是這樣。這也許最接近真緒目前的心境。

即使工作再忙，真的必須這麼早就回家嗎？以前也曾經有過工作忙碌的時期，但祐也說只要減少睡眠時間就好，一直陪真緒到很晚。

真緒想到，也許祐也接下來必須去某個地方。那裡可能有什麼東西改變了祐也的心，那裡可能有他想要守護的世界。

計程車來到東京鐵塔附近。真緒看到東京鐵塔，立刻確信自己猜對了。因為祐也住在完全相反的方向。

「要去哪裡呢？這樣看來，很可能是惠比壽或是目黑……」司機嘀咕道。

司機的開車技術很好，不時讓其他車子插進來，持續跟蹤祐也搭的計程車，幸好路上的車子並不多。

「這位小姐，如果妳親眼目睹他劈腿，妳打算怎麼辦？」司機興致勃勃地問，「妳打算闖進去嗎？」

「……不知道。」

「雖然要怎麼做是妳的自由，但我勸妳要冷靜，如果鬧得天翻地覆，雙方都會受傷。」

「謝謝。」真緒在回答的同時，也納悶自己為什麼要道謝。

如果發現了祐也的去向該怎麼辦？她完全沒有思考這個問題，到底該怎麼辦？

她的心跳突然加速，手心也滲著汗。自己到底想幹嘛？發現他的秘密之後，到底要怎麼做？

「啊喲，好像快到終點了。」司機說著，放慢了車速。

真緒發現已經進入了住宅區，道路並不寬。司機之所以放慢速度，可能覺得太靠近容易被發現。一看地址，發現是廣尾。

「果然沒錯，車子停下來了。」

前方的計程車閃著車尾燈。

「我會先開過去，如果在這裡停車，容易引起懷疑。」

「好。」真緒在回答時，在座椅上壓低了身體。萬一被祐也發現就慘了。

計程車開了一小段路後停了下來，真緒向後看，發現祐也下了車，站在一棟大房子前，完全沒有發現自己。

不一會兒，他走進了那棟房子。

「好像是那棟房子，」司機說：「我剛才瞥了一眼，那棟房子很氣派。妳男朋友的劈腿對象住在那裡嗎？」

「不知道。」真緒偏著頭，拿出了皮夾，看了車資的金額，拿出了幾張千圓紙鈔。

「那就加油囉。別嫌我囉嗦，妳真的要冷靜。」司機在找零時說道。這個司機爺爺長相很親切。

下了計程車，真緒戰戰兢兢地走向那棟房子，很擔心萬一祐也走出來該怎麼辦，她無法解釋自己為什麼會在這裡。

她來到那棟房子前。司機說得沒錯，那是一棟豪宅，鏤空雕刻的鐵門內是一條很長的通道。

真緒看了門牌，立刻倒吸了一口氣。因為門牌上寫著「播磨」的姓氏，真緒知道那是播磨科技的董事長的姓氏。所以祐也來這裡，果然是為了工作嗎？董事長直接委託的工作，是在董事長家裡工作嗎？還是今天晚上要討論什麼事，所以來找董事長嗎？

通道前方的歐式建築周圍種了一些樹，散發出一種夢幻的氣氛。真緒很快就發現，這是因為幾乎所有的窗戶都沒有亮燈的關係。時間還早，這家人不可能所有人都睡覺了，而且還有祐也這個客人。這家人到底在幹什麼？

真緒抬頭一看，發現一樓的窗戶透出隱約的燈光，應該是玄關附近的房間。

真緒凝視著那個窗戶。窗戶內是祐也想要守護的世界——她不由得這麼想。

2

星野在玄關脫鞋子之前，再度向播磨夫人鞠了一躬，「不好意思，這麼晚才來，真的很抱歉。」

播磨夫人苦笑著搖了搖手。

「我沒關係，星野先生，你沒問題嗎？你不是去參加公司的聚餐嗎？你可以慢慢來，可以等明天再訓練。」

「不，如果今天再休息，就連續休息三天了，而且會不會有酒臭味？雖然我努力注意不喝太多。」

「不會，要不要喝水？」

「不，不需要，那就打擾了。」

星野說完，脫了鞋子，穿上播磨夫人為他準備的拖鞋。

「外婆今天晚上不在嗎？」

薰子露出微笑，指著樓梯上方。

「她照顧我兒子睡覺之後，自己也睡著了。今天幼稚園去遠足，外婆也陪著一起去，所以累壞了。」

「原來如此，那真的很累。」

「是啊，其實照顧瑞穗反而比較輕鬆。」播磨夫人皺起了鼻梁。

播磨夫人像平時一樣，打開了玄關旁房間的門說：「請進。」

星野微微欠身後走進了房間，隱約飄來芳香精油的味道。從這個夏天開始散發精油的味道。播磨夫人說，自己比較能夠入睡。這裡也是她的臥室。

瑞穗躺在床上，她穿著白色運動衣和深藍色的運動外套，穿著白色的襪子。五月左右，播磨夫人說，訓練時當然也要穿運動服。星野猜想可能是因為瑞穗上了小學的關係。

「現在即使穿這樣，她的體溫也不太會下降，醫院的醫生也很驚訝。」

播磨夫人興奮地說。她當然會高興，因為一旦腦死，也就是腦幹的功能停止，通常不會有這種情況。雖然醫生沒有明說，但他們內心可能已經認為，瑞穗的一部分腦幹仍然能夠發揮作用。

星野坐在工作台前，打開各種機器的電源，然後從自己帶來的皮包裡拿出電腦，連結控制器，換了幾個程式。他因為寫這些程式耽誤了時間，所以無法在傍晚來這裡，直到六點多才完成，差不多就是和真緒見面的時間了。

當星野完成一連串的作業，回頭問播磨夫人：「線圈已經裝好了，對嗎？」

「對，已經裝好了。」

星野點了點頭，打量著瑞穗的身體。

這就是一年前被宣告幾乎是腦死狀態的少女嗎？她氣色紅潤，持續規律的呼吸力道很強。即使隔著衣服，也可以知道她的肌膚滋潤有彈性，手臂和腿上都有適度的肌肉，好像隨時會張開眼睛，打著呵欠，用力伸懶腰。

星野得知，瑞穗最近幾乎不需要服藥。這半年來，身體幾乎沒有任何巨大的變化，真是太令人驚訝了。

她的手臂上貼了幾個連著電線的電極。

「那就從推手運動開始，先是不加壓的情況。」星野操作著控制器的鍵盤。

星野和播磨夫人看著瑞穗原本貼著身體的手肘慢慢彎曲，當拳頭來到胸部旁時，手臂用力伸直，拳頭伸向前方，對著空中伸出了拳頭。當手臂伸直後，手肘再度彎曲，回到了原來的位置。這個動作重複了五次。

星野點了點頭，看著播磨夫人，「很完美。」

「她的動作越來越穩當了。」

「和以前大不相同。接下來要增加負荷，可以麻煩一下嗎？」

「好。」播磨夫人說完，站在瑞穗旁說：「準備OK了。」

「那就開始了。」星野說著，操作著鍵盤。瑞穗的手臂動了起來，先是彎曲手肘，接著和剛才一樣，拳頭伸向身體前方。

這時，播磨夫人將雙手握住瑞穗的兩側拳頭，也就是阻止瑞穗把手伸直。星野看向肌電監視器，發現瑞穗的肱三頭肌承受了很大的負荷。

相同的運動重複了八次之後停止。因為瑞穗不會喊累，如果不藉由肌電監視器觀察，就會造成過度負荷，可能會損傷肌肉。

「讓她休息一下，因為這個運動相當於普通人做伏地挺身。」

「那我來泡茶。」播磨夫人離開了床，但走向門口時，突然停下了腳步，盯著自己的雙手。

「怎麼了？」星野問。

播磨夫人抬起頭，她的雙眼都紅了。

「她剛才的力氣很大，雖然我只是輕輕壓著她的手，但她輕輕鬆鬆就把我的手舉了起來。我作夢都沒想到，瑞穗竟然有這麼一天……」她哽咽著說不出話，然後胸部起伏了幾次，似乎在調整呼吸。「對不起，我來泡茶。」說完，她這次真的走了出去。

星野將視線移回瑞穗身上。她的臉頰比剛才稍微紅潤，可能是因為運動促進了血液循環的關係。如果大腦所有的功能都停止，就不可能發生這樣的狀況。

瑞穗的大腦功能果然已經稍有恢復了嗎？還是原本就殘留了這種程度的功能，如今這些功能只是甦醒而已。當然還有另一個可能性，就是ANC的刺激活化了脊髓。關於身體的統合性問題，目前還有很多不明之處，但有人認為只要脊髓功能正常，身體就具有統合性。

但是，對祐也來說，這並不重要。重要的是，自己的技術讓瑞穗的身體日益健康，即使只是表面的健康而已，而且，播磨夫人為此喜極而泣。

如今，在這個房間所度過的時間，逐漸成為星野生活的重心。播磨董事長認同這是正式的業務工作。對星野來說，只是用磁力刺激脊髓，就可以如此自在地活動身體的實驗，也充滿了魅力。

但是，只要時間允許，他就希望能夠在這裡的原因並非如此而已。

每次讓瑞穗做新的動作，或是活動了以前不曾活動過的部位，播磨夫人就會興奮得熱淚盈眶，對星野表達感謝。她每次感謝時的語氣充滿熱情，彷彿相信他就是女兒的救世主。

為了回應播磨夫人的期待，星野不斷開發新的課題，希望薰子更加感動，希望看到她喜極而泣。她充滿喜悅的樣子，正是他活力的來源。

星野當然知道這是一種戀愛感情，事實上，他第一次來這裡看到播磨夫人時，就已經被她吸引。當時這種感覺還很模糊，但在經常出入這個家之後，這種感情也逐漸成形。

他知道自己不可能表達這種感情。因為對方是有夫之婦，而且她的丈夫是自己的老闆，為自己創造了目前的狀況。一旦背叛老闆，將會失去一切。雖然他們夫妻正在分居，但老闆不可能允許自己愛上他的太太。

星野對目前的狀況感到十分滿足。他並不想和播磨夫人發展進一步的關係，只要能夠和她一起養育瑞穗長大，共同分享喜悅就足夠了。

手機發出收到訊息的聲音。拿起來一看，果然是真緒傳來的訊息。他遲疑了一下，還是看了內容。『正在努力工作嗎？謝謝你這麼忙，還抽空和我見面。不要累壞身體，晚安。』

星野想了一下，回覆了訊息。『謝謝妳的關心，晚安。』

然後，他關了手機的電源，嘆了一口氣。

和川嶋真緒交往兩年。在至今為止交往的女人中，和她最合得來。真緒個性很好，腦筋也不差，聽她談論在動物醫院當助理時的各種事也很有趣。

沒錯，真緒完全沒有任何過錯。她是一個出色的女人，能夠娶到她的男人一定可以得到幸福。

不久之前，星野覺得自己會是那個男人。進公司後，他的生活一直以工作為優先，但並不覺得不需要成家。他認為只要時間到了，自己就會結婚生子，而且認為真緒是理想的對象。

他之所以從來沒有在真緒面前提過這件事，只能說是因為沒有機會。星野沒理由急著結婚，真緒看起來也不急。他只是很輕鬆地認為，早晚會有一方提起這件事，到時候再思考就好。

沒想到事態朝向意想不到的方向發展。遇見播磨夫人和瑞穗之後，之前隱約設計的未來全都歸零。

他至今仍然不討厭真緒，也可以說出好幾個她吸引人的優點，只是無法想像自己和她建立家庭。

因為對星野來說，目前在這裡的時間成為生活中的頭等大事。一旦結婚成家，就無法再這麼做。

最重要的是，真緒已經不再是他在這個世界上最愛的女人了。

他覺得很對不起真緒，也知道自己很自私，但他無法欺騙自己。

所以，他很想趕快和真緒提出分手。今天晚上，他好幾次想要提出分手，但最後還是說不出口。一方面是沒有勇氣，更因為如果真緒問及原因，自己沒有自信可以說清楚。

他不想提及在這個家所發生的事，不想提到瑞穗，也不想提到播磨夫人。雖然他也搞不清楚其中的原因。

或許可以說，自己喜歡上其他女人了，但如果真緒追問是哪裡的哪個女人，自己立刻就會張口結舌，語無倫次。他很不擅長在這種事上說謊。

最近，他有時候希望真緒向他提出分手。她很聰明，不可能沒發現星野的態度有問題。

他正在想這些事，聽到敲門聲。「可以請你幫忙開一下門嗎？」

星野起身打開了門，雙手端著托盤的播磨夫人走了進來。托盤上有兩組茶杯，還有裝了餅乾的盤子。

「啊，妳又烤了這種餅乾嗎？」

星野問，播磨夫人笑著點了點頭。

「上次你不是說很好吃嗎？所以我昨天趁我媽照顧瑞穗的時候烤了這些。」

「是嗎？那我來嚐嚐。」星野咬著餅乾，除了適度的甜味，淡淡的檸檬香氣在嘴裡擴散。

「好吃嗎？」

「很好吃，再多也吃得下。」

「太好了，還有很多，你不要客氣，這些餅乾都是為你烤的。」播磨夫人說著，把茶杯舉到嘴邊。

「謝謝。」

星野喝著紅茶，偷偷地看向播磨夫人的側臉。她正看著瑞穗。

自己可能永遠不會向她表明心跡，但星野最近開始覺得，也許這份感情並非單向，也許即使什麼都不說，兩個人的心也緊密地結合在一起。

3

真緒把車子停在公寓的地下停車場，打開了後車座的側滑門。這輛小型廂型車是真緒任職的動物醫院的車子，但幾乎都是她在開，所以她的皮包裡也有一把車鑰匙。

白色的金吉拉波斯貓蜷縮在她從後車座拿下的粉紅色提籃內，牠的名字叫湯姆，是十三歲的公貓。因為不久之前，才剛動了切除肛門腺的手術，所以脖子上還戴著伊莉莎白項圈。雖然還必須觀察術後狀況，但前天接到飼主的電話，說他們夫妻要離開東京兩天，不放心把牠獨自留在家中，希望可以留在醫院照顧。雖然平時都會婉拒類似的委託，但飼主是院長多年來的老朋友，所以這次特別通融，收留了牠。原本飼主應該今天來接牠回家，但又接到電話說，晚上之前都無法出門，而且不知道幾點才能結束。無奈之下，真緒只能把牠送到飼主家。

在玄關請飼主開門後，真緒拎著提籃上了樓。按了房間的對講機後，立刻聽到門鎖打開的聲音，門也打開了。

湯姆的媽媽——飼主太太出現了。她是一個五十多歲，看起來很有氣質的女人。

「啊，是川嶋小姐，謝謝妳，真不好意思，提出這麼任性的要求。」飼主太太一臉歉意，兩道眉毛皺成了八字形。

「妳太客氣了，湯姆這幾天都很健康。」真緒遞上提籃。

「是嗎？那真是太好了。——湯姆，你有沒有乖？對不起，爸爸和媽媽都不在家。」飼主太太接過提籃，對裡面的愛貓說話。

「為牠量了體重，比剛動完手術時輕了，但在預估的範圍內，所以不必擔心，希望不要讓牠有壓力。」

「好的，啊，對了，這次的費用是多少錢？」

「不，不用錢。」

「啊？沒關係嗎？真是太不好意思了。」

「妳不必放在心上，那就請湯姆多保重。」真緒鞠了一躬，離開了飼主家。

回到停車場，坐上了廂型車。發動車子，駛出了公寓，但開了一小段路之後，她踩了煞車，看著衛星導航系統。

這裡是西麻布，廣尾就在附近。那棟房子就在廣尾。

上上個星期的星期四，她和祐也一起去吃了文字燒。時間過得很快，已經快兩個星期了。那天的天氣很熱，最近已經完全有了秋天的味道。這段期間，雖然他們會相互傳訊息，但並沒有見面。訊息的內容也很空洞，比現成的賀年卡更加空洞無物，根本不會想要一看再看。

不一會兒，就來到了目的地附近。剛好有一個投幣式停車場，簡直就像在鼓勵真緒的行為。

真緒猶豫著踩下了煞車。她換了檔，轉動方向盤，倒車停進了停車格。

在關掉引擎之前，她用衛星導航系統確認了位置。她大致知道那棟房子的位置，在記住目前地點和那棟房子的位置關係之後，她關掉了引擎，下了車，鎖上車門後邁開步伐。

我到底想幹什麼？我想去那棟房子幹什麼？

祐也今天也許也在那裡。既然那是他的工作，他在那裡也很正常。自己想要確認這件事嗎？這麼做有什麼意義嗎？不，更何況自己要怎麼確認？

她捫心自問，卻不知道答案，但還是無法停下腳步。她在熟悉的街角轉彎，繼續往前走。

雖然白天的感覺不太一樣，但的確是那天晚上，計程車經過的路。真緒放慢了腳步，內心的確有點發慌。

接著——

那棟房子出現在左側。歐式的房子周圍種著樹木，記憶中，牆壁接近漆黑色，但現在發現是明亮的茶色，屋頂是紅色。

她沿著米色的圍牆來到大門前，停下了腳步。因為顏色和記憶中不同，她擔心是否錯了，但並沒有錯。鐵門上的裝飾和那天晚上看到的相同，而且門牌上寫著『播磨』的名字。

她看向房子。長長的通道前方是玄關的門，那天晚上透出燈光的窗戶拉起了窗簾。祐也今天也在裡面嗎？他在這棟房子裡，守護著什麼嗎？

門柱上裝了對講機。如果自己按門鈴會怎麼樣？屋內的人問：「是哪一位？」時，自己該如何回答？難道要說，自己是星野祐也的女朋友，他今天有沒有來這裡？

她搖了搖頭。自己當然不可能這麼做，這簡直就像是跟蹤狂。如果被祐也知道，一定會覺得很可怕，搞不好會討厭自己。

回家吧，她想道。自己為什麼會來這裡？真是鬼迷了心竅。

正當她準備離開時，背後傳來一個聲音：「請問是有事要找我家嗎？」

真緒驚訝得心跳都快停止了。回頭一看，一個鵝蛋臉的女人滿臉訝異地站在那裡。她穿著灰色洋裝，外面套了一件淡粉紅色的開襟衫。氣質出眾，鎮定自若的感覺，一看就知道是這棟房子的主人。

「不，並沒有特別的事，只是聽朋友提過這裡……」說出口之後，她感到後悔不已。早知道應該說剛好路過，看到房子很漂亮，就忍不住張望了一下。但現在已經來不及了。

「妳的朋友是？」果然不出所料，那個女人追問道。

真緒根本無法掩飾，如果說的謊不合理，自己的處境會更難堪。

「呃……是一個姓星野的人。」她小聲回答。

女人鬆開了微微皺起的眉頭，點了點頭說：

「喔，原來是這樣。妳也是播磨科技的人嗎？」

「不，並不是……」真緒不知道該說什麼，眼神飄忽起來。

那個女人露出似乎察覺了什麼的表情問：「妳該不會是他的女朋友？」

那個女人一猜就中。真緒慌了手腳，撥了撥劉海，小聲地回答：「嗯，差不多吧。」

真緒似乎看到女人的眼睛深處一亮，接著露出幾乎可以稱為妖媚的笑容。

「原來是這樣啊，星野先生從來沒有提過他有女朋友，我還以為他沒有女朋友呢。不過，像他那麼英俊瀟灑的人，沒有女朋友才奇怪吧。」

英俊瀟灑的人。這種說法讓真緒有點在意。這是什麼意思？

「請問……他經常來這裡嗎？」

「對啊，差不多兩、三天來一次，但今天不會來。」

「這麼頻繁……」

「星野先生沒有詳細告訴妳在我家做什麼嗎？」

真緒搖了搖頭說：「他什麼都沒告訴我。」

「是這樣啊。」女人小聲嘀咕後想了一下，然後再度對真緒露出微笑。

「如果妳時間方便，要不要去我家喝杯茶？我也告訴妳，星野先生在我家做的事。」

「可以嗎？但他說是高度機密的業務。」

「高度機密……這的確不是可以逢人就說的內容，但讓妳知道沒關係。」女人打開了大門說：「請進。」

「打擾了。」真緒說著，走進大門內。

「我還沒有請教妳的名字。」女人在關上大門時說。

「喔……我姓川嶋，川嶋真緒。」

「真緒，真是好名字。請問怎麼寫？」

真緒回答說，是真實的真，頭緒的緒。女人聽了之後，又說了一次：「真是好名字。」

「請問……妳是播磨董事長的夫人嗎？」真緒鼓起勇氣問道。

「對。」女人點了點頭，然後告訴真緒，她叫薰子。

「夫人的名字也很好聽。」

「謝謝。」董事長夫人說完，沿著石板通道走向玄關。真緒對著她的背影說：「那個……」播磨夫人停下腳步，回頭看著她。

「我剛才說，是從男朋友口中聽說這裡的事是騙妳的。其實是我很想知道他在幹什麼，所以跟蹤了他。我不想讓他知道我來這裡的事，如果妳認為不想牽扯這麼麻煩的事，請妳告訴我。我馬上就離開，但請妳不要告訴他。」真緒直直地站在那裡說。

播磨夫人面無表情，有點不知所措地聽著她說完，立刻嫣然一笑。

「我知道了，那就不告訴星野先生，我並不覺得麻煩，這很常見。」說完，她再度走向玄關。

播磨夫人打開門，對真緒點了點頭，示意她進屋。「打擾了。」她打了一聲招呼後，走進了屋內。

門廳很寬敞。門廳旁是樓梯，因為是挑高空間，所以天花板很高。有淡淡的香料味道。是芳香精油嗎？

門廳旁的房間門打開了，一個像是讀幼稚園年紀的男孩走了出來。他的一雙大眼睛令人印象深刻。男孩可能以為媽媽回來了，所以出來迎接，看到一個陌生女人站在那裡，似乎很驚訝。

「我回來了。你有沒有乖？」

播磨夫人問，但男孩臉上的表情仍然很僵硬，露出警戒的眼神看著真緒。真緒對他打招呼說：「你好。」他也沒有反應。

這時，另一個人走出了房間。這次是個子矮小的白髮老婦人，她也發現了真緒，露出不知所措的表情。

真緒向老婦人鞠了一躬。

「有客人啊。」播磨夫人說：「等一下會向妳解釋，媽媽，妳可不可以帶生人去客廳？」

「喔，好啊好啊。」應該是播磨夫人母親的老婦人握著男孩的手，「小生，和外婆去那裡玩遊戲。」

「我想搭積木。」

「搭積木嗎？嗯，好啊好啊。」

老婦人牽著男孩的手，消失在走廊深處。

「請進來吧。」播磨夫人說。

「打擾了。」真緒脫了鞋子走進屋內，但不知道該走去哪裡，所以站在原地。

播磨夫人走向剛才那個男孩走出來的 那道門。

「星野先生每次都進去這個房間，說起來，這裡是他工作的地方。」

真緒吞著口水。果然沒有猜錯。那天晚上看到亮著燈的窗戶，應該就是這個房間。當時他就在這裡。

「川嶋小姐，」播磨夫人注視著真緒的臉說：「我想要讓妳見的人就在這個房間。

妳願意見她嗎？」

播磨夫人的眼神很認真，真緒有點不知所措，忍不住緊張起來。她感到害怕，但事到如今，不能逃走。

「願意。」她收起了下巴。

「那就請進。」播磨夫人打開了門。

真緒誠惶誠恐地走向那個房間。芳香精油的香味似乎就是從這個房間散發出來的。

那是一間很寬敞的西式房間，真緒最先看到放在窗邊的大泰迪熊。接著看到泰迪熊前有一張小床，鋪著花卉圖案的床單。

然後她才注意到粉紅色的椅子。那張椅子絕對不小，反而大得有點不適合稱為椅子，但不知道為什麼，一開始並沒有進入真緒的視野。

一個女孩坐在椅子上。女孩的年紀大約讀小學低年級，長得很可愛，劉海剪得很整齊的髮型很適合她。她睡著了，閉著眼睛，睫毛顯得特別長。

「她是我女兒，」播磨夫人說：「請妳再靠近一點。」

真緒慢慢走過去，立刻發現了一件事。剛才以為是椅子的東西，其實是擔架型的特殊輪椅，而且女孩的鼻子插著管子。真緒知道那是補充營養的鼻胃管。

「我女兒因為溺水，已經沉睡了超過一年，醫生說，她可能不會再醒過來了。」

真緒驚訝地轉頭看著播磨夫人，「這該不會……」她把說到一半的話吞了下去。

「沒錯。」播磨夫人嘴角露出笑容點了點頭。

「說她是植物人，妳可能比較清楚。但醫生認為她甚至稱不上是植物人。」

真緒想到「腦死」的字眼，但也沒有說出口，看著輪椅上的少女，「她看起來完全……」

這句話並不是奉承。因為無論氣色和皮膚，都和健康的孩子無異，而且即使穿著衣服，也知道她的體格並不差。

「經過了很多人的努力和奇蹟，最重要的是她自己的生命力，所以能夠維持目前的狀態。對這個孩子來說，星野先生的努力更是不可或缺。」

「他做了什麼？」真緒問。

「好吧，」播磨夫人露出一絲遲疑的表情偏著頭後小聲嘀咕，「也許該讓妳親眼目睹一下。川嶋小姐，不好意思，可不可以請妳在外面等一下？」

「啊？我要出去嗎？」

「對，只是一下子而已。」

真緒搞不清楚狀況，但還是按照播磨夫人的要求走了出去。她等在門外，很快就聽到播磨夫人說：「請進。」

她再度走進房間，看到播磨夫人坐在椅子上。她前方的椅子上排放著複雜的儀器，剛才這些儀器用布蓋了起來。

真緒將視線移向輪椅上的少女。她看起來和剛才沒什麼兩樣，但其實稍有不同。她的背上有幾條電線，連在桌子的儀器上。

少女仍然閉著眼睛，面對真緒的方向，手臂放在輪椅的扶手上。

「先讓她打招呼。」播磨夫人說著，按了儀器的某個地方。

下一剎那，發生了意想不到的事。少女放在扶手上的右手緩緩抬了起來，然後放回原位。真緒差一點叫出來，但好不容易忍住了。

「雖然星野先生說會有危險，所以他不在的時候不要使用，但這種程度應該沒有大礙。」播磨夫人抬頭看著真緒，「妳似乎真的很驚訝。」

真緒按著自己的胸口，調整著呼吸。「這是怎麼回事？」

「就是妳看到的啊，我用星野先生開發的最新技術，活動了我女兒的手。多虧了星野先生，讓我女兒身上很多肌肉都可以活動，也逐漸恢復了健康，現在骨質密度也幾乎是正常值。」播磨夫人滿臉得意，然後又繼續說道：

「星野先生是我們的恩人，是我女兒的上帝，也是她的第二個父親。」

真緒想不到該說什麼，注視著閉著眼睛的少女，茫然不知所措。

播磨夫人站了起來，「真對不起，我請妳來喝茶，卻連茶都沒倒。」說完，她走出了房間。

真緒仍然愣在原地，她的腦筋一片混亂。

植物人。不，腦死。這種人能夠動嗎？播磨夫人剛才說，星野讓她女兒可以活動。星野兩、三天來這個房間，活動少女的身體。

他在這裡是上帝，是女孩的第二個父親——

其中到底有什麼玄機？她暗自納悶，向少女靠近一步。

少女的右手像剛才一樣舉了起來，然後又放回原位。

一陣寒意貫穿真緒的背脊，她忍不住發出輕聲尖叫。

她轉身離開了房間，來到剛才脫鞋子的地方，穿上球鞋，立刻衝了出去。她衝向大門時，想起了男友的臉。

祐也，那就是你守護的世界嗎？那個世界的前方是什麼？

4

「應該是回聲現象。」

聽到星野這麼說，正在為瑞穗脫下白色訓練服，換上格子圖案睡衣的薰子停下了手，回頭看著他，「回聲？有這種現象嗎？」

「目前還不是很清楚，」星野拿起桌上的茶杯，「因為這是用磁力刺激使神經產生微小的電流，藉此活動肌肉，在剛結束時，運動神經處於活化的狀態，所以微小的刺激就會產生反射，有可能會重複相同的動作。這就是回聲現象。」
「沒辦法預防嗎？」
「不，只要修改程式，應該就可以改善，但發生回聲現象有什麼問題嗎？」
「不，並沒有問題，只是覺得很奇怪。」
呵呵呵。星野笑了起來，「沒有操作控制器，瑞穗就突然做出和之前相同的動作，可能會有點被嚇到吧。」
「有一點點，我一時以為是瑞穗自己動了，但隨即告訴自己，不可能有這種事……」薰子讓瑞穗躺在床上，調整姿勢後，回到桌子旁。
「我之前應該告訴妳，會有這種可能性。怎麼辦？修改程式並不是太困難的事。」星野說，薰子搖了搖頭。
「不需要，我以後不會隨便動儀器了。」
「好，這樣比較好，那就拜託了。」星野瞇起眼睛，喝著紅茶。
薰子也伸手拿起杯子。當初與和昌結婚時，朋友送了皇家哥本哈根的茶杯作為賀禮，以前都放在碗櫃內作為裝飾品，如今都拿來喝茶。
「但是，」星野開了口，「為什麼呢？」
「什麼為什麼？」
「我在想，夫人為什麼會想要一個人操作儀器。我記得之前曾經叮嚀過，我在的時候才能為瑞穗做訓練，否則會有危險。」

「對不起。」薰子坐著鞠了一躬。「因為我和瑞穗在一起時，突然想要讓她活動一下……心想讓她的手上下擺動一下應該沒問題。我以後不會再這麼做了。」

星野點了點頭。

「等數據齊全，程式完成之後，夫人一個人的時候，也可以操作。在完成之前，請再稍微忍耐一下。」

「好。」薰子回答後，看著床上的瑞穗。

她回想起兩天前發生的事，同時想起了川嶋真緒好勝的表情。

當薰子端著為她泡好的茶走回房間時，發現只有瑞穗獨自在房間內。去玄關一看，發現川嶋真緒的球鞋不見了。薰子覺得她不可能不告而別，所以等了一陣子，卻沒有看到她再回來。

薰子完全搞不清楚狀況，更不知道她為什麼不打一聲招呼就消失了。即使臨時有急事，也該打聲招呼。既然是星野的女朋友，至少應該有這種程度的常識。

薰子回到瑞穗的房間，決定拆下儀器，但在此之前，想要讓瑞穗再動一下。她就像剛才表演給川嶋真緒看時那樣，舉起了瑞穗的右手，然後放了下來。瑞穗出色地完成了動作。

「妳越來越厲害了，做得很好。」

薰子對瑞穗說完，關掉了裝置的電源，然後用布蓋了起來，但並不是為了防止灰塵，而是電子儀器冷漠的感覺。正當她準備把線圈——磁力刺激裝置從瑞穗身上拆下來時。瑞穗的右手輕輕抬了起來，然後又放回了原位。薰子倒吸了一口氣，看向已經蓋上布罩的裝置。她以為自己忘了關掉電源，但電源已經關掉了。

她注視著雙眼緊閉的女兒。該不會發生了奇蹟——這種想法掠過她的心頭，就立刻消失了。雖然覺得可惜，但最好還是不要這麼想。在使用這個裝置之前，瑞穗的身體就會突然動一下。是進藤醫生用冷漠的口吻說，那純粹只是反射現象而已。

星野剛才的說明，讓她完全瞭解了。回聲現象。也許該記住這個名詞。否則下次再發生相同的情況，可能會嚇到不知情的人。

沒錯，川嶋真緒應該看到了這個現象，在薰子泡紅茶時，她應該看到瑞穗的右手因為回聲現象動了起來，所以她嚇得逃走了。

真是沒禮貌的女人。我女兒還活著，動一下手，有什麼好害怕的？

但是，薰子決定以後不再隨便在陌生人面前活動瑞穗的身體。不久之前，和昌難得帶了他父親多津朗來家裡，於是讓多津朗看了瑞穗舉起雙手的樣子。沒想到公公一臉錯愕地愣了半天，一動也不動地站在原地。然後對和昌說，我無法苟同這種事。

和昌問他為什麼，多津朗面色凝重地注視著孫女的臉說：

「因為我覺得用電力操作來活動人的身體，是對神的褻瀆。」

這句話把薰子惹火了，她用力呼吸後說：

「用電力操作？為什麼？隨時活動臥床不起的孩子手腳，為他們翻身，是日常的照護工作，現在只是讓瑞穗靠自己做這些事，為什麼是對神的褻瀆？更何況這項技術是和昌的公司，也是爸爸你以前擔任董事長的公司所開發的，你為什麼要這麼說？」

多津朗被薰子氣勢洶洶的樣子嚇到了，慌忙辯解說，我剛才說是對神的褻瀆，實在是言重了。因為太了不起了，所以我很驚訝。和昌也出面緩頰，向薰子道歉說是他的錯，他應該先向父親說明情況。

之後，多津朗聽了薰子與和昌的說明，也瞭解到這個裝置的訓練對維持瑞穗的健康發揮了多大的作用。臨走時，露出溫柔的眼神看著瑞穗說：「瑞穗，妳要好好訓練。」

但是，並不是每個人的想法都能夠像多津朗那樣開放。不，多津朗也許只是在兒子和媳婦面前假裝接受，更何況像川嶋真緒這種外人，很可能感到毛骨悚然。

星野喝完了紅茶，把茶杯放回了茶托，看了一眼手錶後說：「那今天就先到這裡。」

薰子也看向牆上的時鐘，七點剛過。他來這裡約兩個小時了。

「如果不趕時間，要不要留下來吃晚餐？不過今天沒有什麼特別的菜可以招待你。」

這是薰子第一次邀他留下來吃飯。星野聽到薰子的話，驚訝地眨了眨眼睛。

「不……這太不好意思了。」星野說著，輕輕搖了搖手，但薰子沒有錯過他臉上浮現的喜色。

「你不必客氣，還是已經有其他安排？約會嗎？」

「沒有沒有。」星野搖著頭，「才不是這樣。」

「真的嗎？星野先生，你不是假日也來我家加班嗎？所以我很擔心你連約會的時間也沒有。」

「什麼約會……」星野的眼神飄忽之後，瞥了薰子一眼說：「我沒有這種對象。」

「啊？怎麼可能？」

「是真的，」星野一臉嚴肅的表情點了點頭，「真的沒有。」

「那就好，因為如果我剝奪了你和心愛的女朋友相處的時間，心裡會很過意不去。」

「完全不必擔心。」星野低頭嘀咕道。

「既然這樣，就務必留下來吃晚餐，我去跟我媽說，請她準備一下。」薰子說完，站了起來。

「啊，那個，這……」星野也站了起來，「非常感謝，但我還要回公司處理一些工作。我剛才中斷了手上的工作來這裡。」

薰子皺著眉頭，輕輕搖了搖頭。

「是這樣啊，真對不起，特地為了瑞穗過來。」

「別這麼說，這是我的工作，請妳不要放在心上。」

「謝謝。」薰子說完，打開了衣櫃，拿了星野掛在衣架上的上衣後，說了聲：「來吧。」打開上衣，讓星野穿上。

「啊，謝謝……」星野誠惶誠恐地背對著她，把手伸進上衣袖子。

薰子像往常一樣送星野到玄關。星野用鞋拔穿上皮鞋後，右手拎著皮包，恭敬地鞠了一躬說：「那我就告辭了，我後天再來。」

「辛苦了，路上請小心。」

「謝謝。」

星野轉身把手伸向門把，但在推開門之前轉過頭。

「怎麼了？」薰子微微偏著頭。

「不，那個……」他舔了舔嘴唇，「下次務必讓我有機會一起吃晚餐，雖然這樣說聽起來臉皮很厚。」

薰子瞪大眼睛，微微吸了一口氣。

「你有沒有什麼要求？你喜歡吃什麼？」

「我哪敢提什麼要求。」星野微微紅了臉，「什麼都可以，我不挑食。」

「那我一定要設計很棒的菜色，啊，但我這麼說，你就會期待，真傷腦筋。」

「不，真的什麼都好，妳不必擔心。那我就告辭了。」星野再度鞠了一躬，開門走了出去。

薰子鎖好門之後，回到了瑞穗的房間。打量了女兒熟睡的臉龐後，將視線移向窗外，看到身穿西裝的星野正走向大門。

那個年輕的貢獻者——

自己當然不可能輕易放手。因為還需要他為瑞穗做很多事，希望他的生活中沒有任何其他需要優先的事。

川嶋真緒該怎麼辦？因為她必須隱瞞跟蹤的事，所以不可能告訴星野她來過這裡。但是她知道自己的男朋友在這裡幹什麼，也知道自己的男友在這裡被像上帝一樣崇拜。

而且，她一定深切體會到，自己踏進了一個不該涉入的世界。

星野說他沒有女朋友，薰子期待在不久的將來，這句話不再是謊言。雖然她內心產生了一絲愧疚。

第四章——上門朗讀的人

1

薰子剛為瑞穗的長髮綁好馬尾，門鈴就響了。薰子很喜歡為女兒梳這個髮型，她覺得這個髮型最好看，但仰躺在床上時很不方便，所以平時很少有機會梳這個髮型，像今天這樣，需要長時間坐著和別人見面時，即使多花一點時間，她也想為瑞穗綁一個可愛的髮型。

薰子拿起裝在門旁的對講機。「哪一位？」

「午安，我是新章。」對講機中仍然是那個沒有起伏的聲音。

「請進。」薰子說完，按下了大門解鎖的開關，回頭看著瑞穗。她今天穿著格子短袖襯衫和迷你裙，雖然閉著眼睛，但身體坐得很直，脖子也很挺。因為輪椅的輔助，讓她可以維持這樣的姿勢，當然也是因為瑞穗的肌肉和骨骼健全，才能夠做到。

薰子走出房間，在門廳換了拖鞋，打開玄關的門鎖開了門。

新章房子站在門口。她穿著白襯衫和深藍色裙子，一頭黑髮盤成髮髻，背著一個很大的黑色背包，對著薰子鞠了一躬。

「我們正在等妳，謝謝妳每次辛苦上門。」薰子說。

「應該的。」新章房子簡短地回答，她的嘴巴幾乎沒有動，眼鏡後方的眼睛也沒有動，「瑞穗的情況還好嗎？」

「託妳的福，最近都很穩定，和上個星期一樣。不，可能比上星期還好一點。」

「那就太好了，這下就放心了。」她在說這句話時，嘴角才終於有一絲像是笑容的表情，但隨即恢復了沒有表情的臉。她今年四十歲，雖然臉上的妝不濃，但臉上幾乎看不到皺紋，也許就是因為她很少做任何表情。

「請進。」薰子說。

「打擾了。」新章房子說完，走了進來。

新章房子知道瑞穗在哪裡，立刻敲了敲旁邊房間的門。裡面當然沒有回答。她明知道不會有回應，仍然先敲門。每次都這樣。

「瑞穗，我進去囉。」說完，她打開了門，走進房間。薰子也跟在她後面走了進去。

新章房子面對著坐在輪椅上的瑞穗說：「午安，妳媽媽說得沒錯，妳看起來很有精神。」她用沒有起伏的聲音說道，把旁邊的椅子拉過來後坐了下來，「今天我帶了妳應該會喜歡的書，是關於魔法和動物的故事。」

新章房子從肩膀上拿下背包，從裡面拿出繪本，把封面出示給瑞穗。

「瑞穗，妳閉著眼睛，所以可能看不到。封面上畫了紫色的花和茶色的小狐狸，花的名字叫風吹草，那是一種會變魔術的神奇花朵。這本繪本就是關於風吹草和小狐狸的故事。」她把繪本對著瑞穗，翻開了封面。「有一個地方，一隻小狐狸餓壞了。小狐狸已經好幾天沒吃東西了，頭昏眼花，連路都走不動了。這時，小狐狸聽到有人在對牠說話。哎喲，真是可愛的小狐狸啊。原來是一個女孩。女孩似乎發現了小狐狸餓壞了，從口袋裡拿出餅乾送給小狐狸。小狐狸咬了一口，發現餅乾真好吃啊。小狐狸轉眼之間，就把餅乾吃光了，渾身立刻有了滿滿的力氣。女孩看到之後對牠說，太好了，然後就離開了。」

薰子躡手躡腳地打開門，走出了房間，然後又靜靜地關上門，但是，她沒有立刻去客廳，而是站在原地偷聽。

她聽到新章房子的聲音。

「小狐狸很想再見到那個女孩，這時，牠看到一張布告，上面寫著要在城堡裡舉行派對。看到布告上畫的公主，牠太驚訝了。因為那就是送牠餅乾的女孩。只要參加派對，就可以見到那個女孩。但是狐狸不能進去城堡。怎麼辦？怎麼辦呢？小狐狸很傷腦筋，就去找牠的好朋友風吹草商量。風吹草對牠說，小狐狸，別擔心，我可以把你變成人，然後就使用了魔法。結果呢？小狐狸——」

薰子躡手躡腳地離開了。

今天沒問題，即使只剩下她們兩個人，新章房子也會繼續朗讀。

還是她發現自己走出房間後在偷聽？

很難說。等一下再確認一次——

走進廚房後，用水壺燒了水，把茶杯放在烹飪台上，從櫃子裡拿出大吉嶺茶葉。

兩個月前，瑞穗升上了特殊教育學校的二年級。因為是去年四月入學，所以這也是很正常的事，然而，對瑞穗來說，這種理所當然的事並非理所當然。

一年級的班導師是米川老師。那位三十五、六歲的女老師很親切善良。

瑞穗無法像其他學生一樣去學校上課，所以採取了上門輔導的方式。由老師來到家裡，配合學生的情況授課，所以在入學之前，曾經和校方多次溝通，也因此和米川老師見過幾次面，但即使得知了瑞穗的狀況後，也沒有顯得不知所措。她說以前也曾經多次負責情況類似的學生。

「我們可以在多方嘗試後，發現瑞穗喜歡的事，一定能夠做到！」米川老師的臉上充滿自信。

米川老師來家裡第一次看到瑞穗時，覺得她根本不像是有障礙的孩子。

「感覺就像是健康的孩子睡著了，真是太驚訝了。」

她的感想讓薰子感到驕傲，也覺得她說得沒錯。因為自己正是這樣照護、訓練瑞穗。瑞穗真的睡著了，只是沒有醒來而已。

每個星期上門輔導一次。米川老師對瑞穗嘗試了各種方法。對她說話、觸摸她的身體、讓她聽樂器的聲音，還播放音樂。瑞穗的身體隨時都連著好幾個顯示生命徵象的儀器，米川老師特別注意觀察瑞穗的血壓、脈搏和呼吸頻率，她似乎努力想要發現瑞穗的身體有何反應。

「即使在意識障礙的狀態下，仍然有潛在的意識。」米川老師對薰子說，「聽說曾經有一個女孩子，每天在陷入植物狀態的男生耳邊說，等你好起來，就讓你吃壽司。不久之後，男生奇蹟似的甦醒了，妳猜他醒過來的第一句話是什麼？他說想吃壽司，但他完全不記得曾經有人對他這麼說。妳不覺得太神奇了嗎？」

米川老師說，即使瑞穗現在沒有意識，呼喚她的潛意識很重要。

薰子不由得感到佩服。因為她完全不像是裝出來的，而是基於信念說這些話。薰子雖然感到佩服，但並沒有感動，是因為並沒有完全相信米川老師，懷疑米川老師內心是不是覺得自己接到了一個燙手山芋。呼喚瑞穗的潛意識很重要——既然她這麼說，那倒來看看她到底有什麼本事。薰子內心甚至萌生了這種有點壞心眼的想法。

但是，回想起米川老師之後努力的情況，薰子不得不在內心對當初曾經產生懷疑向她道歉。她真的很努力。雖然瑞穗幾乎沒有任何明顯的反應，但她絕不輕言放棄，即使某些徵兆只是反射的結果，她也覺得「瑞穗可能喜歡這個」，鍥而不捨地反覆敲玩具鼓測試。

薰子不得不承認，遇到了一位優秀的老師。正因為如此，所以聽到二年級要換老師時，內心失望不已。一問之下才知道，米川老師身體出了狀況，暫時無法回學校任教。

新章房子接替了米川老師的工作。薰子對她的第一印象，覺得她是一個安靜而不起眼的人。臉上沒什麼表情，話也不多，從來不曾像米川老師一樣，表達自己的方針和信念。即使薰子問她，她卻反問薰子：「妳希望採取怎樣的教育方針？」

「教育的事，全權交給老師。」薰子回答後，又補充說：「米川老師的輔導很出色，所以很希望能夠繼續採用她的教育方針。」

新章房子面無表情地輕輕點了點頭，只回答說：「我會考慮。」她並沒有回答：「我知道了。」這件事讓薰子很在意。

但是，剛開始時，新章房子也和米川老師一樣，觸摸瑞穗的身體，讓她聽各種不同的聲音，也和米川老師一樣，注意觀察瑞穗的生命徵象。但從某個時期開始，整天都讀書給瑞穗聽。大部分都是以幼兒為對象的繪本，有時候也會說一些稍微複雜的故事。

「妳認為朗讀適合瑞穗嗎？」薰子曾經問她。

新章房子微微偏著頭回答：「我不知道是不是適合，但認為這麼做最恰當。如果妳不滿意，我可以再考慮其他方法。」

「不，沒這回事……那就拜託妳了。」薰子在鞠躬的同時，暗自思考適合和恰當到底有什麼不同。

過了一陣子之後，薰子像今天一樣，離開房間去泡紅茶。當她端著放了茶杯的托盤回到房間門口時，可能離開的時候門沒有關好，所以還留了一條縫。她一隻手拿著托盤，另一隻準備去開門時，從門縫中看到了裡面的情況。

新章房子並沒有在朗讀。她把書放在腿上，看著瑞穗不說話。從背後看不到她的表情，但薰子覺得她的背影很空虛。

做這種事也是白費力氣——

即使朗讀給她聽，她也聽不到。她根本沒有意識，也不可能恢復意識——

薰子覺得新章房子內心一定這麼認為。

她拿著托盤，沿著走廊輕輕走回客廳前，打開門之後，故意大聲關上了門。然後走路時發出很大的聲音，緩緩走去那個房間，再度聽到了新章房子朗讀的聲音。

從此之後，她對新老師產生了懷疑。

這個女人是真心投入瑞穗的教育工作嗎？她有這個意願嗎？是不是因為工作，所以才不得不上門？內心是不是很不願意？是不是覺得對著腦死的女孩朗讀很愚蠢？

薰子很想瞭解新章房子的內心，想知道她是帶著怎樣的心情持續朗讀。

薰子把飄著大吉嶺紅茶香氣的茶杯放在托盤上，走出了廚房。客廳的門敞開著，她輕手輕腳地走在走廊上，努力不發出腳步聲，聽到瑞穗的房間傳來新章房子的聲音。

「怎樣才能救公主一命呢？科恩問醫生，醫生回答說，只有風吹草的花才能救公主的病，但那是很珍奇的花，很難找到。科恩聽了，立刻衝出城堡。他翻山越嶺，跋山涉水，終於來到了風吹草生長的地方。風吹草一看到他，立刻問他，小狐狸，你怎麼了？但是科恩聽不到風吹草的聲音，他一把抓起風吹草，連根拔起。」

薰子打開門，走進了房間，但新章房子並沒有停止朗讀。

「科恩的身體立刻被一陣煙霧包圍，當他回過神時，已經變回了原本的小狐狸。魔法失效了。小狐狸慌忙把風吹草放回地上，但已經來不及了。花枯萎了。對不起，風吹草，對不起。小狐狸哭著道歉，哭了很久很久。那天晚上，有人敲公主房間的窗戶，僕人打開窗戶，卻看不到人影，但看到一朵風吹草的花。雖然那朵花救了公主一命，卻沒有人知道是誰把花送來的。」

故事結束了。新章房子闔起了繪本。

「雖然有點哀傷，但好美的故事。」薰子把茶杯放在桌上。

「妳知道內容嗎？」

「我大致聽到了。被魔法變成人類的小狐狸好像見到了公主。」

「是啊，他們變成了經常一起玩的好朋友，沒想到公主病倒了。」

「因為太受打擊，所以小狐狸忘記了魔法的事，結果做了蠢事。失去了好朋友風吹草，也見不到公主了。」

「雖然是這樣，但真的是愚蠢的行為嗎？」

「妳的意思是？」

「如果小狐狸什麼都沒做，公主就會死。風吹草終究是植物，早晚會枯萎，魔法也就同時失效了。小狐狸早晚會失去雙方，但公主的性命因此得救了，所以不覺得他的選擇是正確的嗎？」

薰子察覺了新章房子的意圖，接著說了下去。

「妳的意思是說，既然是早晚都會失去的生命，應該在還有價值的時候，幫助其他有可能救活的生命，是不是嗎？」

「我認為也可以這麼理解，只是不知道這本書的作者有沒有想這麼多。」新章房子把書放進皮包後，看著桌子說：「好香啊。」

「趁熱喝吧。」

「謝謝。」新章房子轉向桌子的方向，「但是，下次請不要費心張羅了。之前我一直沒機會說，很抱歉。」

「只是泡杯茶而已。」

「不，我希望媽媽也能夠一起聽故事，因為我希望妳瞭解，我朗讀了什麼書給瑞穗聽。」

她可能對剛才她在讀風吹草和小狐狸的故事時，薰子中途離開感到不滿。原來那個故事不是讀給幾乎是腦死狀態的兒童聽，而是想要讀給家長聽的。

「好，那下次就這麼做。」薰子擠出笑容回答。

2

噗答。冰冷的東西滴在鼻尖，門脇五郎忍不住嘆著氣。這也是無可奈何的事，之前就做好了心理準備。他從放在旁邊的皮包內拿出透明雨衣。

其他成員也紛紛討論，果然下雨了。

今年五月很悶熱，很擔心就這樣進入夏天了。沒想到進入六月之後，氣溫不再上升。真是太好了，這樣站在街頭不至於太辛苦。沒想到剛鬆了一口氣，就提早進入了梅雨季節。下雨是街頭募款的天敵。今天在上街之前，還在討論到底要不要停止活動，但查了網路之後，發現降雨量並不高，最後決定繼續進行。今天剛好有十名義工參加今天募款活動，正午過後，站在車站前的天橋旁，對著馬路大聲叫喊時，天氣還只是有點陰沉而已，沒想到還不到三十分鐘，就下起了雨。

所有成員都在相同的T恤外穿了透明雨衣。T恤上印著江藤雪乃滿面笑容的照片，在貼著相同照片的募款箱上也罩上了塑膠套後，再度開始募款。門脇左手拿著寫了『雪乃拯救會』的旗幟，右手抱著裝了宣傳單的盒子。

「那就好好加油！」

聽到門脇的激勵，其他九個人回答：「好！」除了他以外全都是女人。非假日的白天，很難拜託有工作的男人來支援活動。

天氣不穩定時，捐款的人數就會急速減少。不光是因為路上的行人減少的關係，雨傘是很大的原因。因為要撐傘，所以占用了一隻手。在這種狀態下從皮夾裡拿零錢很麻煩，即使想要捐款，也會覺得改天再說。而且雨傘擋住了視線，行人可能根本沒看到有人在街頭募款。

這種時候，只能靠大聲宣傳。門脇用力深呼吸時，站在他身旁的松本敬子用響亮的聲音對行人說：「敬請伸出援手。住在川口市的江藤雪乃因為罹患嚴重的心臟疾病而深受痛苦，請伸出援手，協助雪乃去國外接受心臟移植手術。零錢不嫌少，請各位踴躍捐款。」

松本敬子的宣傳很快就發揮了效果，剛好路過的兩名粉領族中的一人停下腳步，拿出皮夾走了過來。另外一個女人似乎也不甘示弱，雖然不是很願意，但也跟著捐了款。

「謝謝。」門脇說著，向她們遞上了宣傳單。宣傳單上也印了江藤雪乃的照片，並記錄了她的病情和至今為止的情況，但那兩個女人輕輕搖了搖手，沒有接過宣傳單就離開了。她們捐了款，卻不是對活動的詳細內容有興趣，可能只是覺得默默經過有點過意不去。在剛開始進行募款活動時，對捐款人的這種反應難以釋懷，覺得自己好像是在利用人性的弱點。

但在活動開始一個星期後，就不再思考這些事。因為他發現募款的金額和原本預計的數字相比，簡直微乎其微，沒時間計較這麼多，所以和其他成員討論後，決定不去猜測捐款人的心情，只要專心募款就好。

當然，有很多人都是純粹基於善意捐款，也經常有人鼓勵他們：「好好加油！」甚至有人送飲料和食物給他們。遇到這些親切的民眾，之後吆喝時也會格外有精神。

「門脇先生，」松本敬子小聲地叫著他，「你不覺得那個人有點怪怪的嗎？」

「啊？在哪裡？」

「那裡。馬路對面不是有一家書店嗎？就是站在書店門口的那個人。啊，不行，你不要盯著那裡看，因為她正看著我們。」

門脇假裝不經意地觀察周圍，然後看向松本敬子說的方向。的確有一個女人站在那裡，戴了一副眼鏡，因為只是瞥了一眼，所以沒看清楚她的長相，但從整體的感覺判斷，應該四十歲左右。

「穿著藏青色開襟衫的女人嗎？」

「沒錯沒錯。」

「她怎麼了嗎？」

「總覺得有點毛毛的，她從剛才就一直看著我們，已經看了超過十五分鐘了。」

「可能正在等人，剛好看向這個方向，也可能只是臉朝向我們，但其實是在看走上天橋樓梯的人。」

「絕對不是。」松本敬子搖了搖頭後，「啊……非常感謝您的支持。」她用和剛才完全不同的開朗聲音說道。因為一位老婦人走過來捐了款。

「謝謝。」門脇也遞上了宣傳單。那位老婦人接下了宣傳單，而且還慰問道：「下雨天還在募款，真辛苦。」

「不，一點小雨算不了什麼。」門脇說。

「各位多保重，別累壞了。」老婦人說完，轉身離去。門脇在目送老婦人離去的背影時，看向書店的方向。那個女人還站在那裡。

「她還在那裡。」門脇小聲嘀咕。

「對不對？門脇先生，你剛才可能沒注意到，她剛才曾經過來捐款。」

「啊？是這樣嗎？什麼時候？」

「十五分鐘以前啊，捐款之後，從山田小姐手上拿了宣傳單，然後就走去書店門口，一直看著這裡。你不覺得很奇怪嗎？」

「原來是這樣啊，但這種事不必在意，感覺這個人很不錯啊，也許就像剛才的老太太一樣，很擔心我們冒雨在這裡募款。」

「門脇先生，你的想法太天真了，這個世界上，並不是所有的人都是好人。我相信你應該很清楚，有不少人對我們在做的事抱持批評的態度。」

「這我當然知道，但她剛才不是捐款了嗎？」

「她的確把東西放進了募款箱，但不一定是錢啊。」

「不是錢，那又是什麼？」
「不知道，搞不好是什麼奇怪的東西，像是蟑螂之類的。」
「蟑螂？妳怎麼會想到這種東西？」
「我只是打一個比方，等一下打開募款箱時，要特別小心。」松本敬子似乎並不是在開玩笑。
門脇再度斜眼偷瞄向女人所在的方向，沒想到那個女人不見了。他告訴了松本敬子，松本敬子四處張望，「她去了哪裡？突然不見了，也讓人很在意。」
結果，那天因為雨似乎越下越大，募款活動不到兩個小時就結束了。收拾完東西，門脇準備和其他成員一起離開時，感覺到有人走了過來。「請問……」那個人開了口，門脇看到她的臉，忍不住有點驚訝。因為就是剛才那個女人。
「可以打擾一下嗎？」那個女人客氣地問道。
松本敬子似乎也發現了那個女人，停下腳步，滿臉詫異地看了過來。
「有什麼事嗎？」門脇問道。
「請問今天在這裡參加募款活動的人，全都認識嗎？」
門脇偏著頭納悶，「妳的意思是？」
「我是說……各位都是希望做移植手術那個女生和她父母的朋友嗎？」
「喔。」門脇點了點頭，他終於瞭解了那個女人想問什麼。

「有人是，像我就是他們的朋友，但也有很多人與雪乃、江藤夫妻並沒有直接的關係，都是在朋友和熟人的邀約之下，一起參加募款活動。」

「是這樣啊，真的很了不起。」女人用沒有起伏的語氣說道。

「謝謝，請問有什麼問題嗎？」

「不，我只是在想，不知道完全無關的人，能不能參加這種活動。」

「當然竭誠歡迎，因為參加的人數越多越好。」門脇說完後，注視著她的臉問：「啊？妳該不會願意協助我們？」

「不知道能不能算是協助，只是希望盡點力……」

「原來是這樣，早說嘛。」門脇看向仍然站在那裡的松本敬子，「這位小姐想要加入我們，妳們先回辦公室統計，我等一下就回去。」

松本敬子聽了他的話，驚訝地瞪大了眼睛，然後露出稍微放鬆了警戒的表情看了那個女人一眼說：「那就一會兒見。」轉身去追其他人。

門脇將視線移回那個女人身上，「妳時間方便嗎？如果有時間，我可以稍微向妳說明一下。」

「我的時間沒問題。」

「那我們來找一個可以安靜聊天的地方。」

門脇邁開步伐，開始物色地點，但他並不打算找咖啡店，最後決定坐在公車站停車亭的長椅上。因為候車亭有屋頂，所以不會淋到雨。

「因為我穿這個，所以不能去咖啡店。」門脇用指尖抓著身上的T恤，「這不是很引人注目嗎？如果穿著這個走進餐飲店，很快就會有人在網路上寫什麼原來這些人用募款募到的錢吃吃喝喝，或是既然有錢去餐廳吃飯，為什麼不把這些錢拿去捐款。所以有人在參加完募款活動後，就會馬上換衣服，但我會盡可能穿在身上。老實說，穿這種T恤有點丟臉，但我還是盡可能忍耐，因為我希望更多人瞭解雪乃的事。」

「果然很辛苦。」

「和雪乃與江藤夫妻相比，這點辛苦算不了什麼。」門脇說完，看向那個女人，「妳以前就知道我們拯救會嗎？」

女人點了點頭。

「我是從新聞上知道的，之後看了你們的網站，也知道你們今天的募款活動。」

「原來是這樣啊，所以妳瞭解大致的情況。」

「對，我知道名叫雪乃的女生如果不接受心臟移植手術就無法存活，我記得她得的是……」

「擴張型心肌病變。聽說她在兩歲時發病，之後靠持續服藥過著正常的生活，但去年病情突然惡化，如果不接受心臟移植手術就無法存活。」

「我也聽說是這樣，而且因為小孩子很難在國內找到器官捐贈者，所以只能去海外移植，只是金額相當龐大。我看到金額時嚇了一大跳。」
「誰看到兩億數千萬圓的金額都會嚇一跳。」
門脇第一次聽到時，也嚇到腿軟。
「有辦法募到這麼龐大的金額嗎？」
「無論如何都必須募到，現在有網路，和以前相比，募款活動方便多了。妳只要上網查一下就知道，有好幾個團體曾經在短時間內就募到了差不多的金額。沒問題，我們也一定可以做到。」
啊，對了。門脇說著，拿出了名片。那不是他本業的名片，而是身為『雪乃拯救會』代表的名片，上面有辦公室的聯絡方式。
「我還沒有請教妳的名字，如果妳願意加入，我會請負責的同事和妳聯絡。」
女人接過他的名片，沉默了片刻。
「我很想盡一份心力。這麼年幼的孩子深陷痛苦，很希望能夠幫一點忙，但因為我白天要工作，所以只能參加你們星期天的活動，這樣也沒問題嗎？」
「當然沒問題，應該說，大部分會員都和妳一樣，大家都有各自的生活，只要有時間的時候來參加就好，這樣就已經幫了很大的忙了。」
「是嗎？」
女人遲疑了一下，用很輕的聲音報上了自己的名字。她叫新章房子，留了電話和電子郵件信箱。

「請問妳做哪方面的工作？」門脇隨口問道。

新章房子停頓了一下，回答說：「老師。」

「喔……是小學老師嗎？」

「對。」

「原來是這樣。」

看來她原本就很喜歡小孩子。門脇擅自這麼認為。否則，如果沒有朋友的介紹，通常不會自動參加這種公益活動。

「新章小姐，以後還請多指教。」門脇向她鞠躬說道，然後站了起來。

「呃……」新章房子也站了起來，「我可以請教一個問題嗎？」

「什麼問題？」

「雪乃必須去國外接受移植手術，是因為在國內找不到捐贈者，對嗎？但是二〇〇九年，器官移植法修正之後，日本的小孩子也可以提供器官捐贈。雖然法律已經認可，卻沒有人提供器官，請問門脇先生對這種現狀有什麼看法？」新章房子微微低著頭，垂著雙眼，仍然用沒有起伏的語氣問道。

她的問題太出乎意料，門脇有點不知所措，被她的氣勢嚇到了。

「不，這個，我……」門脇結巴起來，「我努力不去想這些複雜的事，因為即使想了也沒有用。在日本找不到捐贈者，去美國就可以找到，所以要在美國接受移植手術，我們也為了這個目的募款。就這麼簡單。這樣想不對嗎？」

「不，沒這回事……對不起，問了這麼奇怪的問題。」

「不，妳的問題並不奇怪，我相信是很重要的問題，只是我覺得現在去想這些事也沒用。」

「是啊，恕我失禮了，那我就等工作人員和我聯絡。」

新章房子說了聲：「那我先走了。」轉身離開了。

門脇目送著她的背影，覺得她有點與眾不同。也許因為是老師的關係，所以有強烈的問題意識。

門脇以前幾乎不曾關心器官移植法修正案的事，因為他覺得與自己沒有關係。他在三個月前，才第一次聽到這件事。當時是出自江藤哲弘之口。他是江藤雪乃的父親，門脇的朋友，以前也曾經是情敵。

他不由地想起那一天的事。

3

那天，門脇和江藤約在東京都內的居酒屋見面。這是他們五年來第一次見面。前一天，門脇打電話給江藤，說有事要和他談，約了他見面。門脇一坐下，就拍著桌子，用嚴厲的口吻質問：「這是怎麼回事？」來為他們點餐的女服務生嚇得忍不住向後退。

「這麼久沒見面，竟然一開口就是這種態度。」江藤輪廓很深的臉上露出淡淡的微笑。他的臉頰消瘦，下巴也很尖，明顯比五年前瘦了許多。不，這種說法也不正確，應該說，他滿臉憔悴。

「我能夠接受你沒有邀請我參加婚禮，也不計較你這五年都沒有和我聯絡，但這也太過分了吧？我們投捕拍檔的八年到底算什麼？我從中谷口中聽到這件事，真是太傷心了。你願意和比你小一歲的候補投手商量，卻不願意和曾經挺身為你接下指叉球的最佳輔佐商量嗎？」

聽到門脇這番話，江藤痛苦地皺著眉頭。

「不瞞你說，我原本不打算讓棒球隊的任何人知道。因為只要有人知道，早晚會傳到你的耳裡。我知道大家都很忙，不希望大家因為沒時間幫忙感到愧疚。但是，中谷經常和我聯絡，也會關心我女兒。我不想說謊，所以就把實情告訴了他。」然後，他簡短地道歉說：「對不起。」

門脇咂了一下嘴，搖了搖頭。想到江藤目前的處境，他不忍心繼續責怪他，反而很後悔這五年來，自己為什麼沒有主動聯絡他。

他們以前都是公司棒球隊的成員，分別是球隊的王牌投手和捕手，也曾經參加過都市對抗棒球大賽，江藤甚至一度被職棒的球探相中。速球和指叉球是他的武器。

從棒球隊退休後，江藤被分配到營業部，門脇辭職，回家繼承祖父那一代創立的食品公司。他之前就和父親約定要繼承家業，所以在練習棒球的同時，也並沒有疏於學習經營。

彼此的立場改變之後，和球隊隊員之間的關係也漸漸疏遠。尤其門脇和江藤因為某件事，彼此開始保持距離。那件事很簡單，就是門脇暗戀多年的女人嫁給了江藤。門脇之前完全不知道他們兩個人偷偷交往，所以也曾經向江藤吐露自己對那個女人的好感，想到當初江藤不知道帶著怎樣的心情聽自己說那些話，就覺得沒臉再和他見面。

就這樣過了五年。門脇內心已經完全沒有任何疙瘩，但也沒有理由和機會聯絡江藤。就這樣一直到了今天。

就在這個時候，他接到了當時在棒球隊比他晚一年進球隊的中谷的電話。中谷告訴他的事完全出人意料。江藤打算帶女兒去美國接受心臟移植手術，因為金額極其龐大，所以打算發動募款活動，卻找不到人幫忙，正在為此傷透腦筋。

門脇立刻感到熱血沸騰，完全沒有絲毫的猶豫。和中谷道別後，立刻撥打了向中谷打聽到的江藤手機號碼，隨便打了招呼後，就對他說，有事要談，明天找時間見一面。

「由香里還好嗎？」用生啤酒慶祝久別重逢後，門脇問道。由香里就是門脇之前暗戀的女人。

「勉強過得去，因為有女兒的事，所以也不可能精神抖擻。」江藤用低沉的聲音回答。

「聽說快四歲了，叫什麼名字？」

江藤拿起串烤的竹籤，沾了醬汁後，在盤子裡寫了『雪乃』兩個字。「發音是yu-ki-no。」

「好名字。誰取的？」

「我老婆。說希望她可以成為一個皮膚白皙的女孩，就直接取了這個名字。」

即使聽到江藤很自然地說由香里是「我老婆」，門脇也已經無動於衷了。

「給我看一下照片，你的手機裡一定有很多她的照片。」

江藤把手伸進上衣的內側口袋，拿出了智慧型手機，單手操作了幾個按鍵，把手機遞到門脇面前。照片上是一個穿著粉紅色T恤的女孩，手上拿著水管，笑得很燦爛。她長得很像由香里，但也有江藤的特徵。

「真可愛，皮膚的顏色也很健康。如果沒有曬黑，皮膚可能很白吧。」他把手機還給江藤時說。

「那是她每天可以在外面玩的時候拍的。」江藤把手機放回了內側的口袋，「現在的皮膚顏色不是白色，而是接近灰色。」

門脇把毛豆丟進嘴裡，「聽說她心臟不好？」

江藤喝了一口啤酒，點了點頭。

「擴張型心肌病變。你知道心肌嗎？就是心肌功能衰退的疾病，向全身輸送血液的幫浦力量變弱了。原因還不是很清楚，聽說很可能是遺傳，所以我們也放棄生第二個孩子。」

「原來是先天性的……」

「但剛開始並沒有很嚴重，只要按時服藥，避免激烈運動，就可以像其他孩子一樣讀幼兒園。沒想到去年年底，身體突然變差。整天渾身無力，食慾也很差。雖然住院接受了各種治療，卻絲毫不見好轉，最後，醫生終於宣告，只有接受心臟移植手術才能救她一命。」

門脇發出低吟，「原來是這樣……」

「但心臟移植說起來簡單，要做起來可沒那麼簡單。如果是成人，有可能在國內找到捐贈者，但小孩子根本沒有希望。雖然器官移植法修改之後，只要父母同意，小孩子也可以提供器官捐贈，但實際上幾乎沒有相關案例。」

「所以要去美國……」

「在器官移植法修正之前，禁止未滿十五歲的兒童提供器官，所以日本的小孩子想要接受器官移植，就只能去國外，因為這樣的關係，已經建立了相關的流程，我們打算按照這個流程進行，但得知費用之後，眼前一片漆黑。」江藤的雙肘架在桌子上，嘆了一口氣，緩緩搖著頭。

門脇探出身體。因為他認為接下來才是正題。

「關於這件事，為什麼需要這麼多錢？聽中谷說，需要超過兩億，真的嗎？」

「對，是真的。正確的金額是兩億六千萬圓。」

「為什麼要這麼多錢？你是不是被騙了？」

江藤停下原本準備拿生啤酒的手，苦笑著問：「被誰騙？」

「但是……」

江藤從旁邊的皮包中拿出記事本，打開後說：

「這並不是我們一家三口搭經濟艙去美國，然後接受手術後回來這麼簡單而已。要搭機出國就必須包機，包機上必須有醫療儀器、備品、藥劑、電源和氧氣筒之類的東西。我們外行人當然不會使用，所以必須帶專業的工作人員一同前往，其中包括醫生和護理師，當然也要負擔他們在當地滯留的費用。這些工作人員很快會回國，但在等到捐贈者之前，我們必須在美國待命。除了住宿費用以外，每天的生活費也是不小的金額。當然，我女兒的住院費用就更不用說了。因為不知道捐贈者什麼時候會出現，所以不能用掛門診的方式等待。這種狀態必須持續好幾個月，聽說平均是兩、三個月，但沒有人能夠保證，兩、三個月就能夠結束。」江藤抬起頭，露出無力的笑容，「是不是光聽這些，就覺得快暈了？」

門脇雖然有同感，但並沒有點頭。「但也不至於要超過兩億……」

「不光是這些費用而已，應該說，剛才我列舉的所有這些費用相加，也不到整體費用的一半。」

「怎麼回事？」

「美國的醫院雖然可以為外國人做器官移植手術，但必須先支付一整筆醫藥費作為保證金。至於保證金的金額，由各家醫院決定，這次美國的醫院要求我們支付的保證金，換算成日圓就是一億五千萬。」

「這麼多……」門脇幾乎無法呼吸。

「這已經算便宜的。聽說曾經有人被要求支付四億圓，雖然症狀可能不同。這是生命的價格，所以不能討論貴或是便宜的問題，只不過總覺得未免太那個了，對不對？」

「這麼大一筆錢，普通老百姓根本付不出來。」

「所以要募款。我剛才也說了，在國外接受器官移植的流程已經確立了，也包括了籌措費用的方法。只有拜託大家，請大家伸出援手。大家都是這麼做，雖然說起來很丟臉，但我們也決定採用這種方法，現在不是談論志氣或是自尊心的時候，因為關係到我女兒的性命。」江藤的眼中充滿了悲壯的決心。

門脇終於瞭解了狀況。原本聽中谷說時還半信半疑，但情況似乎比想像中更緊急。

「我瞭解了。」他說，「讓我也盡一份力。聽中谷說，目前不是正在為沒有人負責張羅而傷腦筋嗎？我知道你和由香里都沒有時間，所以交給我吧。我一定幫你籌到兩億六千萬。」

「但你不是也有工作嗎？」

「當然啊，但我的時間比較好安排。雖然我的公司不大，但我好歹也是老闆，而且對自己的人脈也頗有自信。」

「門脇。」江藤叫了一聲，立刻哽咽地說不出話，用力抿緊嘴唇。看到他的眼睛都紅了，門脇的內心也一陣激動。

「我一直很後悔，」門脇說：「當時為什麼沒辦法對你說聲恭喜，為什麼沒對你說，一定要讓由香里幸福。現在仍然很生自己的氣，你們結婚時，之所以只邀請家人而已，是因為一旦辦得風風光光，就必須邀請以前棒球隊的人，也就是不得不邀請我參加吧？因為我知道其中的原因，所以內心覺得很對不起你，所以讓我有機會彌補。當投手陷入困境時，只有捕手能夠出手相助。」

江藤皺著眉頭聽門脇說話，用右手的大拇指和食指按著眼角。然後抬起頭，嘴角露出了笑容。

「在考慮募款活動時，我第一個想到你。不瞞你說，我很想找你商量，但最後還是覺得做不到。因為我絕對不能依賴你，現在仍然這麼覺得，覺得不可以依賴你。」

「等一下，我——」

江藤伸出右手制止了門脇，似乎希望門脇聽他繼續說下去。

「雖然我覺得不能依賴你，但除了你以外，我想不到第二個可以依賴的人。如果不依賴他人，就救不了雪乃。既然這樣，我只有一條路可走。」

「那……」

江藤直視門脇，挺直了身體，雙手放在腿上，深深地低下頭，「謝謝，那就拜託你了。」

門脇內心燃燒的火焰開始燒遍了全身，他找不到該說的話，不知如何是好，最後只能默默伸出右手。

原本低著頭的江藤似乎察覺了，他抬起了頭。他們視線交會，門脇上下晃動著伸出的右手。

江藤握住了他的手。以前投出快速球的手已經變得柔軟。門脇注視著老友的眼睛，用力回握著他的手。

4

在大型購物中心的募款活動效率很高，不光是因為人多的關係。因為大家都來這裡購物，所以來來往往的都是經濟比較寬裕的人，只要他們願意把百分之零點幾的寬裕投進募款箱就好。

今天，江藤所住地區的小學也有三十多名小學生來當義工。當他們站成一整排吆喝：「拜託大家！」、「一圓不嫌少」、「請幫幫我們的學妹江藤雪乃」時，只要是正常人，很難視而不見地走過去。每次看到有人一臉無奈地拿出皮夾，就覺得好像造成了民眾的壓力，心裡有點過意不去。但是，門脇告訴自己，現在沒時間想這些天真的事，支付保證金的期限已經近在眼前。

一看手錶，已經快下午三點了。門脇走向帶學生來這裡的男老師，「謝謝你們，時間差不多了。」

「啊，是嗎？」

男老師也確認了時間，向前一步，對著一整排學生說：

「各位同學，辛苦了，你們表現得很好。今天就到此結束，請把募款箱交還給工作人員。」

「好！」學生很有精神地回答後，紛紛把募款箱交給工作人員。看他們的動作，每個募款箱都很有份量。門脇忍不住暗中計算，總額應該有五十萬圓。最近在打開募款箱之前，他就能夠估算出募款的大致金額。

學生都聚集在男老師周圍，門脇對著他們說：

「各位同學，今天真的很感謝你們。你們努力募到的重要款項，我會負責匯入『雪乃拯救會』的帳戶。託各位同學的福，我們離目標又更進一步了。我代表雪乃的父母感謝你們。」門脇深深地向他們鞠了一躬。

在男老師的示意下，一名男學生走到門脇面前，遞上一個信封。

「這是我們的捐款，希望能夠有點幫助。」

由於事出意外，門脇驚訝地看著男學生。他被看得很不好意思，男老師滿意地點著頭。

「謝謝。」門脇用力說道，「謝謝你們，我也會轉告雪乃和她的父母。」

學生在男老師的帶領下離開了，也有的學生轉過頭向他揮手。

門脇回到工作人員那裡，松本敬子正準備離開。他把學生剛才給他的信封交給了松本敬子，她也深有感慨地說：「真是太感謝了。」

「咦？少了一個募款箱。」門脇看著整排的募款箱說道。

「啊？」松本敬子抬起頭時，後方傳來一個聲音。「請伸出援手。」回頭一看，新章房子正獨自對著來往的行人募款。

「拜託各位，請踴躍捐款，協助江藤雪乃接受心臟移植手術。」

門脇看了手錶，確認了時間後走向她。「新章小姐。」門脇叫了一聲，但她似乎沒有聽到，所以沒有反應。門脇從背後拍了拍她的肩膀，她才終於轉過頭。

「今天就先到這裡吧。」

「不，再多募一會兒。」
門脇指著手錶說：
「快三點了。購物中心同意我們在這裡募款，但說好三點要結束。募款活動必須嚴格遵守時間，因為不能造成其他店家的困擾。」
新章房子恍然大悟地張大了眼睛，隨即露出落寞的表情。
「對喔。對不起，我完全沒想到……」
門脇對她笑了笑。
「沒必要道歉，我知道妳很熱心。」
但她還是頻頻小聲地說：「對不起。」
他們一起走回工作人員那裡，大部分義工都當場解散，但門脇和松本敬子他們要回辦公室。因為必須統計今天募款的金額。
「呃，」新章房子開了口，「我可以和你們一起去嗎？」
「去辦公室嗎？」
「對，如果不會太打擾的話。」
門脇和松本敬子互看了一眼後，對新章房子點了點頭。
「來者不拒啊。不光是這樣，甚至竭誠歡迎，也希望能夠讓義工看到我們確實做好了金錢管理。」

「不，我並不是對這件事有所懷疑……」

「我知道，這只是我們感受的問題。」

聽到門脇這麼說，新章房子仍然面無表情，戴著眼鏡的雙眼眨了幾下。

她在兩個星期前的星期天第一次參加募款活動，地點是在舉辦二手市集的公園。雖然她一開始不太敢大聲吆喝，但很快就適應了，快結束時，她的音量絲毫不輸給其他人。上個星期天，在公益音樂會會場募款時，她也來參加，所以今天是第三次參加活動。當初她主動提出要幫忙，所以在募款時也充滿熱忱。

門脇很在意她的背景。除了知道她是老師以外，她從來不提及自己任何事。她說是很認同募款活動的宗旨，所以想要參加，但門脇懷疑真的只是這樣而已嗎？

松本敬子似乎也有同樣的疑問，她說：「雖然她很熱心，但總覺得有點毛毛的。」

門脇心想，帶新章房子去辦公室，或許可以多瞭解她一些。

辦公室位在西新井所租的一間公寓內，裡面堆放了辦公機器和裝了資料的紙箱，拯救會的幹部等主要成員一回到辦公室，甚至連坐的地方都沒有。今天包括新章房子在內，也只有五個人，所以不必擔心沒椅子坐。

在會議桌上打開募款箱後，在松本敬子的指示下開始統計金額。她是門脇的高中同學，也曾經是棒球隊的經理。她的丈夫是棒球隊的學長，比門脇大兩屆。松本敬子有簿記的證照，數字能力很強。門脇在思考請誰幫忙管理『拯救會』的錢時，第一個想到松本敬子。

經過多次計算後，確定的金額遠遠高於門脇預料的金額。辦公室內有金庫，在眾人的見證下，把今天募得的款項放進了金庫。雖然很希望能夠馬上匯入『拯救會』的帳戶，但今天是星期天，所以無法如願，而且因為硬幣太多，無法使用自動提款機存錢。

今天的募款金額將馬上在網站上公佈。這種活動一定要明確公佈金錢流向和用途。確認下一次募款活動的流程後，就立刻解散了。辦公室內只剩下門脇、松本敬子和新章房子。在統計募款金額和之後討論時，新章房子都完全沒有發言。可能她怕打擾大家。

「怎麼樣？」門脇用咖啡機泡咖啡時問新章房子，「沒想到我們很規矩吧？」

「怎麼可以說沒想到……我覺得你們處理得很嚴謹，大家都很厲害。每個人都有各自的工作和家庭，做起事來卻一絲不苟。」新章房子靜靜地說道。

「既然牽涉到錢的事，一旦馬馬虎虎，不知道別人會說什麼。只要稍不留神，就可能受到中傷。現在網路很發達，負面傳聞會在轉眼之間擴散。」

「怎樣的中傷？我無法想像有人會中傷你們，因為你們在做這麼有意義的事。」

門脇和坐在電腦前的松本敬子互看了一眼，苦笑之後，將視線移回新章房子身上。

「各種中傷都有。首先是胡亂猜忌，雖然不至於說我們是詐騙，但有人懷疑我們募款的錢是否真的只用於包括移植在內的治療，病人家屬或是『拯救會』的幹部會不會拿這些錢去揮霍或是玩樂。也有不少人認為，在募款之前，父母應該先交出所有的財產，賣掉房子。所以在網站上也說明了江藤家自行負擔的金額，以及房子還有很多貸款這些事。」

「我看到了，當時我就在想，不需要連這些事都公佈……」

門脇搖了搖頭。

「一種米養百種人，有不少人無法苟同用募款的方式籌措兩億數千萬這件事，最容易產生誤解的是到底是誰在募款。目前是由『雪乃拯救會』在做這件事，和江藤家沒有關係，銀行帳戶也不一樣。『拯救會』不會把錢交給江藤家，當治療需要費用時，將由『拯救會』代替江藤家，直接向各個部門支付各種費用。首先需要向美國的醫院支付保證金，這也是由『拯救會』的帳戶直接匯到醫院的帳戶。如果不詳細說明這些事，就無法消除中傷。江藤有車子，有人查到這件事，在網路上公佈，質問為什麼不把車子賣了，汽油錢到底是從哪裡支出的。因為那是一輛舊車，賣了也值不了幾個錢，而且汽油錢也不是從募款的錢支出。」

新章房子皺起眉頭，「一旦牽扯到錢的事，果然就變得複雜了。」

門脇從咖啡機上拿下咖啡壺，把咖啡倒進三個杯子裡。咖啡機和咖啡杯也都不是新買的，都是幹部從家裡帶來，咖啡粉是門脇自己掏錢買的。如果非要算得很清楚，水費和電費是由『拯救會』的資金支付的，這算是不當挪用嗎？
「因為金額太龐大，所以給人印象不佳，難免會有花錢買命的感覺。」
「花錢買命……嗎？」新章房子陷入了沉思。
「說起來還真奇怪，」剛才始終不發一語的松本敬子說：「生病就要治療，治療需要付錢，每個人不是都在做這種事嗎？而且既然能夠花錢買到原本無藥可救的孩子，任何家長都會想要花錢買，我完全搞不懂這到底有什麼不對。」
「問題在於金額，」門脇把一杯咖啡放在新章房子面前，另一杯放在松本敬子旁邊，「如果不是兩億六千萬，而是二十六萬，而且全都由當事人自己支付，沒有人會有意見，也不會說是花錢買命。只會說，雖然好像花了不少錢，但把病治好了，真是太好了。」
「我也這麼覺得，所以如果有意見，應該去對美國的醫院說啊。因為是他們趁人之危，要求金額不合理的費用。」松本敬子說完，直接喝起了黑咖啡。
新章房子也伸手準備拿咖啡杯，但中途把手放了下來。
「但是，我覺得好像也沒有理由責怪美國的醫院。」
「為什麼？」門脇問。
新章房子轉頭看向他，眼神看起來很銳利。
「請問你們知道伊斯坦堡宣言嗎？」
「伊斯坦堡？不，沒聽過。——妳知道嗎？」門脇向松本敬子確認，她也默默搖著頭。

「那是國際移植學會在二〇〇八年發表的宣言，內容要求各國打擊境外器官移植，致力於器官捐贈的自給自足。日本也支持這項宣言，但只是視為倫理上的準則，並沒有拘束力和罰則規定。只不過受到這個宣言的影響，澳洲和德國等以前接受日本人前往器官移植的國家決定基本上不再接受日本人的移植。」

門脇聽了新章房子的說明，點了點頭。

「我曾經聽江藤提過，很多國家都禁止境外器官移植，所以現在只能仰賴美國。」

「美國是目前少數接受日本人境外器官移植的國家之一，但並不是毫無限制。」

「這我也聽說了，妳是說百分之五規定，對嗎？境外病人只能占一年移植人數的百分之五。」

「以前阿拉伯各國的富豪曾經利用這個規定前往美國，但近年來，幾乎都是日本人占了這百分之五的名額，而且日本的病人前往美國接受境外器官移植時，都會在等候移植的名單上排得很前面，你們知道為什麼嗎？」

門脇撇著嘴，聳了聳肩。

「妳想說是因為日本人大肆撒錢，對嗎？這件事也飽受批評，說是花錢把排名擠到前面，但據我所知，事實並非如此，而是病人的病情嚴重程度，決定了移植的優先順序。」

「對，我也聽說是這樣。日本的病人之所以能夠排在前面，是因為病情嚴重，緊急程度很高的關係。只要仔細思考一下，就不難理解。正因為病情嚴重，只能靠移植才能活命，才會去境外接受移植手術，但這樣也的確排擠了緊急程度不是很高的美國病患，為此受到抨擊也無可厚非，所以，醫院方面要求高額的保證金的原因之一，也是為了限制日本人前往境外接受器官移植，同時也藉此說服美國的病人，日本人必須花大錢才能在美國接受器官移植。但是說到底，的確是靠金錢的力量插隊。」

看著新章房子幾乎面不改色地淡淡說著這些事，門脇覺得能夠理解松本敬子為什麼覺得她有點可怕。當她說想要來辦公室時，門脇還以為她想進一步瞭解活動內容，現在發現這並非她的目的，門脇他們在不知不覺中變成了聽眾。

「所以妳想說什麼？」松本敬子毫不掩飾聲音中的不悅，「妳認為不應該接受境外器官移植，也不贊成這種募款活動嗎？」

新章房子垂下雙眼，沉默片刻後開了口。

「是啊，我的確覺得很奇怪。」

「那妳可以不參加啊，自己主動說要幫忙，現在又對我們的活動說三道四，妳什麼意思啊？」松本敬子瞪著眼睛，語氣尖銳。

「好了好了。」門脇緩頰道，然後看向新章房子。

「我知道對境外器官移植有正反兩方面的不同意見，但我們不是政治人物，也不是官員，目前這是能夠拯救好友女兒唯一的方法，而且既然沒有違法，即使別人認為很奇怪，我們也只能繼續走這條路。」

新章房子難得在嘴角露出笑容。

「我並不是說你們的活動奇怪，而是認為逼迫你們不得不這麼做的狀況很奇怪。」

門脇無法理解她的意思，微微偏著頭。

「正如我剛才所說，日本也同意了伊斯坦堡宣言，也因為這個原因，開始採取移植器官自給自足的方針，也就是在國內自行調度，也促成了二〇〇九年器官移植法的修正。在修正之後，當腦死病人無法明確表達捐贈自己的器官時，只要家屬同意，就可以捐贈器官。之前法令限制未滿十五歲兒童的器官捐贈，也在法令修正後鬆綁，只要父母同意，就可以捐贈器官。但是，即使在修正之後，仍然幾乎沒有兒童提供器官捐贈，並不是沒有腦死的兒童，而是父母拒絕提供。結果造成像雪乃這樣的孩子無法在國內接受移植，只能前往美國。如果在國內接受手術，因為可以使用保險，只要數十萬就可以解決，如今卻需要耗費超過兩億圓的相關費用。我認為這種情況很奇怪。」

門脇看著新章房子侃侃而談的樣子，終於恍然大悟，原來她來參加活動，是為了表達這個主張。她似乎正視了日本器官移植的實際問題。

門脇吐了一口氣，輕輕搖了搖手。

「的確很奇怪，但我並不是無法理解家長拒絕提供小孩子器官的心情。我沒有結婚，也沒孩子，總覺得把小孩子身體割得亂七八糟，取出器官很可憐。」

「身體並不會被割得亂七八糟，摘取器官之後，會把身體縫合，然後將遺體歸還給家屬。」

「嗯，這是重點嗎？」門脇抱著手臂，發出低吟。

「我有一個十歲的兒子，」松本敬子說：「恐怕必須實際遇到之後，才知道會做出怎樣的決定。如果知道絕對沒救了，可能就不會太執著。如果心臟給其他小孩子，就可以救那個孩子一命，也許就會請對方拿去用。」

「有這麼簡單嗎？」門脇感到很意外，看著朋友的臉。

「所以我剛才說了，不是事到臨頭，不知道會做出什麼決定。假設發生車禍，臉和頭都被輾爛了，醫生說沒救了，可能會覺得不管是器官移植還是其他的，想用就拿去用。」

「如果是這種狀態，」新章房子用冷靜的口吻繼續說道：「送到醫院時，心臟繼續跳動的可能性很低。」

「那到底該想像怎樣的狀況？」松本敬子嘟著嘴。

「比方說，」新章房子說：「像是溺水意外呢？」

「溺水意外？」

「日本第一例心臟移植的捐贈者，就是一名發生溺水意外的年輕人。同樣的，假設妳兒子溺水導致昏迷，身上連著人工呼吸器等各種維持生命的裝置，但並沒有明顯的外傷，只是閉著眼睛，好像睡著了一樣。醫生說，應該已經腦死了，如果願意提供器官，就會做腦死判定。如果是這樣的狀況，妳會怎麼做？」新章房子口若懸河，簡直就像她親眼看到了一樣。

松本敬子在電腦前托著腮。

「我不知道……如果不做腦死判定，會怎麼樣？」

「就繼續這樣。如果已經腦死，心臟早晚會停止，通常就會死去。」

「即使接受判定，也可能發現並沒有腦死，對嗎？」

「當然，這也是做判定的目的。只要中途發現不是腦死，就會立刻中止判定。判定會進行兩次，當第二次確認腦死後，就視為死亡。即使收回提供器官捐贈的決定也一樣，因為已經死亡，所以不會再進行延命治療。」

松本敬子用力偏著頭，雙眼看著半空。可能正在想像自己的兒子遇到這種狀況時的事。

「很難啊，」她嘀咕道，「只要還有一線希望，可能就無法做出這樣的決定。」

「如果還有救，醫生不會提出這種建議，只有遇到已經無藥可救，只是等死狀態的病人，醫生才會建議做腦死判定。」新章房子的聲音中難得透露出焦躁。

「但如果外表沒有嚴重的傷勢，看起來只是像睡著一樣，不是會希望看著孩子靜靜地停止呼吸嗎？我認為這才是天下父母心。」

門脇在一旁聽了，也忍不住點頭。他完全能夠理解松本敬子的心情。

「那我問妳，」新章房子開了口。門脇看了她的臉，忍不住心頭一驚。因為從她臉上發現了以前不曾見過的冷漠，就好像拿下了沒有表情的面具後，看到了她更加壓抑感情的真面目。

新章房子繼續說道：「如果不是很快就斷氣呢？」

「不是很快就斷氣？」松本敬子問。

「我剛才說，如果是腦死，通常就會死去，只是沒有人知道死亡什麼時候會出現。小孩子可能會拖很久，可能幾個月，不，甚至可能會活好幾年。」新章房子說到這裡，輕輕搖了搖頭，「不，應該說，是靠外力讓孩子繼續活著，因為當事人根本沒有意識。如果妳兒子處於這種狀態，妳會怎麼做？」

松本敬子不知所措地看向門脇，似乎想問他，這個女人為什麼找我爭論這種事？

「遇到這種情況……只能到時候採取相應的措施啊。」她不悅地回答。

新章房子目不轉睛地看著她。

「因為失去了意識，當然也無法溝通，只能靠生命維持裝置維持活著的狀態。妳會一直照顧這樣的孩子嗎？這代表將耗費龐大的金額，不光自己很辛苦，也會造成很多人的困擾，這種情況到底能夠給誰帶來幸福？妳不認為只是父母的自我滿足嗎？」

松本敬子皺著眉頭，閉上了眼睛，右手抓著頭，沉默片刻後說：

「對不起，我從來沒有想得這麼深入，也不願意想像我兒子遇到這種情況，所以只能說，只有事到臨頭才知道。也許在妳眼中，會覺得是一個笨女人的回答。」

「我才不會覺得妳笨……」新章房子的眼神飄忽起來，顯得手足無措。這是她第一次露出驚慌的樣子，「對不起，我太咄咄逼人了。」

「新章小姐，」門脇叫著她的名字，「妳該不會是想要對器官移植有什麼建議，才來參加我們的活動？如果是這樣，可不可以請妳實話實說？因為無論妳的建議多麼出色，『拯救會』的方針是極力排除任何政治思想。」

「政治思想……」新章房子重複了幾次之後搖了搖頭，「不，不是你想的那樣。我只是想聽聽你們的意見。難道你們不覺得奇怪嗎？父母無法接受兒女的死亡，不願意提供器官的心情我能夠理解。但是，在其他國家，一旦得知腦死，就會停止所有的延命治療，於是，父母開始思考如何讓孩子的靈魂以另一種方式繼續活在世上，所以願意自己孩子的身體對其他正在受苦的孩子，需要健康器官的孩子有幫助。寶貴的器官捐贈者也因此誕生，但是，來自日本的病患花大錢搶走了這些移植的器官，或許因此拯救了一名日本兒童，但也因此導致當地兒童失去了一個獲救的機會，也難怪日本會遭到外國的抨擊。難道你們不認為日本……應該說是日本的父母必須改變想法嗎？到目前為止，世界上從來沒有任何一個以目前的標準判定為腦死的病人甦醒，更不要說長期腦死。花費龐大的金錢和精力，只是讓孩子繼續活著……這根本是父母，是日本人的自私行為。如果大家能夠注意到這件事，就可以減少像雪乃這種令人同情的情況。」

門脇被新章房子充滿熱血的語氣所震懾，甚至忘了喝咖啡，只是茫然地注視著她的嘴。在佩服她能夠如此侃侃而談的同時，更感到極大的震撼，重新瞭解了自己目前投入的活動的背景。原來問題的根源在於日本人太自私了——

「對不起。」她低下了頭，「我一個人說太多了……也許你們認為這種事根本不重要，只是我覺得這不光是只要雪乃能夠得救的問題，而是希望能夠創造一個環境，讓其他等待移植的孩子也可以不去國外接受移植。」

門脇用力嘆了一口氣，抓了抓頭。

「我們的活動的確偏離了本質，也許應該推動國內器官提供運動。」

「但光說這些漂亮話，雪乃就沒救了。」松本敬子說完，看向新章房子，「如果妳問我是不是只有自己朋友的孩子重要，我無言以對。」

新章房子低著頭，緩緩搖了搖頭。

「我很瞭解你們的心情，如果我站在相同的立場，應該也會這麼做，所以才希望能夠來這裡幫忙。」

氣氛有點沉悶。三個人同時喝著咖啡。

「新章小姐，」松本敬子說：「妳的朋友是不是曾經等待器官移植？但因為等不到捐贈者，最後導致了令人遺憾的結果……」

新章房子放下杯子，嘴角露出了笑容。
「並不是這樣，但我覺得那些孩子真的很可憐……想到他們父母的心情，就覺得很難過。」
門脇看著她，覺得她在說謊。她顯然陷入了苦惱，這個苦惱持續動搖她的內心。
門脇突然想到一件事。
「新章小姐，妳想不想去探視？」聽到門脇的問話，新章房子的眼瞼抖了一下，門脇見狀後繼續說道：「去探視雪乃。不瞞妳說，募款的金額即將達到向美國醫院支付保證金的金額，我想去傳達這個消息時，順便探視雪乃。妳要不要一起去？」
「我這個外人可以去嗎？」
「妳並不是外人。」門脇說，「聽了妳剛才說的話，我感到很慚愧，覺得自己太缺乏問題意識，所以我希望江藤夫婦也能聽聽妳的意見。」
新章房子垂下眼睛，一動也不動地沉思起來。門脇完全不知道她在想什麼，但絲毫不懷疑她在認真思考。
她終於抬起了頭。
「承蒙不嫌棄，我很希望可以去探視。」
「那就來決定日期。」門脇拿出手機。

5

在新章房子造訪『拯救會』辦公室的隔週週六，門脇帶著她前往江藤雪乃住的醫院。走在路上時，她從手上的紙袋中拿出一個蛋糕盒說：「我買了這個，不知道有沒有問題。」蛋糕盒裡裝的是泡芙。

「最好不要讓雪乃看到，」門脇說：「因為醫生嚴格控制她的鹽分和水分的攝取，整天都吃沒有味道的食物，所以她為這件事很不高興。」

「是嗎？太可憐了……那她看了會嘴饞。」

「可以在離開之前，趁她沒看到時，交給她媽媽。」

「我會這麼做，早知道不應該買這個。」新章房子發自內心地感到懊惱，「但這個應該沒問題吧。」她把蛋糕盒放回紙袋，拿出一個兔子娃娃。

「這應該沒問題，」門脇瞇起眼睛，「為什麼會選兔子？」

「『拯救會』的網站上不是有一個頁面，報告雪乃的近況嗎？上面介紹了雪乃畫的幾張畫，我發現很多都畫了兔子，所以猜想她可能喜歡兔子。」

門脇不由得感到佩服，不愧是老師，注意的地方也和自己不一樣。

江藤雪乃住在雙人病房，但另一位病人上週出院了，所以目前獨自占用了雙人病房。

門脇敲了敲門，病房內傳來一個女人的聲音。「請進。」門脇打開了門，看到穿著POLO衫的江藤站在兒童病床旁，身穿T恤和牛仔褲的由香里坐在病床的另一側。

「午安。」門脇向他們打招呼後，將視線移向病床上的雪乃，「妳好。」

雪乃穿著藍色睡衣坐在病床上，靠在一個大抱枕上。尖下巴上方的小嘴微微動了一下，發出了輕微的聲音。她應該在回應門脇的招呼。

「情況怎麼樣？」門脇問江藤。

「算是馬馬虎虎，前幾天好像有點感冒。」江藤說完，看著妻子。

「感冒？那可不太妙，現在已經沒問題了嗎？」門脇問由香里。

她笑著點了點頭。

「因為有點發燒，所以我很擔心，但現在已經沒問題了。謝謝。」

「那就太好了，大家都很支持妳，所以要特別小心。」這句話是對雪乃說的，但四歲的少女對於這個不太認識的大叔親切地和自己說話，顯得有點緊張。

門脇轉頭看向身後。

「我在電話中也說了，今天想要介紹一個人給你們認識，所以就帶她來了。她是來參加募款活動的新章小姐。」

新章房子走了過來，向他們鞠了一躬，「我是新章，請多指教。」

由香里也站了起來對她鞠躬說：「謝謝妳的協助。」

「妳請坐，照顧病人一定很累。」

「不，怎麼會……」由香里搖了搖手。

「其實，」新章房子說著，從紙袋裡拿出剛才的兔子娃娃，「我帶了禮物給雪乃。」

由香里露出興奮的表情，在胸前握著雙手。

「哇，是兔子，雪乃，太好了。」

新章房子走到病床旁，把兔子遞到雪乃面前。雪乃露出夾雜著遲疑和困惑的表情看向母親。她可能不知道可不可以收下禮物。

「妳就收下吧。收了別人的禮物要說什麼？」

雪乃的嘴巴又稍微動了一下，這次可以隱約聽到「謝謝」的聲音。她拿著兔子，緊緊抱在胸前，蒼白的臉上露出了笑容。

雪乃的身上裝了一個像是小包的東西。那是兒童人工心臟的幫浦，有一根管子連結了幫浦和病床旁的驅動裝置。

人工心臟可以將幫浦植入體內，或設置在體外，但兒童人工心臟只有體外設置型。因為兒童的身體太小，沒有足夠的空間植入。

日本直到最近才終於核准兒童人工心臟的使用，在此之前，都是將成人用幫浦的輸出功率降低後使用，但因為容易產生血栓而造成危險，所以被視為很大的問題，才終於核准兒童人工心臟的使用。

但是，兒童人工心臟並不是完全不會產生血栓，只是在等待移植期間的臨時措施，長期使用，可能會引起腦梗塞。

已經無路可退了，門脇看著雪乃的小型幫浦想道。

「這位新章小姐，」他對江藤說：「對日本的心臟移植現狀有自己的想法。」

「是喔。」江藤對她露出刮目相看的眼神。

「談不上什麼想法，」新章房子垂下雙眼後，再度抬起了頭，「只是覺得和歐美國家相比，日本比較落後，所以你們才會這麼辛苦，我真的很同情兩位。」

「妳是指捐贈者的人數很少嗎？」

新章房子聽了由香里的問題，點了點頭。

「沒錯，即使器官移植法修正之後，事態也完全沒有改善，因為政府沒有採取積極的措施。目前這樣的情況繼續發展下去，會有更多像雪乃一樣的孩子，難道不該設法解決嗎？」

「我們也深刻體會到這個問題，」江藤說，「聽到醫生說，只有移植能夠救雪乃一命時，我們真的很震驚，但聽到如果繼續留在日本等待，接受移植的可能性無限接近於零時，更令人感到洩氣。」

「我想也是，所以我認為日本太落後了。」

「但是，」由香里小聲說道，「我也能夠體會父母不願意提供小孩子器官的心情。

如果雪乃不是得了這種病，因為意外而腦死時，醫生問我願不願意提供器官，我也會猶豫。」

江藤似乎也有同感，所以一臉凝重地點了點頭。

「這是因為法律不夠完善，」新章房子用堅定的語氣說道：「妳剛才提到腦死，但嚴格來說，只要不同意提供器官，就無法得知到底是不是腦死，因為沒有進行腦死的判定，所以醫生只能說很可能是腦死。但是，這種說法會讓父母無法下決心，因為孩子的心臟還在跳動，氣色也很好，父母當然不願意接受自己的孩子已經死了這件事。因此，我認為必須修改法律。當醫生判斷腦死的可能性相當高時，就必須進行腦死判定。一旦斷定是腦死，就停止所有的治療，如果願意提供器官捐贈，就採取延命措施——法律可以這樣規定。這麼一來，父母就可以放下，應該會有更多捐贈者。」

新章房子用淡然的口吻說完之後，問江藤夫妻：「難道你們不這麼認為嗎？」

由香里和丈夫互看了一眼之後，微微偏著頭說：

「這個問題很難。也許應該做到像妳說的那樣，但法律既然沒有這麼規定，其中一定有什麼理由……」

「那只是政治人物和官員不願意承擔責任，沒有勇氣決定腦死的人是不是等於死了，目前的法律，就是政府官員敷衍推諉的結果，他們完全沒有想到，這種法律造成了多少人的痛苦。」新章房子的視線看向斜下方後，輕輕吸了一口氣，「你們是否知道有長期腦死的兒童？」
江藤夫婦不知所措地陷入了沉默，也許他們沒有聽過這個字眼。
「雖然醫生說，這個孩子很可能是腦死，但孩子的父母不願意面對，所以持續照顧這個孩子，即使那個孩子根本沒有恢復的可能。關於這種情況，你們有什麼看法，難道不認為是白費力氣嗎？」
由香里皺著眉頭，痛苦地回答：「我能夠理解……這種心情。」
「但是，只要那個孩子願意提供器官，其他人有可能獲救啊。」
「即使這樣，還是——」
「新章小姐，」江藤開了口，「為了避免妳誤會，我想要聲明，我們完全不希望有其他孩子趕快腦死。我和我太太也曾經討論過，即使已經籌到了款項，決定要出國接受移植，也不能期待捐贈者出現，至少不能說出口。因為當有捐贈者出現，就代表有孩子去世，會有很多人為此感到難過。我們認為移植手術是接受善意的施予，絕對不能要求或是期待。同樣的，我們也無意對無法接受腦死、持續照顧病人的人說三道四。因為對那些父母來說，他們的孩子還活著。既然這樣，那就是一條寶貴的生命。我是這麼認為的。」
雖然不知道真心期待女兒能夠接受移植的父親這番話，會對新章房子的內心產生怎樣的影響，但她眼鏡後方那雙不安定地飄忽的眼睛，似乎表達了她的內心。

「我知道了。」她說：「你的意見給了我很大的參考，我衷心祈禱令千金早日恢復健康。」她恭敬地鞠了一躬。

「謝謝妳。」江藤回答。

送走新章房子後，門脇決定和江藤去喝一杯。因為由香里叫江藤難得去放鬆一下。他們走進常去的定食屋，面對面坐在餐桌前，首先慶祝順利募到了款項，用啤酒乾了杯。

「那個人有點與眾不同。」江藤用手背擦了擦嘴上的啤酒泡說道。

「你是說新章小姐嗎？」

「對，突然問我那些問題，我有點措手不及。」

「我是不是不該介紹你們認識？」

江藤苦笑著搖了搖頭。

「沒這回事，因為如果沒有像她那樣的人，這個世界就無法改變。因為我們是當事人，所有精力都耗在解決眼前的問題上，根本無暇考慮法律的問題。」

「的確，她具備了高度的意識，連我也都被她嚇到了。」

「她到底是誰？」

「好像是老師，我猜想她正投入有關器官移植的活動，詳細情況就不得而知了，但對我們來說，她是相當寶貴的戰力。雖然只有星期天才能來參加，但她很熱心。」

「真是太感謝了。多虧了這些人，我們正在完成原本以為不可能完成的夢想。兩億六千萬，第一次聽到時，覺得簡直是天文數字。」

「按照目前的情況，很可能有辦法完成。我打算再繼續加把勁。」

江藤放下啤酒杯，一臉嚴肅地把雙手放在桌子上。

「一切都多虧了你。如果不是由你出面擔任『拯救會』的代表，根本不可能有今天的狀況。我發自內心地感謝你。」

門脇皺著眉頭，拍著桌子。

「別這樣，不要在這種地方低頭。而且，這件事根本沒結束，甚至還沒有開始。等雪乃順利完成手術，健健康康地回國之後，你再感謝我。到時候不要在這種便宜的餐廳，要去高級料亭。」

江藤放鬆了臉上的表情，拿起啤酒瓶，為門脇的杯子倒了啤酒，「好，那就一言為定。」

之後，他們聊了久違的棒球。不知道是否因為心情稍微放鬆的關係，江藤難得很健談，不停地催促門脇趕快結婚，叫他趕快結婚生兒子，然後教兒子打棒球。

「因為我們不打算生第二胎，所以只能靠你了。」他在說話時，用手上的柳葉魚指著門脇。

「搞什麼嘛，我結婚只是為了增加你的樂趣嗎？」
「沒錯，如果你兒子成為棒球選手，可以讓雪乃嫁給他。」
「喔，這倒是好主意。」
「對不對？所以你要趕快結婚，更何況你都老大不小了，還是單身——」江藤的話說到一半，露出嚴肅的表情，從長褲口袋裡拿出手機。手機似乎響了。
「我接一下電話。」江藤向門脇打招呼後，接起手機站了起來。可能周圍的聲音太吵了，他走出了餐廳。
門脇想起一件事，從上衣口袋裡拿出了信封。這是新章房子臨別時交給他的，她說：
「我向我的朋友提起『拯救會』的事，大家都踴躍募款。我也捐了一些，湊了整數之後，去銀行換了錢，請你務必收下。」
信封很沉重。因為剛才江藤他們也在場，所以門脇沒有計算金額，但他知道不是小數目。
門脇打開信封一看，頓時瞪大了眼睛。因為信封內是一疊萬圓大鈔，而且都是新鈔，綁了紙帶。所以總共有一百萬圓。要向多少人募款，才能募到這麼大的金額？
他的腦海中浮現出和江藤相同的問題。她到底是誰？

江藤走了回來。門脇把信封放回懷裡看著他，立刻有了不祥的預感。因為朋友臉色蒼白，神情緊張，剛才的從容完全不見了。

「怎麼了？」門脇問。

江藤從皮夾裡拿出一萬圓，放在桌子上。

「不好意思，麻煩你幫忙結帳，我必須馬上趕回醫院。」

「發生什麼事了？」

「……雪乃突然說頭很痛，之後開始抽筋。目前已經送進了加護病房。」江藤的聲音黯然凝重。

門脇抓起桌上的一萬圓，塞到江藤的胸口。

「你不必管錢的事，趕快去吧。」

江藤接過一萬圓，說了聲：「不好意思。」轉身離開了。門脇目送著他的背影離開，拿起了帳單。

6

『雪乃拯救會』的解散儀式在公民館舉行，雖說是儀式，但其實並沒有那麼隆重。因為江藤說要向之前曾經盡心盡力的人道謝，所以召集了『拯救會』的幹部，以及協助募款活動的義工一起來參加。

那天，雪乃的病情急轉直下，很快就陷入了昏迷，在昏睡了四天之後，離開了人世。死因是腦梗塞。人工心臟造成了血栓。之前擔心的事還是發生了。

門脇在鼓勵傷心欲絕的江藤夫妻的同時，張羅了守靈夜和葬禮。守靈夜和葬禮都很簡樸，因為江藤說，如果在這些地方花大錢，太對不起之前捐款的人了。

然後，在結束頭七的今天，舉行了『雪乃拯救會』的解散儀式。

首先由門脇致詞。他面對參加儀式的一百多人，為江藤雪乃的死表示哀悼，並感謝大家至今為止的幫助。雖然內心充滿了空虛和懊惱，但在大家的掌聲中鞠躬時，覺得自己已經盡了最大的努力，所以也稍微釋懷了。

接著，江藤夫婦站了起來。身穿西裝的江藤和妻子深深鞠了一躬，用力深呼吸後開了口。

「感謝各位今天在百忙之中抽空前來，我在此表達衷心的感謝。因為我無論如何，都希望有機會向各位表達感謝，所以請門脇先生安排了今天的儀式。」他用克制內心感激的口吻說了起來，「三個月前，為了完成我們帶雪乃去國外接受心臟移植手術的心願，門脇先生成立了『拯救會』。雖然當時我們很不安，不知道是否能夠成功，但託各位的福，募集到數目相當驚人的款項。我們之前完全沒有想到，眾人善意的力量如此強大。很可惜，雪乃的生命燈火在出國之前就熄滅了，但我相信她深刻體會到自己受到多少人的喜愛和支持。當然，我和內人也一輩子不會忘記這份恩情。雖然目前還不知道自己能夠做什麼，但我們將用生命來回報這份恩情。」

出席者中傳來了啜泣聲，到處可以看到女人拿著手帕擦眼睛。

「有一件事要向各位報告，」江藤微微提高了音量，巡視了整個會場，「如各位所知，雪乃的直接死因是腦梗塞。人工心臟產生的血栓堵住了腦血管，但是，心臟並沒有立刻停止跳動，所以醫生診斷可能已經腦死，於是，醫院方面向我們確認，是否有意願提供器官。雪乃的心臟無法使用，其他器官都很健康。我和內人討論之後，一致認為接下來該由女兒幫助其他生命。當天晚上，進行了第一次腦死判定。我和內人也一起參與了整個過程。二十四小時後，再度進行了相同的測試，得出了相同的結論。腦死確定的時間，也成為我們女兒的死亡時間。手術摘取了她的肺、肝臟和兩顆腎臟，聽說分別提供給四名兒童。我們相信雪乃的靈魂必定還活在某個地方，已經抓住了新的幸福。拜各位所賜，我們才能毫不猶豫地做出這樣的決定。真的非常感謝各位。」

江藤夫婦再度鞠躬，會場內響起如雷的掌聲。

儀式結束後，出席者紛紛來向江藤夫婦和門脇打招呼。雖然每個人臉上都帶著遺憾，但也都鬆了一口氣。也許是終於完成一場漫長戰爭的充實感。

當人潮漸漸散去時，門脇看向排列在會場內的鐵管椅，暗自吃了一驚。因為一個女人坐在角落的座位。門脇發現是新章房子。她仍然低著頭。

門脇忍不住有點在意，走了過去。難道她身體不舒服嗎？
但是，他在中途停下了腳步。
因為他發現新章房子正在哭。
她的肩膀顫抖著，發出了嗚咽。淚水撲簌簌地流了下來，地上都溼了。
不知道為什麼，門脇不敢叫她。

7

薰子感受著桂花的陣陣香氣，正在為庭院的盆栽澆水，發現庭院和圍牆縫隙之間的野紺菊開花了。每年這個季節，野紺菊都會開淡紫色的小花。
她聽到咚咚敲玻璃的聲音，抬頭一看，正在窗戶內的千鶴子指著大門的方向。
薰子順著千鶴子手指的方向看去，發現身穿白襯衫和深藍色裙子的新章房子沿著通道靜靜地走來。她向薰子微微欠身打招呼。
薰子站了起來，拿下遮陽帽鞠了一躬。來到玄關前，打開了門，等待新章房子出現。
「早安，桂花好香啊。」這位特殊教育老師一如往常，說話時嘴巴也都幾乎不動。
「是啊。」薰子回答，「今天也請多關照。」
「請多關照。」新章房子說完，走進了玄關。

千鶴子從瑞穗的房間走了出來，行了一禮後，走去走廊深處。生人在幼兒園還沒放學。

新章房子走到房間門口，一如往常地敲了敲門，「瑞穗，我進去囉。」

她打開門走了進去，薰子也跟在她的身後。

瑞穗已經坐在輪椅上。她穿了一件紅色連帽衫，髮型當然是綁馬尾。新章房子向瑞穗打了招呼說：「妳好。」在她對面的椅子上坐了下來。薰子的座位在她的斜後方，那裡已經放了一張椅子。

「秋天真的來了，從車站走過來，也完全不會流汗。風吹過來很舒服。瑞穗最近有沒有外出？」

「上次難得出門散步，」薰子說：「結果有一位老婆婆向她打招呼，說她很可愛。」

「太好了，瑞穗的表情一定很棒，所以那位老婆婆忍不住想要打招呼。」

「那天給她穿了她喜歡的洋裝，所以可能心情很好。」

「是這樣啊，穿在她身上一定很好看。」

她們看著瑞穗，輪流說著話。這是每次上課前的固定儀式。

「那我來介紹今天要說的故事，」新章房子從皮包裡拿出書，「今天要說的是小丑魚和海燕的故事。小丑魚每天都很無聊，很想去很多地方探險，但因為有可怕的鯊魚和章魚，所以玩耍的地方很有限。有一天，小丑魚正在悠哉遊哉地游泳，突然聽到啪沙一聲，有什麼東西衝進水裡。牠正感到驚訝，那個東西再度以驚人的速度飛出了水面。牠好奇地從海面向外張望，再度嚇了一大跳。因為牠看到從來沒見過的東西在沒有水的地方飛來飛去。你是誰？在幹什麼？小丑魚問。對方回答，我是海燕啊，我正在找食物。你又是誰？你明明是一條魚，身上的花紋真好看。」

牠們相互自我介紹後，都很羨慕對方的生活，於是就拜託神明，讓牠們可以交換身分一天。

薰子聽著新章房子說故事，覺得應該是根據《王子和乞丐》改編的。當對自己的境遇感到不滿，就會羨慕別人的生活，但實際體驗對方的立場之後，就會知道其中也有辛苦和煩惱。

果然不出所料，小丑魚和海燕的故事也有相同的發展。海燕發現海裡的天敵比天空中更多；小丑魚也深刻體會到在天空中飛來飛去找食物多麼困難，最後，牠們覺得還是自己比較幸福，都恢復了原來的樣子。

「故事結束了。」新章房子闔上書本後轉過頭，「妳覺得這個故事怎麼樣？」

「這是關於王道的故事，」薰子說，「無論外表看起來如何，有些痛苦只有當事人才知道，所以不要輕易羨慕別人，對不對？」

新章房子點了點頭說：

「是啊，但正因為這樣，有時候交換一下身分也不錯，就像小丑魚和海燕一樣。」

她說的話真奇怪。薰子看著女老師的臉。

「新章老師也想和別人交換身分嗎？」

「我沒有，」新章房子偏著頭，「但這個世界上，有些人的想法很奇怪。」

「怎麼說？」

新章房子目不轉睛地注視薰子的雙眼後，將視線移回瑞穗身上。

「瑞穗，對不起，我要和媽媽聊一下。」說完，她又轉身面對薰子。

「請問是什麼事？」薰子問，內心掠過一絲不祥的預感。

「兩天前，有一個男人來學校找我，是一位門脇先生。」新章房子說了起來，「門脇先生的本業是食品公司的董事長，但在兩個月之前，他為一個打算出國接受器官移植的孩子發起了募款活動，他擔任那個活動的代表。」

薰子用力深呼吸後看著對方，「那位先生說了什麼？」

「他說了一件很有趣的事。有一位名叫新章房子的女人擔任了募款活動的義工，當然那個人並不是我。」

薰子眨了眨眼睛，但並沒有移開視線，也沒有說話。

「門脇先生說，」新章房子繼續說了下去，「他一直在找那個女人。因為那個孩子去世了，『拯救會』也解散了，但當初募款的錢還沒有用完。雖然他打算把那些錢再捐給相同性質的募款活動，只是他希望徵求當初大額捐款的捐款人同意。並不是我的那位新章房子似乎捐了一大筆錢，只不過門脇先生無法聯絡到她。她的電話已經解約了，寄電子郵件給她，也完全沒有回覆。」

「結果呢？」薰子問。

「那個女人曾經說，自己是老師。雖然光靠這一點，等於根本沒有任何線索，但幸好有一條線索。她相當瞭解器官移植的各種問題，也具備了高度的問題意識。門脇先生推測也許她的學生中有人需要移植，卻無法如願。如果這樣的學生要接受教育，就必須去醫院上課。於是門脇先生查了特別教育學校，查到那裡有一個名叫新章房子的老師。」

薰子握緊了放在腿上的雙手。

「卻發現並不是同一個人，門脇先生應該嚇了一大跳。」

「對，只不過他似乎認為並不是同姓同名而已。一方面是因為新章這個姓氏很罕見，但門脇先生在和我見面之後，發現了一件奇妙的事。」

「什麼奇妙的事？」

「門脇先生說，另一個新章房子雖然五官和我完全不同，但無論是盤成髮髻的髮型、眼鏡的形狀、服裝，以及整體的感覺都和我一模一樣，所以認為對方是刻意模仿我。所以他問我，我的身邊是不是有人假扮我，問我知不知道是誰。」

「妳怎麼回答？」

新章房子對著薰子挺直了身體。

「首先，我請門脇先生告訴了我詳細情況。那個自稱是新章房子的女人做了什麼，又說了什麼。在瞭解之後，我對他說，」新章房子調整了呼吸，舔了舔嘴唇之後繼續說道：「我無法回答是不是知道自己身邊有沒有這樣的人，但如果不會造成門脇先生的不便，這件事可不可以交給我來處理？並希望不要再去打擾那位女士。無論門脇先生如何處理那筆捐款，我相信她都不會有意見──我就是這麼回答他的。」

薰子緩緩放鬆了握緊的拳頭，「門脇先生同意了嗎？」

「他回答說，知道了，我猜想他可能察覺了什麼。」

「是喔。」薰子終於垂下了視線。

「播磨太太，」新章房子叫著她的名字，「如果妳什麼都不想說，我就不再追問了，但如果妳覺得說出來之後，心裡會比較舒坦，我很希望妳可以告訴我。因為我猜想除了我以外，應該沒有人能夠聽妳傾訴這些事。」

薰子對新章房子顧慮到自己心境的謹慎發言感到讚歎，再度體會到，這個女人果然不簡單。

「最初是因為我偷看了妳的皮包。」薰子說完，抬起了頭。

戴著眼鏡的新章房子瞪大了眼睛，「妳偷看了我的皮包嗎？」

「對不起，」薰子說：「那是妳開始為瑞穗朗讀繪本後不久的事。我走出房間去泡茶，剛好發現當我走出去時，妳就停止朗讀。我看著妳的背影，忍不住產生了懷疑，妳真的把瑞穗視為有生命的學生嗎？是不是覺得她已經腦死，為她上課根本沒有意義？」

新章房子的視線在半空中飄移，似乎在搜尋記憶，然後終於想到了，緩緩點了點頭。

「原來是那個時候，對，我記得。是喔，原來妳在背後觀察我。」

「那次之後，我就很想知道妳到底在想什麼。差不多剛好是那個時候，妳朗讀完之後去上廁所，放在椅子上的皮包因為書的重量快掉下來了，我想要把皮包扶好，發現皮包裡有一張宣傳單。雖然明知道不能這麼做，但還是擅自拿出來看了，因為我看到宣傳單上有『移植』這兩個字。沒錯，那張宣傳單就是『雪乃拯救會』的募款活動時發的。我看了之後很受打擊，越來越無法相信妳，開始覺得妳表面上為瑞穗朗讀，但內心是不是蔑視我們，覺得我們花了大錢，讓她毫無意義地活著，如果提供器官捐贈，或許可以拯救其他生命。」

新章房子露出落寞的微笑。

「是嗎？原來妳這麼懷疑我，但為什麼想到要去參加募款活動呢？」

薰子轉頭看著瑞穗，穿著紅色連帽衣的愛女輕輕閉著眼睛，她的雙眼應該永遠都不會睜開了，也聽不到任何話，即使這樣，薰子仍然猶豫了一下，不知道接下來的說話內容能不能讓女兒聽到，但最後覺得還是必須在這個房間談這件事。

她將視線移回新章房子的身上。

「之後，我獨自仔細思考了妳的心情。妳在支持等待器官移植的孩子的同時，帶著怎樣的心情為瑞穗朗讀繪本。我也研究了器官移植的相關知識，瞭解了很多事，也感到驚訝不已，發現自己以前太無知了。原來國內有那麼多病童因為無法接受器官移植而痛苦……漸漸地，我對自己所做的事失去了自信，這樣真的對嗎？對瑞穗來說，這樣真的幸福嗎？我很想知道答案，所以去了那裡，去了募款活動的現場。」

「妳想要站在對方的立場，設身處地思考這個問題，就像小丑魚和海燕一樣。」

薰子聽到這句話，忍不住倒吸了一口氣。原來新章房子來這裡之前，就已經猜到了一切。

「但我還是搞不懂，即使妳想要隱瞞真實身分，為什麼偏偏要假冒我呢？」

薰子的嘴角露出笑容，偏著頭說：

「因為我擔心變裝會很不自然，所以需要一個範本，我只能說，一時想不到其他人選。雖然我應該事先準備一個假名字，但一下子又想不起來……說出口之後，才發現妳的姓氏很罕見，覺得不太妙。真的很抱歉。」

「妳不必向我道歉，因為並沒有造成我任何困擾。不過——」新章房子微微探出身體，「妳在接觸對面的世界之後，覺得怎麼樣？有沒有發現什麼？」

「不能說發現什麼……我得到了救贖。」

薰子告訴新章房子，她見到了江藤夫妻，而且江藤先生對她說，他無意對因為無法接受孩子腦死而持續照顧孩子的父母說三道四，因為對父母而言，那個孩子還活著，仍然是重要的生命。

「正因為這樣，我無論如何都希望雪乃能夠活下來……」她突然深有感慨，淚水流了下來。她用指尖按著眼角，「我無意評論江藤夫婦同意器官捐贈的選擇，只覺得命運很殘酷。」

新章房子重重地吐了一口氣。

「那對我呢？現在仍然懷疑我嗎？」

薰子緩緩搖了搖頭。

「老實說，我也不清楚。如果說我發自內心信任妳，就變成在說謊了。」

「是嗎？嗯，我想也是。」新章房子連續點了好幾次頭，似乎在說服自己，然後直視著薰子，「妳還記得那個故事嗎？就是風吹草和小狐狸的故事。」

薰子倒吸了一口氣，收起了下巴，「記得，我記得很清楚。」

「小狐狸為了拯救公主，忘了自己被施了魔法，把好朋友風吹草連根拔了起來，結果失去了朋友，也無法再見到公主。當時，妳說小狐狸很愚蠢。」

「是啊，但是，妳認為小狐狸做出了正確的選擇。」

「我的邏輯是，如果小狐狸什麼都沒做，公主就會死，不久之後，風吹草也會枯萎，魔法就會消失。既然這樣，至少可以救公主一命。」

「我聽了妳這番話之後，認為妳在暗示我，既然是遲早會殞落的生命，不如趁還有價值的時候讓給別人，也就是說，瑞穗也應該捐贈器官……」看到新章房子微微皺起眉頭，薰子忍不住問：「不是這個意思嗎？」

「我果然應該說明得更清楚，這並不是我想要表達的意思，我想要說的完全相反。小狐狸的行為在邏輯上或許很正確，但妳認為小狐狸很愚蠢。我第一次看那本繪本時也有同感，不，寫這個故事的作者應該也這麼認為。雖然在邏輯上是正確的行為，但為什麼讓人有這樣的感覺呢？這是因為人類並不是光靠邏輯活在這個世界上。」新章房子看著瑞穗，「我猜想別人對妳用這種方式照顧瑞穗可能有很多看法，但最重要的是坦誠面對自己的心境，我認為一個人的生活方式不符合邏輯也沒有關係。我說那個故事，就是想要透過故事告訴妳這件事。」

「原來是這樣，我理解成完全相反的意思。」

薰子覺得那是因為自己內心對新章房子產生了懷疑。在研究有關器官移植的知識後，對自己的行為失去了自信，可能也是造成自己錯誤理解的原因之一。

「米川老師也一樣，」新章房子注視著瑞穗說：「她其實應該更坦誠面對自己。」

薰子聽到了意外的名字，感到有點不知所措，「米川老師怎麼了？」

新章房子轉過頭，看著薰子。

「擔任特教老師，有時候會遇到植物人狀態的學生，米川老師之前應該也遇過好幾名這樣的學生。」

「對，我曾經聽她提過，她說，即使目前沒有意識，持續對著潛意識說話也很重要。」

新章房子點了點頭。

「可以透過各種方法測試這種孩子，像是觸摸他們的身體，或是讓他們聽樂器的聲音和音樂，對他們說話，努力用各種方法瞭解怎樣可以讓他們產生反應。」

「米川老師的確很盡心盡力。」

「我想應該是這樣，但結果導致她得了心病。醫生診斷她的身體不適是心理原因造成的。」

薰子感到胸口隱隱作痛，「難道是給瑞穗上課，造成了她的壓力嗎？」

「以結果來看，應該就是這樣，但我認為真正的原因在她自己身上。」

「妳的意思是？」

「在交接的時候，我仔細聽取了米川老師的意見。在談到瑞穗時，她說和以前的學生完全不一樣。」

「怎麼不一樣？」

難道她是說，瑞穗並不是植物狀態，而是腦死嗎？

「她說，在瑞穗身上感受不到脆弱。」新章房子的回答出乎薰子的意料。

「脆弱……」

「普通植物狀態的孩子手腳的肌肉會萎縮，或是有浮腫現象，也經常有褥瘡等皮膚發炎的症狀。總之，看了讓人於心不忍，也感覺到脆弱，但瑞穗完全沒有這種情況，肌肉很飽滿，皮膚也很有光澤，看起來就像是健康的女孩子閉著眼睛。我第一次看到瑞穗時，也覺得雖然這是投入了最高水準的尖端科技的結果，但仍然是奇蹟。」

「那有什麼問題嗎？」

新章房子搖了搖頭。

「是米川老師有問題，她就像對待其他植物狀態的學生一樣，用相同的方式做各種嘗試時，覺得自己在做的事徒勞無益。讓瑞穗聽聲音、觸摸她，即使生命徵象有些微的變化，那又怎麼樣呢？她認為瑞穗可能需要某些更神秘的東西，並不是這種形式化的東西，她為此陷入了煩惱。」

這些話完全出乎薰子的意料，她不知道該如何回答。自己似乎誤會了米川老師，原來已經超出了她的負荷。

「我來這裡之後，漸漸體會到米川老師說的意思，」新章房子說：「我覺得自己需要做的，並不是讓瑞穗出現醫學的反應。我每個星期來這裡一次，到底該做什麼？我絞盡腦汁思考之後，決定做一些自己想要為瑞穗做的事，於是就想到了朗讀故事。如果瑞穗能夠聽到這些故事，就太幸福了；即使她聽不到，在這裡朗讀故事，可以讓我心情平靜。我希望我的感受能夠以某種方式傳達給瑞穗。而且，如果妳也一起聽故事，在我離開之後，就可以成為妳和瑞穗聊天的題材。」

新章房子說話仍然沒有起伏，但她的聲音溫暖地打進了薰子的內心深處。可以成為和瑞穗聊天的題材——她說得完全正確。雖然之前對新章房子產生了懷疑，但在她離開之後，薰子總是和瑞穗「討論」她朗讀的故事內容，這是從今年四月開始、不為人知的樂趣。

「既然這樣，為什麼那一次朗讀到一半……」

「就停下來了嗎？」

「對。」薰子回答。

新章房子打開了放在腿上的書。

「我剛才也說了，我在朗讀故事時的心理狀態是重要的因素之一。當我心情無法保持平靜時，一定會對瑞穗有不良影響。所以我會在朗讀中途稍微休息一下，確認自己的心情是否平靜，但好像因此招致了不必要的誤會，我深感抱歉。」

「原來是這樣。所以……妳當時心情平靜嗎？」

「平靜得不能再平靜了。」新章房子微微挺起胸膛，「於是我確信，在這裡朗讀故事很恰當。」

「很恰當……喔，難怪！」

薰子想起剛開始朗讀時，她曾經說，雖然不知道是不是適合瑞穗，但她認為這麼做最恰當。

「播磨太太，如果妳沒有意見，以後我也會繼續朗讀，可以嗎？」新章房子用平靜的語氣問道。

薰子低頭拜託她，「當然可以，那就拜託妳了。」

新章房子轉向輪椅，「瑞穗，太好了。」

薰子看了閉著眼睛的女兒後，和特教老師相視而笑。

第五章——刀子刺進這個胸膛

1

和昌準備打開大門時，感到不太對勁。雖然是對開的大門，但平時左側的門都固定在原地，出入時，通常只開右側的門。如今左右兩側的門都沒有固定，他納悶地看著腳下，想要固定左側的門，立刻知道了其中的原因。

地面上留下了淡淡的車輪痕跡，可能是輪椅留下的。他想起薰子曾經傳電子郵件告訴他，最近天氣暖和了，她帶瑞穗出門散步的次數也增加了。

拜最新科學技術所賜，瑞穗不需要仰賴人工呼吸器，可以透過ＡＩＢＳ自行呼吸。不知情的人以為她只是睡著了，最近帶她出門散步時，也使用普通的輪椅，所以應該不會引來好奇的目光。

回想起醫生說很可能是腦死狀態的當時，很難想像目前的情況。時間過得真快，轉眼之間，兩年已經過去了。算是上了小學的瑞穗下個月就要升三年級了。

和昌走在通道上時，打量著庭院內漸漸有了春意的花草樹木。當他看向瑞穗房間的窗戶時，發現有人影晃動。

他打開玄關的門鎖，開了門。脫鞋處排放著大小不一的鞋子，其中有一雙男人的皮鞋。

生人的聲音從瑞穗的房間傳來，薰子回應著他。母子兩人的語氣都很開朗。

和昌打開門，最先看到瑞穗抱著巨大的泰迪熊。她穿著背帶褲，裡面穿著紅色運動衣。

瑞穗身旁是六歲的生人，他也穿著背帶褲，但裡面穿著藍色T恤。他抬頭看著和昌，大聲叫著：「爸爸！」向他跑了過來。

「喔，最近還好嗎？」和昌摸著抱著自己大腿的兒子的頭。

「打擾了。」星野站了起來，鞠躬說道。他穿著襯衫，沒有繫領帶。

「辛苦了。」和昌對下屬說道，然後將視線移向坐在星野旁邊的薰子。她似乎比上次看到時更瘦了，所以他問：「妳還好吧？」

「我沒事，謝謝。」

薰子面前有一張工作台，上面放著控制瑞穗肌肉的儀器。她正在星野的指導下操作。

「妳媽呢？」

「在廚房，正在準備晚餐。」

「是喔。」和昌點了點頭，從手上的紙袋裡拿出一個盒子，「這是給瑞穗的。」

盒子的前方完全透明，可以看到裡面。盒子裡裝了一隻動物的絨毛娃娃。長得像狸，但又像熊，也像貓，聽店員說，似乎都不是這些動物，而是很受歡迎的卡通人物，是一種會使用魔法的動物，和昌甚至連名字都沒聽過。

「你直接交給她啊，她一定很高興。」薰子的嘴角露出意味深長的笑容。

和昌挑起眉毛，點了點頭，「好吧。」

他從盒子裡拿出娃娃，走向瑞穗。雖然只有兩個星期沒見，但瑞穗似乎又長大了些。她的身體持續成長。

「瑞穗，這是送妳的禮物，妳要好好愛惜它喔。」和昌把娃娃遞到女兒面前後，立刻放在旁邊的床上。

「哎喲，」薰子發出不滿的聲音，「既然送她禮物，就送到她手上啊。」

「但是……」和昌有點不知所措，看著手上抱了巨大泰迪熊的瑞穗。

「別擔心。生人，你去把姊姊的泰迪熊抱過來。」薰子說完，用熟練的動作操作著鍵盤。

瑞穗抱著泰迪熊的手臂無力地垂了下來，生人接住了快掉下來的泰迪熊。

「老公，輪到你了。」薰子對和昌露出笑容催促道。

他從床上拿起娃娃，但不知道該怎麼辦，薰子再度操作著鍵盤。

瑞穗原本垂著的雙手動了起來，手肘彎曲成九十度，手心朝上，看起來像在索取什麼。

「把娃娃給她啊。」薰子說。

和昌把娃娃放在瑞穗手上。薰子再度敲打著鍵盤，瑞穗的手肘繼續彎曲，把娃娃抱在胸前。

「瑞穗，太棒了。」

在薰子說話的同時，星野伸出手，操作著按鍵。就在這時，瑞穗的臉頰肌肉動了起來，嘴角微微上揚。

「啊！」和昌瞪大了眼睛，但下一剎那，瑞穗恢復了原本的面無表情。

和昌轉頭看著薰子，「剛才是怎麼回事？」

「她在笑啊，你嚇到了嗎？」她露出得意的笑容。

和昌將視線移向薰子身旁的下屬，「是你的傑作嗎？」

星野微微皺起眉，偏著頭。

「我不知道算不算是我完成的……但的確是我製造了契機。」

「契機？」

「董事長應該知道，控制顏面神經的並不是脊髓，而是延髓旁稱為『橋』的部分。雖然認為脊髓和延髓沒有明確的界限，但目前很難只透過刺激脊髓來改變表情肌。因為夫人——」星野看向薰子，「夫人希望能夠設法改變瑞穗的表情。」

和昌皺著眉頭看向妻子，「妳提出這種要求嗎？」

「不行嗎？」薰子氣勢洶洶地問，「露出笑容不是比較可愛嗎？難道你不這麼認為嗎？」

和昌嘆著氣，將視線移回星野身上，「結果呢？」

「正如我剛才所說，控制表情肌很困難，但有可能稍微改變表情。因為從去年秋天開始，瑞穗的臉頰和下顎的肌肉會不時出現微小的活動。我猜想可能是脊髓反射的信號透過某種迴路，刺激了顏面神經。」

「她已經……」和昌再度注視著緊閉雙眼的女兒。

「你應該沒發現吧，因為你每個月只回來看她兩、三次而已。」

和昌沒有理會薰子的挖苦，揚了揚下巴，示意星野繼續說下去。

「於是我拜託夫人，請夫人觀察瑞穗在怎樣的情況下，臉部肌肉會活動。夫人非常仔細，而且很有耐心地觀察，記錄了詳細的數據。我根據這些數據進行各種嘗試，發現在磁力刺激活動身體肌肉後，只要再度給予微小的刺激，表情肌很容易出現變化，但並不是每一次都能夠成功，只能說是頻率比較高而已，而且也無法知道會發生怎樣的變化。通常都是像剛才那樣的笑容，但有時候也會只是單側的臉頰抽動，或是下巴活動，所以我只能說是製造了契機。」

「是由瑞穗當時的心情決定的。」薰子說，「我是這麼認為的。」

「即使她沒有意識？」和昌問。

薰子狠狠地瞪了他一眼。

「你的心情好壞需要大腦思考之後才能感受嗎？我可不一樣，那是來自身體深處的本能，意識和本能是兩回事。」

和昌發現自己說了不必要的話，他無意為這個問題爭論，所以轉頭問星野，「未來有什麼計畫？」

「我打算繼續蒐集數據，目前只有臉頰和下顎能夠活動，但只要進一步摸索，也許可以活動其他表情肌，到時候，表情可能會更加豐富。」年輕下屬的聲音充滿活力。因為薰子也在，和昌只能回答：「是這樣啊。」和昌從紙袋裡拿出另一個盒子。

「生人，爸爸也買了禮物給你，是可以拼成機器人，也可以拼出飛機的立體拼圖，不知道你有沒有辦法搭出來。」

「太棒了。」六歲的兒子把抱在手上的泰迪熊放在地上，跳了起來。從和昌手上接過盒子，在拆開之前，走到瑞穗身旁，用快活的聲音說：「姊姊，爸爸送我這個。等我搭好了，拿來給妳看。」

感慨湧上和昌的心頭，聽薰子說，她告訴生人：「姊姊得了睡覺病。」對深信不疑的生人來說，姊姊還是以前的姊姊。

「我去向媽打聲招呼。」和昌說完，走出了房間。

來到廚房，看到千鶴子正在切砧板上的蔬菜，他站在門口打招呼：「晚安。」

「啊，和昌，晚安。」千鶴停下手，滿面笑容地看著他，但又立刻繼續切菜。

看到岳母挽起的袖子下纖細的手臂，和昌心情黯然。這一陣子，岳母的氣色很差，顯然比之前瘦了不少，所以看起來很蒼老。

千鶴子停下了手，詫異地看著他問：「怎麼了？」

「不，只是……我覺得很抱歉。」

「對什麼感到抱歉？」

「因為請妳照顧瑞穗，而且也麻煩妳幫忙處理家事。」

千鶴子露出驚訝的表情，身體微微向後仰，輕輕揮了揮手上的刀子。

「你現在還在說這些，這是理所當然的啊。」

「但爸爸一個人在家……有點於心不忍。」

千鶴子用力搖著頭。

「他沒關係啦，他也說，別擔心他，要我專心幫忙照顧瑞穗。」

「雖然很感謝，但我很擔心，這樣下去，妳和薰子的身體都會累垮。」

千鶴子放下菜刀，轉身面對和昌。

「你到底怎麼了？我幫忙照顧瑞穗，幫忙薰子照顧這個家是理所當然的事，相反的，我很感謝有機會可以幫忙。照理說，這輩子再也不讓我和瑞穗見面，我也不敢有任何怨言，甚至可以要我用性命來賠，所以，和昌，請你不要再說這些，我是很願意幫忙，才會在這裡幫忙。」岳母說話時，語尾微微顫抖，紅了眼眶。

「聽妳這麼說，我的心情稍微輕鬆一點，但請妳千萬不要太勉強了。」

「我知道，因為萬一我病倒了，薰子會比現在辛苦一倍。」千鶴子用指尖按著眼角後，嘴角露出笑容，再度拿起了菜刀。

和昌轉身離開，來到客廳，坐在沙發上。他脫下上衣，鬆開領帶，打量著室內。客廳內到處丟著生人的玩具，除此以外的景象和兩個星期前來的時候一模一樣。回想起來，和一年前、兩年前都完全相同。時間在這個房間，不，在這棟房子內完全停止了。

然而，現實並非如此。這棟房子以外的世界，一切都在改變。生活在這棟房子以外的和昌必須接受這樣的改變，無法視而不見。

他茫然地坐在那裡沉思，走廊上傳來腳步聲。薰子走了進來。

「老公，星野先生說他要回去了。」

「怎麼？他不吃了晚餐再走嗎？之前妳不是說，忙到比較晚的時候，他有時候會留下來吃飯嗎？」

「是啊，但他說，今天晚上就不打擾了。因為難得我們全家團聚，他不想打擾。其實他根本不必在意這種事。」

「是不是因為我在，他感覺不自在？」

「嗯，應該是吧。」

「那就沒辦法了。」和昌站了起來。

沿著走廊走出去時，星野已經在門口穿鞋子。他穿上了外套，也繫好了領帶。

「我以為你會留下來吃飯。」和昌說。

「謝謝，但今天晚上就不打擾了。」

「是嗎？那就不勉強了。」

「謝謝董事長的盛情——夫人，那我就告辭了，」星野看著薰子，「我會下星期一再來。」

「好，那我們等你。」薰子回答。

星野點了點頭，轉頭看著和昌行了一禮，「那我就告辭了。」

「我送你到大門。」和昌把腳伸進鞋子。

「不，這怎麼好意思……。這麼晚了，外面很冷，董事長也沒有穿外套。」

「沒關係，我剛好有點事想和你聊一聊。」

星野的臉上掠過一抹緊張的神色，視線看向和昌的身後，可能正和薰子眼神交會。

「走吧。」和昌打開了門。

「喔……好。」

他們慢慢走在通往大門的通道上。空氣雖然冰冷，但還不至於冷得發抖。

「我太太已經很會操作磁力刺激裝置了，剛才瑞穗的手臂也真的動了起來。」

「是啊，即使我在一旁看著，也不覺得有任何問題。」

「我看了你的報告，關於肌肉運動的誘發技術，也已經達到了一個境界，我認為非常出色。」

「謝謝。」星野在道謝時的聲音很僵硬，可能內心產生了警戒，不知道董事長到底要說什麼。

「所以……」和昌停下了腳步，走在他身旁的星野也手足無措地停了下來，回頭看著他。

「目前已經完成了一定的成果，是不是差不多該告一段落了。」

「……董事長的意思是？」

「瑞穗的訓練就交給薰子，我希望你繼續回去做ＢＭＩ的研究。」

「回去……但是，我目前也參與ＢＭＩ的研究……磁力刺激誘發肌肉運動也是ＢＭＩ研究的一個環節。」

「星野，」和昌把右手放在下屬的肩上，「ＢＭＩ是什麼的簡稱？Brain-machine Interface，腦機介面，是針對大腦的技術。運用大腦已經無法發揮功能的人體進行研究畢竟有極限，難道你不這麼認為嗎？」

星野收起下巴，露出有點挑釁的眼神。

「我認為這麼說瑞穗不太好。」

「我只是在陳述事實。」

星野張了張嘴，但又隨即閉上，輕咳了幾下後，再度開了口，「我可以反駁嗎？」

「你說來聽聽。」

「既然這樣，為什麼瑞穗的身體會成長？為什麼能夠調節體溫？為什麼幾乎不需要服藥也沒有問題？如果大腦無法發揮功能，就無法說明這些現象。我聽夫人說，目前就連醫院的醫生，也都默認瑞穗的大腦能夠發揮少許功能。」

和昌抓了抓頭，然後用那隻手指著星野的臉。

「那又怎麼樣？即使大腦有一部分還活著，仍然沒有意識啊。」

「意識的問題，永遠都在黑箱中。」

「喂喂，難以想像這句話出自腦部專家之口。」

「正因為是專家，更需要謙虛。」星野用咄咄逼人的口吻說完之後，也被自己的語氣嚇到了，後退了一步，「很抱歉，我只是一名員工，竟然狂妄地說了這麼失禮的話。」

和昌吐了一口氣，搖了搖頭。

「我很感謝你，這項工作原本是我命令你的。我知道因為你的努力，瑞穗的身體狀況大為改善，薰子她們才能夠體會到照護的喜悅。現在叫你停止這項工作的確很武斷，但凡事都有見好就收的時機。」

「董事長認為目前是這樣的時機嗎？」

「你也不想一直都做這種事吧？」

「我覺得目前的工作很有意義。」

「你覺得操作失去意識的孩子的顏面神經，改變她臉部表情有意義嗎？在旁人眼中，可能覺得很詭異。」

「我覺得別人想說什麼，就讓他們去說吧。」星野說完，胸口用力起伏，似乎在調整呼吸，然後直視著和昌，「當然，我會聽從董事長的指示，只是我很在意夫人的心情，因為她很期待接下來的變化。」

和昌覺得星野的這句話似乎很有自信地認為，薰子不可能輕易放他離開。

「我也會和她討論，總之，並不是馬上就停止。」

「我知道了。」

「不好意思，耽誤了你的時間。」

「不會。」星野搖了搖頭，稍微移動了視線。和昌也順著他的視線看去，發現薰子站在瑞穗房間的窗前，她正看著這個方向。「我告辭了。」星野鞠了一躬後，邁開了步伐，走出大門後，再度行了一禮，才轉身離去。

和昌也轉身走回玄關。他看向瑞穗房間的窗戶，但薰子已經不在了。

他想起前幾天的董事會。董事會上，有好幾名董事問了他星野目前的工作情況。

目前我們公司正致力於ＢＭＩ研究，讓研究的中心人物從事和原本業務無關的工作並不合理，而且那項工作非常特殊，只能為極少數人帶來恩惠。個人的想法似乎和目前的這種狀況有密切的關係，甚至可能會招致他人誤解，認為把公司私有化。目前的情況很難獲得股東的認同，必須立刻採取改善措施。

雖然董事會上沒有指名道姓，但顯然在指責和昌的行為。

和昌回答說：「我不認為自己命令員工從事沒有意義的研究。」並在董事會上說明，目前或許認為那只是在建構無法廣泛應用的技術，但他深信，這項研究日後一定能夠在ＢＭＩ上發揮作用，所以希望能夠以長遠的眼光看待這項研究。

雖然他是公司創辦人的直系，但他的發言並非絕對，應該有不少人對和昌的反駁感到不滿，最後決定繼續觀察一陣子，只是和昌比任何人更清楚，這件事並不可能拖延太久。

然而，和昌並不是對董事的壓力屈服，才會對星野說，差不多是見好就收的時機。董事的意見似乎傳入了多津朗的耳裡，前幾天，多津朗說有事要談。和昌去找他後，他劈頭就問：「你還在讓她繼續做那種事嗎？」和昌問是什麼事，父親板著臉說：「就是用電力操作人的身體啊！我不是說了好幾次，叫你馬上停止，你到底在想什麼？」

多津朗已經有一年多沒有見到瑞穗了，他之前看到薰子靠磁力刺激活動孫女的手腳之後，就不想再見到薰子。雖然當時他為自己說那是電力操作向薰子道歉，但內心極度不愉快。多津朗認為，薰子的行為根本是「為了讓自己心安，把女兒的身體當成玩具」。

「平時都是薰子在照護，我不能去批評她。」

「但錢是你出的，更何況讓瑞穗這樣一直活著，到底想怎麼樣？是不是該放棄了？」

「放棄什麼？」

「就是，」多津朗撇著嘴角，「以後也一直是這樣，不是嗎？不是無法恢復意識了嗎？既然這樣，為了瑞穗著想，應該讓她趕快成佛啊。我已經想通了，那個孩子已經不在這個世上了。」

「不要隨便殺了她。」

「她還活著嗎？你真的這麼認為嗎？到底怎麼樣？」

和昌無法立刻回答父親的問題。這件事讓他很受打擊。

「你和星野先生聊了些什麼？」

晚上十點多，和昌坐在客廳的沙發上喝著威士忌純酒時，薰子問道。全家吃完晚餐後，千鶴子幫生人洗了澡，薰子負責餵食瑞穗。生人和千鶴子洗完澡後，就直接去了二樓。

瑞穗接回家裡照顧之後，和昌每個月會回家探視兩、三次。以前無論再晚，通常會回自己的公寓，但最近都會留下來過夜。因為聽說生人早上起床去幼兒園時會問：「爸爸呢？」

「瑞穗沒有人照顧沒關係嗎？」

「短時間的話沒關係，否則我媽不在時，我不是連廁所都不能上嗎？」

「那倒是。」

「你們剛才在說什麼？」薰子再度問道。

和昌緩緩地拿起杯子。

「談今後的事，因為我覺得差不多該讓他回去原來的崗位，總不能一直都像現在這樣。」

「是喔。」薰子在對面的沙發坐了下來，「瑞穗還需要他的協助。」

「是嗎？妳不是已經可以順利操作儀器了嗎？星野也說完全不需要擔心。」

「如果只是重複相同的動作，當然沒問題，但目前還不知道有沒有百分之百激發了瑞穗的能力，而且臉部表情也才剛開始而已。」

「我剛才真的嚇到了，」和昌喝了一口威士忌，然後放下了杯子，「有必要做到那種程度嗎？」

「什麼意思？」

「活動手腳的確有意義，因為增加肌肉，有助於促進代謝。」

「肌肉被稱為第二肝臟，普通人如果肝臟機能衰退，只要鍛鍊肌肉就好。瑞穗的血液循環也改善了，血壓也很穩定，體溫調節也很順暢。除此以外，還有流汗、排便和皮膚的恢復力——要說的話，根本說不完。」

「我知道，但改變表情有意義嗎？我不認為活動表情肌，會有什麼正面幫助。雖然像妳剛才所說，偶爾露出笑容的確很可愛，但這只是我們的問題，對瑞穗本身有什麼幫助嗎？」

薰子的太陽穴抽搐了一下，但她的嘴角仍然擠出了笑容。

「她完成了以前做不到的事，怎麼可能沒有好處呢？表情肌缺乏鍛鍊，就會不斷衰退，父母不是應該激發孩子的潛力嗎？難道你不這麼認為嗎？」

即使當事人已經沒有意識嗎？和昌原本想要這麼問，但最後忍住了。因為一旦說了，討論就會在原地打轉。

「我對你感到很抱歉，」不知道是否因為看到和昌沒有吭氣，薰子繼續說道：「你為了瑞穗花了很多錢，我相信也給你添了很多麻煩，所以照護瑞穗的事，我都不麻煩你幫忙，之後也會這麼做。希望你能夠讓我繼續做我想做的事。」

「錢的事倒不是問題……」和昌用指尖敲了桌子幾次後，輕輕點了點頭，「我會再考慮。」

「我祈禱能夠聽到滿意的答案，」薰子滿臉笑容地站了起來，「晚安，不要喝太多了。」

「嗯，晚安。」

和昌目送妻子走出客廳，把冰桶裡的冰塊放進了杯子，又加了威士忌。在蓋酒瓶蓋子時，想起了兩年多前的事。那天晚上，他也在這裡喝威士忌的純酒。如今，和昌手上拿著波摩酒的酒瓶，但當時喝的是布納哈本。

那是瑞穗發生溺水意外的晚上，他和薰子兩個人討論，接下來該怎麼辦。那天晚上，他們討論之後決定要提供器官捐贈。

如果沒有在最後一刻改變當時的決定，不知道現在會怎麼樣。瑞穗當然已經不在人世，和昌與薰子應該也會按照原計畫離婚。當時決定生人由薰子負責照顧。和昌自己會過著怎樣的生活呢？會持續支付育兒費，獨自住在這棟大房子裡嗎？不，不可能。應該會賣掉這棟房子，獨自住在目前住的公寓過日子。

和昌巡視室內。

所以，很可能不光是住在這裡的人，這棟房子也可能消失。也許現在已經變成另一棟完全不同的房子。

他用指尖攪拌著杯中的冰塊，忍不住自問，那又怎麼樣呢？

難道那樣比較好嗎？他捫心自問。讓瑞穗像這樣繼續活下去好嗎？這個疑問的確隨時都縈繞在他的心頭。他無法否認，當初並沒有想到瑞穗可以活這麼久，所以現在有點不知如何是好。如果當時接受腦死判定，就不會有剛才的談話，也不會對薰子要求星野做的事產生抵抗。

但是，那麼做的話，就能夠放下瑞穗嗎？就不會像現在一樣，悶悶不樂地喝威士忌嗎？

和昌立刻有了答案。他搖了搖頭，不可能有這種事——

正如現在會對讓瑞穗一直活著產生疑問，如果接受了腦死，一定也會為到底是不是正確的決定煩惱，為無法得出結論而痛苦。如果讓瑞穗活著，她也許可以恢復。即使無法完全康復，也許可以恢復意識，能夠和其他人溝通、交流。即使無法恢復到這種程度，或許能夠用某種方式，為瑞穗帶來生命的喜悅，或許能夠向她傳達父母的愛。不難想像，越是思考這些問題，就越無法走出迷宮，後悔也會越來越深。

和昌覺得，也許從那天晚上開始，自己完全沒有前進一步。

2

走進醫院大門時，和昌有一種幾近懷念的感覺。因為他回想起兩年多前，幾乎每天都會來這裡。但隨即覺得用「懷念」這兩個字眼太輕率了，因為從那時候到現在，幾乎沒有解決任何問題。

他在櫃檯說明來意後，醫生似乎事先已經交代，櫃檯人員請他去腦神經外科的候診室等候，但並不保證一定能夠見到醫生，櫃檯的小姐用沒有感情的聲音說：「因為如果有急診病人，醫生可能因為時間不方便改變原本的安排，敬請見諒。」

和昌走去候診室，發現只有一名老人等在那裡。那個老人也很快被叫進診間。和昌坐在長椅上，開始翻閱自己帶來的週刊雜誌。

他很快就察覺到有人站在自己身旁，遮住了光線。他在抬頭的同時，聽到對方說：「好久不見。」身穿白袍的進藤低頭看著他，那張充滿理智的臉完全沒變。

和昌收起週刊雜誌，從椅子上站了起來，鞠了一躬說：

「好久不見，感謝你一直以來的照顧。」

進藤點了點頭說：「請跟我來。」然後邁開了步伐。

進藤帶和昌來到一個放了很多辦公桌和測量儀器的房間，似乎不是診察和治療的地方。進藤示意他坐下，和昌坐在椅子上。

進藤也坐了下來，打開了手上的病歷。

「令千金的狀態很穩定，上個月的檢查也沒有發現任何異狀。」

「我聽說了，託你的福。」

進藤突然笑了笑，闔上了病歷。

「託我的福……你真的這麼認為嗎？」

「請問是什麼意思？」

「你是不是認為，令千金的身體至今仍然有生命現象，並不是因為我們的醫療行為，而是拜自己的努力和執著所賜？事實上也的確如此，醫院完全沒有做任何事，只是做檢查，處方必要的藥物而已。」

和昌無言以對，只能沉默不語。

「不好意思，」進藤舉起一隻手，「這樣聽起來好像在諷刺，我完全沒有這個意思，而是發自內心感到驚訝和佩服。我也和主治醫生討論了這件事，他也有同感，他再度體會到人體的神奇和神秘。」

「所以，瑞穗果然逐漸恢復了嗎？」和昌問道。

進藤並沒有馬上回答，偏著頭思考了一下。

「我認為這種說法並不妥當。」他很謹慎地開了口，「如果硬要說的話……嗯，只能說目前的狀態比較容易管理。」

「容易管理是什麼意思？」

「生命徵象沒有太大的變化，服用的藥物也減少。我相信你太太他們應該比以前輕鬆多了。」

「這種情況無法稱為恢復嗎？」

進藤微微轉動了眼珠子後回答說：「我認為不能這麼說。」

「為什麼？」

「所謂恢復，」進藤舔了舔嘴唇，繼續說道：「是指逐漸接近原本的狀態，只要稍微接近健康時的狀態，就可以這麼說，但令千金並沒有恢復。由於持續刺激脊髓，增加了肌肉量，或許多少維持了統合性，但這只是填補而已，並沒有接近原本的狀態，大腦完全沒有變化……不，據我的推測，大腦滅絕的部分應該更大了。」

和昌用力嘆了一口氣，「我就是想要請教這個問題。」

「是啊，你在今天早上的電話中也說，想要瞭解令千金的大腦情況，但正如我在電話中所說，目前無法掌握正確的狀態。」

聽進藤說，每次接受定期檢查時，薰子都不希望做腦部檢查。和昌可以隱約猜到其中的原因。因為她不想面對檢查之後，發現瑞穗完全沒有好轉，或是甚至可能惡化的事實。

「沒關係，因為我想問的並不是現在，而是那天的事。」

「那天？」

「就是瑞穗發生意外的那天，你說很可能是腦死的時候。」

「是。」進藤輕輕點了點頭，「你想問什麼？」

「那我就直話直說了。你認為如果當時接受腦死判定的測試，會是怎樣的結果？瑞穗會不會被判定為腦死？希望你可以坦誠告訴我。」

進藤注視著和昌的臉，似乎很訝異為什麼事到如今，還在問這種問題。

「我認為，」這位腦神經外科醫生開了口，「被判定為腦死的機率相當高。即使現在有一個和令千金當時狀況完全相同的孩子在我面前，我應該也會做出相同的診斷，沒有絲毫的猶豫，同時，也會像那天晚上一樣，向家長確認是否有意願提供器官捐贈。」

「即使瑞穗已經活了超過兩年半？」

「我記得當時也曾經說過，心臟並不會因為腦死就立刻停止跳動，雖然真的沒有料到會活這麼久。」

「那如果現在為瑞穗做腦死判定測試，會有怎樣的結果？你剛才說，她並沒有恢復，你認為如果現在做測試，還是會出現腦死的結果嗎？」

進藤緩緩點頭，「我認為會是這樣的結果。」

「即使她身體有明顯的成長？」

和昌認為自己提出了理所當然的問題，但進藤噗哧一聲笑了出來。

「我說了什麼奇怪的話嗎？」

「不，只是我覺得如果是不用功的醫生，遇到這種情況，可能不會進行腦死判定。正如你所說的，如果大腦所有的功能都停止，身體不可能成長，也無法進行體溫調節，血壓也不會穩定。按照以前的常識，認為這種情況不可能是腦死。」

進藤停頓了一下。

「但是，過去也曾經有幾個病例做到了這些事。雖然被判定為腦死，卻活了好幾年，在這段期間，身高也長高了。對於這種現象，移植醫療促進派的人反駁說，這並不是真正的腦死，質疑並沒有進行正式的判定。當然，我相信其中也不乏有這樣的例子，但我認為應該也包括了法定腦死狀態的病例。雖然以判定標準來說，那是腦死，但仍然有一部分功能。我認為瑞穗——令千金應該就屬於這種情況。」

「既然還有一部分功能，不是不能稱為腦死嗎？」

進藤微微聳了聳肩。

「果然你也有誤解，但這也難怪，因為腦死這個字眼，就包含了許多神秘和矛盾。」

「什麼意思？」

「腦死的定義，就是大腦所有的功能都停止，判定基準也是確認這件事。但是，這只是原則而已。因為我們目前還無法瞭解大腦的一切，還無法充分瞭解哪一個部分隱藏了哪些功能，既然這樣，要怎麼確認所有功能都停止呢？」

「那倒是。」和昌嘀咕道。

「也許你已經知道，腦死這個字眼是為了器官移植而創立的。一九八五年，厚生省竹內團隊發表了腦死判定基準，只要符合該基準的狀態，就稱為腦死。說實話，沒有人知道這個基準是否代表所有功能都停止，所以也有人認為判定基準有誤，這也是大部分反對把腦死視為死亡的人的意見。」

「我認為這種說法很合理。」

「心情我能夠理解，但是，請不要忘記，竹內基準並不是在定義人的死亡，而是決定了是否要提供器官捐贈的分界線。研究團隊的領導人竹內教授最重視的是不歸點（The point of no return）——一旦成為這種狀態，復甦的可能性為零。所以，我認為不應該取名為『腦死』，『無法恢復』或是『臨終待命狀態』更貼切，但為了推動器官移植的官員可能想要用『死』這個字，所以反而把事情搞得很複雜。」

「你的意思是，在器官移植的領域，並不考慮腦死是否代表死亡這件事嗎？」

「正是這樣，」進藤用力點了點頭，表示完全同意，「器官移植並不考慮到底以什麼來判斷人是否死亡這個哲學問題，而是必須將焦點鎖定在符合怎樣的條件，就可以提供器官捐贈。但是，法律很難認同在活人身上摘取器官，所以必須認為『這個人已經死了』。」

「已經死了……嗎？雖然瑞穗的大腦可能還具備一部分的功能，但對照判定基準，應該會被判定為腦死，也就是已經死了——是這樣嗎？」

「完全正確。」

「即使她在成長……」

和昌無論如何都放不下這件事。

「我認為竹內基準並沒有錯。兒童的長期腦死病例並不罕見，但從來沒有任何一個病例在被判定腦死之後，能夠擺脫人工呼吸器，或是恢復意識清醒，都是在持續腦死狀態，最後心臟停止跳動。長期腦死的存在，對於以提供器官捐贈為前提的腦死判定本身並沒有任何影響，即使在腦死狀態下繼續成長也一樣。」

和昌低著頭，扶著額頭。他需要整理一下思緒。

「我還要補充一點，」進藤豎起食指，「曾經有這樣一個病例，這個病例和瑞穗一樣，在幼兒時期被診斷為腦死，之後存活多年，而且身高持續長高，身體狀況也很穩定。在呼吸停止之後進行了解剖，發現大腦已經完全溶解，沒有任何發揮功能的跡象，真的是徹底的腦死。世界各地有多起這種病例。」

「瑞穗也可能是這種情況？」

「我無法否定，人體還有很多神秘未知的部分，尤其是小孩子。」

和昌雙手抱著頭，坐在椅子上向後仰。他注視著天花板，然後閉上了眼睛。

他持續這個姿勢片刻，放下了手，看著進藤。

「我再請教一次，如果瑞穗現在接受腦死判定，被判定為腦死的可能性相當高，對嗎？」

「應該是。」進藤看著他回答。

「那麼，」和昌調整呼吸後問，「目前在我家……在我家的女兒，到底是病人，還是屍體？」

進藤無言以對，露出痛苦的表情。骨碌碌地轉動眼珠子後，似乎下定了決心，對和昌說：

「我認為這並不是我能決定的事。」

「那誰能決定呢？」

「不知道，我猜想，這個世界上沒有任何人能夠決定。」

和昌覺得這個回答很狡猾，但又同時認為是誠實的回答。沒有人能夠決定，的確如此。

「謝謝。」和昌鞠躬道謝。

3

六月上旬，妹妹美晴帶著若葉來到家裡。那天是星期六，護理指導和特教老師都不會上門。薰子在瑞穗的房間朗讀完向新章房子借的故事書，對講機的門鈴剛好響了。那是一個關於主人翁每次死去，就會變成各種不同動植物的故事。即使一輩子都生活在沙漠的仙人掌，也可以感受到生命喜悅的段落，無論看幾次，都會感動不已。在玄關迎接美晴她們時，可能眼睛有點紅，美晴擔心地問：「發生什麼事了？」薰子苦笑著解釋說，沒事，只是看故事書很感動。美晴什麼都沒說，只是露出了複雜的笑容。

去年夏天的時候，美晴每個星期天都會來家裡。因為薰子假冒新章房子的身分去參加募款活動，她當然沒有告訴美晴實情，只說去參加以照護臥病不起的孩子的家長為對象的研討會。

「媽媽呢？」美晴問。

「去買菜了，她說順便回家看看。」薰子看向若葉，「若葉，最近還好嗎？」

「阿姨好。」若葉向她打招呼。和瑞穗同年的外甥女個子長高了，已經完全沒有幼兒的感覺。小學三年級生。她是每天去學校上課，真正的小學三年級學生。聽千鶴子說，她很會吹直笛，搞不好九九乘法表也倒背如流。她在學校應該有很多朋友，經常聊天，玩各種遊戲。當然也會和同學吵架，相互說壞話，但這正是小孩子的人際關係。

如果沒有發生那場意外，瑞穗也會體會同樣的生活。薰子無法否認，自己會忍不住這麼想。雖然見到若葉時，必須為心靈的一部分拉下鐵門，但常常因為無法順利控制自己的心情而感到焦躁不已。

「阿姨，我可以去看瑞穗嗎？」若葉問。

「好啊，去看她啊。」

若葉脫下鞋子，熟門熟路地打開了瑞穗房間的門。美晴也跟著她走了進去。薰子在後方看著她們母女的背影。

因為剛才在朗讀故事書，所以瑞穗坐在輪椅上。

「瑞穗，妳好，妳今天綁兩根辮子，真好看。」美晴對瑞穗說。瑞穗的頭髮在左右兩側綁了兩根辮子。

若葉握著瑞穗的手。

「瑞穗，妳好，我是若葉，我今天帶草莓來了。上次我們一起去長野採草莓，所以也帶來送妳。」若葉好像在自言自語般小聲說道，似乎有所顧慮。

美晴從手上的大托特包裡拿出一個長方形的容器，裡面裝滿了鮮紅色的草莓。若葉接過之後，放在瑞穗的面前。

「妳看，是草莓，好香喔，希望妳也聞得到。」

若葉和瑞穗聊了一陣子後，離開瑞穗的身旁，把容器遞給薰子。「阿姨，給妳。」

「謝謝，真的好香，瑞穗也一定很喜歡。」薰子接過容器，對外甥女露出微笑。

「嗯。」若葉回答，她的眼神很認真。

「小生不在家嗎？」美晴問。

「他在二樓。我告訴他，妳們會來玩，但應該玩遊戲玩得太入迷了，我去叫他下來。」

「沒關係啦，小生可能覺得見到我們，也不怎麼好玩。」

「不是這個問題，而是要向客人打招呼。要不要先喝茶？有別人送的點心，很好吃。」

「好啊，若葉呢？要不要和媽媽、阿姨一起吃點心？」

「不要，」若葉搖了搖頭，「我等一下再去，我要再陪瑞穗一下。」

「好啊。」美晴回答後，對薰子說：「那就這樣吧。」薰子點了點頭。

若葉來家裡時，幾乎都陪在瑞穗身旁。也許在她眼中，瑞穗還是以前那個和她同年、感情很好的小表姊，也許她相信，雖然瑞穗現在仍然沉睡，但總有一天會甦醒，像以前一樣和她一起玩。不，也許她運用小孩子特有的神秘力量，和瑞穗心靈相通。薰子向來覺得若葉是僅次於自己最瞭解瑞穗的人。

薰子走出瑞穗的房間，在走向客廳的途中停下了腳步，對著樓上叫著：「生人！晴媽媽和若葉姊姊來了，你下來打招呼。」

等了一會兒，樓上沒有反應。她又大聲叫著生人的名字，樓上傳來生人不悅的聲音：「聽到了啦！」

「姊姊，別勉強他，他可能覺得很麻煩。」美晴解圍道。

「他最近好像有點叛逆，一旦回到自己房間，就不想出來，問他學校的事，也不好好回答。」

「這代表生人慢慢變成大人了啊。」

「怎麼可能？他才小學一年級啊！」

「但對小孩子來說，從幼兒園升上小學是很大的變化。」

「也許吧。」

今年四月，生人開始上小學。薰子看到他背上書包的身影，不禁感慨萬千，同時也為無法看到瑞穗背上書包上學的身影嘆息，期待生人能夠連同姊姊的份好好享受學校生活。但是，如果上學這件事讓他內心產生了不滿，就太令人懊惱了。

薰子泡好兩杯紅茶時，生人才終於出現在客廳，看到美晴，鞠躬打招呼說：「阿姨好。」

「生人，你好，學校好玩嗎？」美晴問。

「嗯。」生人點了點頭，看起來不像是心情不好。

「你喜歡哪一堂課？算術？還是國語？」

生人害羞地扭著身體回答說：「體育課。」

「原來是體育課，對啊，活動身體很開心。」

生人聽了美晴的話，顯得很高興，也許覺得自己得到了認同。

「若葉姊姊在姊姊的房間。」薰子說。

「嗯。」生人應了一聲，但似乎有點不開心，也沒有立刻走出房間。

「怎麼了？你不想見到若葉姊姊嗎？」

生人搖了搖頭，「不是。」

「那你去找她啊。」

即將七歲的兒子遲疑了一下，看了看薰子，又看了看美晴，然後才說：「那我去找若葉姊姊。」走出了客廳。

「他哪有叛逆？」美晴小聲地說，「還是很乖啊，而且有問必答。」

「可能今天心情比較好，不然就是很會假裝。之前去參加入學典禮的時候，也到處向同學打招呼，他根本還不認識那些同學。」

「是喔，很了不起啊。他怎麼向別人打招呼？」

「他首先自我介紹。你好，我是一年三班的播磨生人，請多指教，然後深深地鞠躬。」

「太厲害了，同學一定很快就記住了他的名字。」

「對不對？而且之後還介紹了瑞穗，說這是我的姊姊。」

「啊？」美晴驚訝地瞪大了眼睛。「這是我的姊姊……妳帶瑞穗去參加小生的入學典禮嗎？」

「對啊，那當然啊。因為那是弟弟的大日子，當然要帶她去，而且還特地為她買了新衣服，生人也說，希望姊姊一起去參加。」

「是喔。」美晴露出凝望遠方的表情。

「怎麼了？有什麼問題嗎？」

「不，沒有。」美晴慌張地搖了搖頭，「只是覺得別人聽到小生這麼介紹，一定會很驚訝，他們沒有說什麼嗎？」

「當然說了啊，說我很辛苦，但大家都很佩服，說看起來完全不像有任何身心障礙，好像隨時會張開眼睛向大家打招呼。所以我就對他們說，一點都不辛苦，再調皮的孩子，睡覺的時候照顧起來也很輕鬆，我家的孩子一直都在睡覺。那些人都啞口無言，真是太痛快了。」

「是喔。」美晴只應了這麼一句，沒有繼續追問入學典禮的事。

因為姊妹兩人很久沒有見面，所以有聊不完的話。美晴開始抱怨自己的丈夫。她丈夫在貿易公司上班，是典型的合理主義者，會按照這些標準挑剔妻子所有的言行。因為他的意見符合邏輯，所以也很難反駁。

「遇到這種人，就要適度說謊。妳凡事都老老實實向他報告，所以才會被他挑剔，需要適度敷衍，有些小事就假裝忘記。」

「是這樣嗎？」

「就是這樣。如果一切都老老實實告訴合理主義者，絕對會遭到否定。」

姊妹兩人正在討論這件事，走廊上傳來動靜。不一會兒，門打開了，生人和若葉走了進來。

「咦？怎麼了？」

薰子問，但兩個人都沒有回答，只是若葉顯得有點尷尬。

生人不知道從哪裡拿出最近喜歡的拼圖，他似乎要和若葉一起玩。

薰子看著兩個孩子玩耍，繼續和美晴聊天，但還是覺得奇怪。

「怎麼了？」她問生人，「為什麼來這裡玩？平時不是都在姊姊房間玩嗎？今天也可以在姊姊房間玩啊。」

兩個孩子還是沒有回答，但若葉好像有話要說，所以薰子看著她說：

「若葉，妳不是來找瑞穗的嗎？不是在那裡玩比較好嗎？」

若葉聽到問話後的反應完全符合薰子的期待，她站了起來，向生人使著眼色，似乎叫他一起去那個房間，但生人的反應完全出乎意料。

「騙人的！」生人說。他在說話時，根本沒有看薰子。

「什麼？」薰子問：「什麼是騙人的？」

但是，生人沒有回答，手上拿著拼圖，不發一語。

「生人！」薰子大叫著：「你把話說清楚！到底說什麼是騙人的！」

剛上小學一年級的少年渾身顫抖，似乎在努力克制什麼，然後轉頭看著薰子，表情中充滿憤恨和悲傷，以前他從來沒有過這樣的表情。

「什麼姊姊還活著，是不是騙人的？」

「啊……」

「其實姊姊很久以前就已經死了，只是媽媽當作姊姊還活著，對不對？」他說話的聲音就像在絕望的深淵中呻吟。

薰子的腦袋一片空白，她不知道兒子在說什麼。雖然能夠聽懂他說的每一句話，但本能似乎產生了抵抗，不願意接受這一連串的內容，不願意承認那是兒子說的話。

然而，這種空白的時間並沒有持續太久，不願意聽到的這些話既不是幻聽，也沒有聽錯。

巨大的衝擊讓薰子感到暈眩，好不容易才忍住，不讓自己昏過去。照理說，應該斥責生人，你在胡說什麼！甚至為了教訓他，應該狠下心甩他一巴掌。但是，薰子無法做到，她雙腿無力，根本無法站起來。

若葉開了口。「小生，這件事不可以說出來。」

「若葉！」美晴斥責道，但薰子並不知道妹妹為什麼要斥責外甥女。只有生人說的話在她腦袋裡迴響，根本無暇思考其他人說的話。

「你在說什麼啊？」薰子瞪著兒子蒼白的臉，「哪裡騙人了？瑞穗姊姊不是還活著嗎？雖然她一直睡覺，但可以吃東西，也會大便，而且也長高了。」

但是，兒子大叫著說：

「他們說，這根本不算是活著。雖然因為使用機器，感覺好像還活著，但其實早就死了。大家都說，不想看到帶一個死人來參加入學典禮，大家都說很可怕。」

「誰說的？」

「大家都在說，知道姊姊的所有人都這麼說。我對他們說，不是這樣，姊姊只是在睡覺，他們就問我，什麼時候會醒。如果一直不醒，不是和死了沒什麼兩樣？」

看到生人露出反抗眼神的雙眼發紅，薰子終於瞭解了狀況，同時感到心被撕裂了。

生人絕對不是認為母親騙了自己，看到沉睡的姊姊，一心希望她可以康復，但應該也做好了心理準備，姊姊可能永遠不會醒來，只是被毫無關係的第三者說出這件事，他受到了極大的傷害。

薰子回想起生人最近的情況，終於恍然大悟。之前他整天都在瑞穗的房間，最近卻很少靠近。即使在薰子的要求下去了瑞穗的房間，也不會主動對瑞穗說話，而且停留片刻就離開了。

巨大的衝擊讓薰子說不出話。雖然她心裡很著急，知道不能不吭氣，必須對兒子說話，腦袋卻一片空白。

不知道生人如何解釋母親的這種態度，他把拼圖往地上一丟，站了起來。薰子還來不及制止，他就衝出了房間。他沿著走廊奔跑，傳來衝上樓梯的聲音。

薰子好像凍結般動彈不得，兒子說的話一直在她腦袋裡重複。

「姊姊。」美晴擔心地叫著她，雖然薰子聽到了，卻無法回答。美晴抓著她的肩膀，用力搖晃著，「姊姊！」

薰子的身體終於有了反應，回望著滿臉不安地看著她的妹妹。

「啊啊，」她吐了一口氣，用手扶著額頭，「對不起……」

「妳沒事吧?臉色好蒼白。」
「嗯,我沒事,但有點受到打擊。」
「妳不要罵小生,我覺得他也很痛苦。」
「我知道,所以才很受打擊,沒想到學校有人對他說這些話。」
「那也沒辦法啊,小孩子都很殘酷,而且我相信並不是所有的同學都這麼說,應該也有同學很同情小生。」
薰子很感謝妹妹的安慰,但最後一句話讓她感到不對勁。「同情?」薰子皺起眉頭。妹妹似乎立刻發現自己失言了,輕輕搖著手。
「啊,說同情太奇怪了,我的意思是,應該有同學能夠瞭解小生的心情。」
看到美晴慌忙掩飾的樣子,薰子漸漸恢復了冷靜。她重新咀嚼著生人剛才說的話,突然發現一件事。她看向若葉。外甥女正默默地玩著生人丟在地上的拼圖。
「若葉,」薰子叫著她,「妳剛才對生人說:『這件事不可以說出來』,那是什麼意思?」
若葉可能聽不懂這個問題的意思,用力眨了眨大眼睛。
「妳為什麼不說,沒這回事,或是不可以這麼說,而是說『這件事不可以說出來』?『這件事』是哪件事?是瑞穗已經死了這件事?若葉,妳心裡是這麼想的嗎?雖然這麼想,但在這個家裡不能說嗎?」

接二連三的問題讓若葉無力招架，一臉快哭出來的表情看著美晴。

「姊姊，妳怎麼了？」

美晴不知所措地問道，薰子狠狠瞪著她。

「妳也很奇怪啊，當若葉說：『這件事不可以說出來』時，妳責罵了若葉。為什麼？」

「沒為什麼……」

薰子看到妹妹無法回答，更加深了原本的懷疑。

「妳們該不會平時就這麼說？瑞穗雖然已經死了，但去播磨家時，要假裝她還活著。」

美晴為難地垂著眉尾，「沒這回事。」但她的聲音很無力。

「那若葉為什麼那麼說？妳為什麼要責罵若葉？那不是很奇怪嗎？」

「這……根本沒有什麼特別的意思……若葉也只是在提醒小生而已，對不對？」美晴問女兒，若葉默默點頭。

薰子搖了搖頭。「算了，我已經知道了。」

「姊姊……」

美晴露出無可奈何的表情時，玄關傳來開門的聲音。走廊上傳來腳步聲，不一會兒，拎著紙袋和塑膠袋的千鶴子走了進來。

「對不起，難得回家打掃一下，結果這麼耽誤了時間。爸爸竟然連浴室都沒有洗——」

說到這裡，千鶴子似乎察覺到氣氛不對勁，住了嘴，看了兩個女兒和孫女的臉後，再度開了口，「發生什麼事了？」

「沒事。」薰子回答，用手托著臉頰。

美晴似乎下定了決心，站起來說：「若葉，我們回家。」

若葉猛然站了起來，走到母親身旁。

「什麼？這麼快就回去了？妳在電話中不是說，今天不急著回家嗎？」千鶴子手足無措地問。

「對不起，我臨時有事，下次再來——若葉，趕快去向瑞穗道別，我們回家了。」

「嗯。」若葉點了點頭。

「不必了。」薰子對她們母女說，「不，請妳們別去，不要去房間。」

美晴沒有回答，走出了客廳，大步沿著走廊走進了瑞穗的房間。若葉也遲疑了一下，跟了進去。

千鶴子納悶地回頭看著薰子，「到底發生了什麼事？」

薰子沒有回答，注視著走廊前方。

不一會兒，美晴母女從瑞穗房間走了出來。千鶴子見狀，小跑著追了上去。薰子移開了視線。

「媽媽，我走了，改天見。」薰子聽到美晴用僵硬的語氣道別。若葉不知道也說了什麼，千鶴子回應說：「改天再來玩。」

玄關傳來關門的聲音，不一會兒，千鶴子走回房間。

「到底發生了什麼事？」

「沒事。」薰子回答後站了起來，「我要去為瑞穗弄飯了。」

「啊，對喔，已經這麼晚了，要趕快準備。」千鶴子看了牆上的時鐘後，準備走去廚房。薰子對著她的背影叫了一聲：

「媽媽，如果妳覺得太累，不用幫忙也沒關係。我可以一個人照顧瑞穗。」

薰子察覺到千鶴子的臉頰繃緊，「妳在說什麼啊？美晴說了什麼嗎？」

「不是，我只是覺得，妳會不會覺得太累。」

「怎麼可能？妳不要說一些奇怪的話。」千鶴子的聲音中帶著怒氣。

薰子無力地點了點頭。她希望可以相信，只有母親和自己站在一起。她必須相信。

「對不起。」她小聲嘟囔後，走去瑞穗的房間。

4

美晴走出播磨家的玄關，沿著通道走向大門期間不發一語。若葉跟在她的身後，覺得媽媽一定很生氣。因為自己不小心說錯話，惹薰子阿姨生氣了。媽媽之前曾經再三叮嚀，再三提醒。

——這句話千萬不能在薰子阿姨面前說。

等一下一定會挨罵。若葉已經做好了心理準備。

但是，走出播磨家的大門後，美晴對若葉說：「不必放在心上。」而且說話的語氣也很溫柔。

「因為小生說了那種話，薰子阿姨嚇了一跳，所以遷怒在我們身上。啊，妳知道遷怒的意思嗎？」

「就是生氣的意思，對嗎？」

「嗯，沒錯，不管對象是誰，只是想要發脾氣。別擔心，過一陣子，阿姨心情就會平靜，所以，妳也不必放在心上，知道嗎？」

「嗯。」若葉點了點頭。

「但是，」美晴蹲了下來，把臉湊到若葉面前說：「今天的事不能告訴爸爸，不可以說喔。」

若葉沒有說話，再度緩緩點頭。她原本就不打算告訴爸爸。

「我們回家吧，如果時間還早，去買蛋糕吧。」美晴語氣開朗地說。

若葉也努力擠出笑容，很有精神地回答：「嗯。」

美晴邁開步伐，若葉跟了上去，回頭看了播磨家的大門一眼。那是她從小經常來的地方。

但她覺得可能好一陣子不會再來這裡了。

若葉的爸爸在貿易公司上班，但她並不知道那是怎樣的工作，只知道爸爸經常出差。瑞穗發生意外時，爸爸正被公司長期派到海外工作，所以並不清楚事情的來龍去脈，也不清楚瑞穗雖然沒有醒來，但薰子阿姨把她接回播磨家，目前薰子阿姨和外婆在家裡照顧她。

其實若葉也不太瞭解詳細情況，只是聽媽媽說，薰子阿姨他們想要帶瑞穗回家，所以就這麼做了。

爸爸每隔幾個月就會回國一次，通常都會在日本住一個星期左右。這是若葉最開心的時光，有時候也會利用這段期間四處旅行。若葉很喜歡個性溫柔，無所不知的爸爸，所以，每次去成田機場送爸爸出國回到工作崗位時，她都會在車子上一直哭。

在爸爸短時間回國期間，幾乎很少會談論播磨家的事。因為很久沒有見面，自己的事就聊不完了，永遠不會缺少話題，當然也沒時間去看瑞穗。

今年二月，爸爸終於被調回日本了。新的職場在東京，所以他們一家三口又可以生活在一起。爸爸說，暫時不會被外派了。

在一家三口的生活逐漸安定之後，媽媽問爸爸，要不要去探視瑞穗。

「不去不行嗎？」爸爸顯然不太想去。

「因為姊姊知道你已經回國了，所以不去露一下臉不太好，她一定會想，為什麼不去看一下，而且其他親戚至少都去探視過一次。」

「但她不是失去意識，一直都躺著嗎？去探視她有意義嗎？」

「所以不是去探視瑞穗，可以去慰問一下姊姊和媽媽。」

「妳的意思是，要讓妳這個妹妹有面子。」

「你也可以這麼解釋。」

爸爸嘆了一口氣，終於答應：「那就沒辦法了。」

在天氣還有點寒冷的三月初，一家三口去了播磨家。薰子阿姨熱情地表示歡迎，看到爸爸也一起去，似乎很高興，連續說了好幾次謝謝。

爸爸看到瑞穗時，不停地表示佩服。瑞穗看起來很健康，完全不像是生病，好像隨時都會醒來——爸爸的感想和大部分人一樣。若葉聽了，也感到很高興。爸爸和自己一樣，即使瑞穗一直在睡覺，仍然很喜歡她。

沒想到回家之後，爸爸說的話和若葉的想法完全相反。爸爸冷冷地說，再也不會去看瑞穗了。

「我沒辦法做這種事，而且也無法贊同，那根本是妳姊姊的自我滿足。醫生不是說瑞穗已經腦死了嗎？在國外，一旦知道是腦死，就會停止所有的治療。沒想到他們卻花大錢讓她繼續活著……只能說太異常了。」

若葉聽不太懂爸爸一口氣說的這番話，只知道爸爸在批評薰子阿姨。

「日本和外國的法令不一樣。」媽媽說。

「所以就利用這些法令，不承認是腦死，當作她還活著嗎？他們要這麼做，我也沒意見，只希望他們自己去做這件事就好，不要把其他人也都捲進去。老實說，這根本是造成別人的困擾。」

「老公，若葉也聽到了……」

「我認為這對若葉也有負面影響，她必須接受事實——若葉，」爸爸突然看著她，而且露出可怕的眼神，「妳老實回答爸爸，妳覺得瑞穗有一天會醒過來嗎？」

爸爸嚴厲的口吻讓若葉感到害怕，她露出求助的眼神看著媽媽。

「你不必現在問她這種事……」媽媽說。

「這很重要，必須把話說清楚。若葉，妳回答爸爸，怎麼樣？妳覺得瑞穗的病能夠治好嗎？」

「不知道。」若葉回答。她只能這麼回答。爸爸聽了，雙手抓住她的肩膀說：

「妳聽好了，瑞穗以後也不會醒過來，會一直像現在這樣。雖然她看起來好像睡著了，但其實不是這樣，她的腦袋已經空了，什麼都沒有想，即使妳對她說話，她也聽不到；不管妳怎麼摸她，她也感受不到了。那已經不是以前的瑞穗了，只是行屍走肉。妳知道靈魂嗎？瑞穗的靈魂已經離開了，妳熟悉的瑞穗已經去了天堂。如果妳想和她說話，可以對著天空說，所以，以後不必再去那個家了，知道嗎？」

若葉不知道該怎麼回答，再度看著媽媽，希望媽媽可以幫她。

媽媽還沒回答，爸爸就搶先說：「媽媽心裡也很清楚。」

「啊？」若葉看著媽媽。

爸爸繼續說：

「瑞穗就像死了一樣，但媽媽只是在阿姨她們面前，假裝並不這麼覺得，這只是在演戲。」

「你不要這麼說！」媽媽怒氣沖沖地說。

「那我該怎麼說？對著明知道已經腦死、沒有意識的人笑著說話的行為，哪裡不是演戲？那我問妳，如果妳和瑞穗兩個人單獨在一起時，妳會對她說話嗎？妳會和她聊天嗎？如果薰子不在旁邊，妳根本不會這麼做。怎麼樣？妳倒是老實回答啊！」

若葉聽了爸爸的話，恍然大悟。她覺得爸爸說的可能有道理，薰子阿姨不在的時候，媽媽曾經對瑞穗說過話嗎？回想起來，好像真的從來沒有過。

媽媽不發一語，好像也承認了。

「若葉，知道了嗎？」爸爸恢復了平靜的口吻，「大家都在阿姨面前演戲，就連外婆應該也一樣，全都在演戲。爸爸剛才在阿姨面前也稍微演了一下。雖然很不願意，但也無可奈何。這就是配合演出，但我不希望妳做這種事，所以以後盡可能別再去他們家了，知道了嗎？」

若葉想不到該怎麼回答，只能回答：「我知道了。」爸爸滿意地點了點頭。

只剩下和媽媽兩個人時，若葉問媽媽：「以後不再去看瑞穗了嗎？」

「畢竟是親戚，也不能完全不去。爸爸剛才也說『盡可能』不要去，有時候不得不去。」

「到時候怎麼辦？要演戲嗎？」

媽媽皺著眉頭，好像被碰到了傷口，然後說：「只要像以前那樣就好。」

然後，媽媽又補充說：

「但是，這些話不能在薰子阿姨面前提起。」

「嗯。」若葉回答。即使不問為什麼不能告訴薰子阿姨的理由，她也隱約知道，只是說不太清楚。

那天之後，就沒再去過播磨家，直到今天。今天出門時，媽媽還特別叮嚀。

「記住囉？要和以前一樣，在薰子阿姨面前，要和以前一樣。」

「我知道。」若葉回答，更何況她不知道如果不能和以前一樣，到底該怎麼做，那反而更難。

所以見到久違的薰子阿姨後，她的行動仍然和以前一樣。先去看瑞穗，當阿姨和媽媽說要去客廳吃點心時，她也回答說，自己要繼續留在那裡。阿姨對若葉的態度似乎很滿意。

獨自留在瑞穗的房間時，想起了很多事，也想起爸爸問媽媽：「如果妳和瑞穗兩個人單獨在一起時，妳會對她說話嗎？」

當時，看到媽媽沒有回答，她覺得很難過，但她同時發現了一件事。

自己不也一樣嗎？

當薰子阿姨不在時，若葉覺得自己也很少對瑞穗說話，或是碰觸她的身體。她無法清楚解釋其中的原因，只是並不是像爸爸說的那樣，是在『演戲』。如果說，完全不在意薰子阿姨的眼光，就變成在說謊了，但自己和爸爸不一樣，並不討厭對沉睡的表姊說話，而且發自內心地希望表姊可以聽到自己的聲音。她覺得媽媽應該也一樣。不光是媽媽，大部分對瑞穗說話的人應該都一樣，應該都不是像爸爸說的，只是在『演戲』而已。

雖然如果要問她，不是演戲，到底是什麼，她也答不上來。

她正在想這些事時，生人走了進來。她也好久沒見到比她小兩歲的表弟了。他手上拿著小型遊戲機，一進房間就邀若葉一起玩。

若葉也覺得生人上小學後，看起來好像一下子長大了，但似乎並不是因為這個原因，讓人覺得他和以前不一樣了。不一會兒，若葉就發現了原因。因為他根本不看他的姊姊一眼。若葉問生人這件事，生人有點不高興地回答說：「那已經沒關係了。」

「什麼沒關係了？」若葉問。

生人低著頭，小聲地回答：「姊姊的事……」

「為什麼？」

「因為……她已經死了。」

聽到生人的回答，若葉再度感到震撼。怎麼會這樣？難道連表弟也已經放棄，認為姊姊醒來只是夢想而已嗎？只有在媽媽面前演戲，假裝夢想還可以實現就好了嗎？

若葉沒有說話，她無法對生人說，沒這回事。對已經從夢中醒來的少年說什麼都是白費口舌。

「我們去那裡吧，」生人說：「我不太想在這個房間。」

於是，他們一起去了媽媽和薰子阿姨在吃點心的客廳，結果就發生了剛才那些事。若葉一直提心吊膽，很擔心生人會說什麼不該說的話，所以當他說那些話時，才會脫口對他說：「這件事不可以說出來。」

結果，薰子阿姨生氣了。

若葉心情很沉重。以後該怎麼辦？雖然媽媽說，過一陣子，阿姨的心情就會平靜，但真的是這樣嗎？若葉覺得沒這麼簡單，阿姨絕對不會忘記今天的事，無論若葉多麼努力對瑞穗說話，她是不是都覺得只是在做樣子而已？

若葉覺得自己破壞了重要的東西，做了無可挽回的事，這種想法在內心慢慢擴散，她完全不知道該怎麼辦。

但是，無論任何人說什麼，自己都必須和瑞穗站在一起，直到最後。她內心充滿了這種決心。雖然這個決心來自很多因素，但最重要的因素，是因為若葉覺得瑞穗可能代替自己犧牲了。

她回想起那天去游泳池的情景。

她不太記得意外當時的詳細情況。得知瑞穗溺水之後，她的腦筋就一片混亂，什麼事都搞不清楚了。

但是，某些事，還是清晰地留在她的記憶碎片中。

那年夏天，若葉的手上戴著戒指。那是用串珠做的戒指。放暑假之前，幼兒園的好朋友送了她這個戒指，她很喜歡。

去游泳池時，她也戴著那個戒指游泳。瑞穗看到她的戒指，也說很可愛。

她和瑞穗玩得很開心，兩個人比賽誰可以長時間在水裡憋氣。

在玩的時候，她的戒指不小心掉了。她完全不記得到底戒指怎麼會掉，只記得浮出水面時，戒指不小心掉落水底了。

若葉「啊」了一聲，慌忙沉入水底。她發現身旁的瑞穗也潛入水底。瑞穗可能看到自己戒指掉落了。

戒指掉在泳池底的網上。若葉急忙想要撿起來，卻沒有抓到，結果戒指反而掉進網子的洞裡。若葉想要拿出來，但戒指卡住了，怎麼也拿不出來。瑞穗也在一旁幫忙，但也拿不出來。不一會兒，若葉感到呼吸困難，浮上了水面。當時，鼻子吸了大量的水，她痛得不得了，游到池邊擤鼻子。

算了，只能放棄戒指了。到時候再向朋友道歉就好。

若葉稍微平靜後看向四周，卻不見瑞穗的身影。

她正覺得奇怪，媽媽也同時跑過來問她，有沒有看到瑞穗。她無法清楚說明情況，只回答說，瑞穗突然不見了。

周圍的大人都緊張起來，不一會兒，就聽到有人說，有人沉在水底，然後把瑞穗的身體拉了上來。

之後的記憶相當模糊，只記得事後聽到瑞穗可能是因為手指卡在池底排水孔的網上，導致無法掙脫時，感到很害怕。當若葉感到呼吸困難，浮出水面時，瑞穗應該也一樣，但因為手指拔不出來，所以無法浮上水面。不知道她當時有多麼痛苦。

如果自己浮出水面後，立刻關心瑞穗，告訴周圍的其他人——

在醫院再度看到瑞穗時，她覺得自己好像掉進了一個很深的洞。自己犯下的錯，奪走了表姊幸福的生活。

這是她至今不敢告訴任何人的秘密。

和昌正在銀座知名的玩具店內嘆氣搖頭。眼前的玩具琳瑯滿目，但他不知道該選哪一個。三個月前，他在為瑞穗和生人挑選禮物時，請教了店員的意見，傷透了腦筋，還以為至少有好一陣子不必為這件事煩惱了，沒想到這麼快又重演了。

他無法否認，是自己太粗心大意了。只要稍微動一下腦筋，就知道會有這種事。因為工作太忙，他完全疏忽了。

上週末，收到薰子的電子郵件。下週六要為生人舉辦慶生會，希望他能夠騰出時間。雖然生人的生日是下下週的週一，因為想要邀請學校的同學來參加，所以改在週六舉行，時間也特地安排在中午。

和小學一年級的學生一起參加慶生會——光是想像這種狀況，心情就很沉重，但只能做好心裡準備。因為薰子說，只要向小孩子打聲招呼就好，因為想要讓同學看到父親假日在家。既然她這麼說了，和昌當然無法反駁。

而且，他也有點擔心生人。

雖然和以前一樣，只能隔週見到生人一次，但生人最近看起來有點不對勁。他經常躲在自己房間，吃飯時，也不太願意與和昌說話。雖然薰子說沒事，但和昌還是很在意，也許隨著生人慢慢長大，對父母的分居有什麼想法。果真如此的話，更要努力做一些父親該做的事。

他在玩具賣場逛了一圈，仍然想不到什麼好主意，只能再度向店員求助。和店員討論了很久，最後選了法國進口的拼圖遊戲作為生人的生日禮物。因為之前曾經聽薰子說，生人很喜歡玩這一類遊戲。

他拎著紙袋攔了計程車前往廣尾的家，一看手錶，時間剛好。

薰子在電子郵件中說，希望也可以邀請和昌的父親一起參加。因為生人已經上小學了，所以今年的慶生會想要辦得熱鬧一點。

和昌打電話給多津朗，多津朗的回答一如預期。

「我不去參加，剛好那天有事，而且週六父親不在家可能不太妙，但沒有小孩子會覺得爺爺不在家很奇怪。雖然我很想為小生的生日慶祝，但我會把禮物寄給他。」

多津朗顯然只是不想見到薰子。他仍然對她感到不滿。和昌只回答說，知道了。

計程車快到家時，看到一對母女走向相同的方向。和昌請司機停車，打開了窗戶，叫了一聲：「美晴。」

美晴轉過頭，張開嘴巴「啊」了一聲，向他欠了欠身。

和昌立刻付完車錢，下了計程車。

「妳們也收到邀請了嗎？」和昌走向她們母女問道。

原本以為會立刻聽到肯定的答案，沒想到並不是這樣。

「是我問姊姊，小生的生日有什麼安排。因為姊姊每年都會用某種方式為他慶生。

姊姊說，會邀請小生學校的同學舉辦慶生會，我問姊姊，我們可不可以在慶生會時，把禮物送過去……姊姊說，那也沒問題……」不知道為什麼，美晴說話有點吞吞吐吐。

和昌覺得奇怪，薰子希望慶生會很熱鬧，所以打算多津朗一起參加，但為什麼不邀請美晴她們？

「把禮物交給小生，再去看瑞穗之後，我們就馬上離開。」美晴可能察覺到和昌感到訝異，辯解似的說明。

「別急著走，留下來慢慢玩啊，生人應該也會高興。」

但美晴露出微妙的表情，若葉也不敢正視和昌的態度，也顯得有點拒人千里。

和昌帶著她們從玄關走進屋內，薰子從走廊深處走來，一看到美晴她們，立刻挑起眉毛。「你們約好的嗎？」

「不是，剛好在門口遇到。」

「是喔。」

「午安。」美晴向薰子打招呼，她的表情很僵硬。

「謝謝妳們特地來。」薰子注視著妹妹。

看到她們姊妹意在言外的眼神，和昌猜想之前可能發生過什麼不愉快的事。他想了一下，是不是該當場問清楚，但最後決定作罷。接下來將是漫長的一天，他可不想出師不利。

薰子低頭看著外甥女，揚起了嘴角。她的表情看起來很虛假。「若葉，也謝謝妳來為生人慶生。」

若葉輕輕點了點頭，抬眼看著和昌。

「姨丈，我可以去看瑞穗嗎？」

「當然可以啊，歡迎妳去看她，對不對？」

他徵求薰子的意見，但薰子沒有反應，把頭轉到一旁。

若葉脫下鞋子，走去瑞穗的房間，但她還沒打開門，薰子就說：「她不在那裡。」

「她在哪裡？」和昌問。

「在客廳啊，今天弟弟要舉行慶生會，她當然要參加啊。」薰子說完，走向走廊深處。

和昌脫下鞋子，看到有一雙熟悉的男人皮鞋。

和昌與美晴、若葉一起去客廳一看，嚇了一大跳。因為室內用了大量氣球和五彩繽紛的派對用品裝飾。

「哇！」若葉驚叫起來。

「真的很漂亮。」和昌看著掛在牆上的『HAPPY BIRTHDAY』的銀色裝飾小聲說道。

「是不是很不錯？」薰子站在桌子旁問。

「妳一個人佈置的嗎？」

「我請媽媽稍微幫忙了一下。」
「太了不起了。」
「謝謝。」
和昌將視線移向窗邊，穿著輕鬆短袖襯衫的星野站在那裡。和昌第一次看到他穿便服的樣子。
「打擾了。」星野恭敬地向和昌鞠躬。
「你也受邀來參加嗎？」
「是，夫人希望我務必來參加。」
「因為有事要請他幫忙，」一旁的薰子說，「我一個人有點困難。」
和昌看向星野身旁的輪椅，瑞穗坐在輪椅上，穿了一件以前沒看過的華麗小禮服，應該是為了今天特地買的，一頭長髮微微鬈了起來，一定是薰子為她做的造型。瑞穗閉著眼睛，睫毛很長，看起來真的像洋娃娃。
和昌看到輪椅後方有東西。小桌子上似乎放了什麼東西，但用布遮了起來。仔細一看，有電線連在輪椅的椅背上。
「妳想要幹什麼？」和昌問薰子。
她微笑著，眼神透露出她顯然在打什麼主意，「這是秘密。」
和昌內心產生了不祥的預感，他看向星野，星野窘迫地移開了視線。

就在這時，千鶴子叫著：「啊喲，若葉，妳來了啊。」滿面笑容地從廚房走了出來，走向外孫女。

「我們帶了禮物來送給小生。」若葉拿起手上的紙袋，「小生在哪裡？」

「呃，小生喔……」千鶴子看著薰子，向她確認。

「他應該在二樓自己的房間。」薰子回答，看著牆上的時鐘，「他在幹什麼啊？他的同學都快來了。」她不滿地皺著眉頭，快步走了出去。

和昌嘆了一口氣，看向桌子。桌上放了餐盤和杯子，還有湯匙和叉子。他數了一下，發現總共有七組。生人應該坐在桌子短邊的座位，也就是壽星座位上。

有六個同學要來。和昌暗自想道。有這麼多同學來參加慶生會，代表生人在學校的生活很順利。

就在這時，聽到了薰子的怒斥聲。薰子的聲音在走廊上產生了回音，和昌與身旁的千鶴子互看了一眼。

接著，再度傳來了聲音。這次是生人的說話聲。他說了什麼，但聽不清楚。

和昌來到走廊上，聽到樓上傳來薰子的斥責聲。「別說蠢話了，趕快到樓下去！」

「不要！我不想去！」

「為什麼？若葉姊姊也來了，爸爸也來了，而且你同學也快來了，趕快去樓下。」

生人大叫著：「我不要！我不要！」

和昌來到樓梯下方，發現薰子和生人正在樓上推來推去。

「喂，你們在幹嘛？」

生人正想要甩開母親的手，聽到聲音後停了下來。他的臉皺成一團，好像快哭出來了。

「到底是怎麼回事？」和昌問薰子。

「我也不知道，他突然說不想辦慶生會。」

「為什麼？」

生人沒有回答，仍然蹲在地上。

「先來客廳。如果有什麼意見，下來再說。」

聽到和昌這麼說，生人慢吞吞地下了樓。薰子一臉生氣地跟在他身後。和昌在她耳邊小聲地問：「怎麼回事？」她微微偏著頭說：「不知道啊。」

生人走進客廳，美晴她們立刻笑臉相迎。若葉從紙袋裡拿出盒子走向他。盒子上綁了粉紅色緞帶。

「小生，生日快樂。」

生人尷尬地接過盒子，小聲地說：「謝謝。」他的臉上沒有一絲喜悅的表情，反而看起來很痛苦。

「小生，你打開看看。」美晴對他說。

生人點了點頭，蹲在地上，準備解開緞帶。
「等一下，」薰子說，「你的同學不是快來了嗎？等一下再打開禮物。」
生人停下手，但他抱著禮物，並沒有站起來。
「他們怎麼還沒來？」薰子皺著眉頭，抬頭看著時鐘，「這麼晚了，他們應該會一起來，是不是有人遲到了？」
「應該吧，還是哪一班電車晚到了。」千鶴子說。
「是嗎？應該不會迷路吧？」
薰子走向窗戶時，低著頭的生人用有點沙啞的聲音說：「不會來。」
「啊？」薰子停下了腳步，「你剛才說什麼？」
生人抬起頭，他的雙眼通紅。他看著母親說：「不會來，我的同學不會來。」
「啊？怎麼回事？」
生人低頭沉默不語，他的肩膀微微顫抖。
薰子倒吸了一口氣，怒目看向生人，大步走向他。
「為什麼？你不是說他們會來嗎？說有六個同學會來嗎？有山下、田中、上野，還有那個誰要來嗎？」
生人的臉皺成一團，搖了搖頭：「不會來，誰都不會來。」
「所以我在問你，他們為什麼不會來？」

「因為……我根本沒有邀他們。我沒有告訴任何人，要舉辦慶生會。」淚水從生人的眼中流了下來。

薰子蹲在生人面前，雙手粗暴地抓住了他的肩膀，「這是怎麼回事？」

「薰子，」和昌說：「妳不要激動——」

「你閉嘴！」她繼續瞪著兒子說：「回答我，這是怎麼回事？媽媽不是跟你說，要舉辦慶生會，請你邀同學來參加嗎？但你為什麼沒有告訴任何人？」

生人不敢看母親的眼睛。他縮著肩膀，想要低下頭。薰子硬是抬起他的下巴。

「所以，你說有六個同學會來是怎麼回事？是騙我的嗎？」

生人沒有回答。薰子抓著兒子的肩膀，用力前後搖晃。

「回答我！是騙我的嗎？你同學不會來嗎？」

生人無力地前後晃動了脖子，小聲地說：「不會來。」

「為什麼？為什麼要說謊？為什麼不邀請同學來？」薰子質問他。

「因為、因為……」生人泣不成聲，「因為姊姊在啊，媽媽說，要讓姊姊和大家見面啊。」

「那又怎麼樣？有什麼問題？」

「因為……因為我告訴大家說不在了。」

「不在？什麼意思？」

「我告訴同學，姊姊已經不在家了，但如果他們來家裡，就會知道我說謊。」
「為什麼姊姊不在？她不是在嗎？為什麼要說這種謊？」
「因為如果不這麼說，大家會欺負我，但我說姊姊不在之後，大家就沒再說什麼了。」
站在和昌身旁的美晴用手捂著嘴，「啊」了一聲，似乎想到了什麼。於是和昌問她：「怎麼回事？」
「姊姊帶瑞穗去參加了小生的入學典禮，小生的同學似乎為這件事嘲笑他……」美晴小聲地回答。
原來是這麼一回事。和昌終於恍然大悟。瑞穗差點成為生人遭到同學霸凌的原因。小孩子的世界不在意表面工夫，很容易發生這種事。
「你說姊姊不在家，去了哪裡？」
生人沒有回答薰子的問題，深深地低下頭。薰子心浮氣躁地說：「回答我！」
「……了啊。」生人小聲地回答。
「什麼？我沒聽到，你說大聲點！」
聽到薰子的斥責，生人的身體抖了一下，然後似乎豁出去了，回答說：「我說她死了！我說姊姊已經死了！」
薰子頓時臉色發白，「你竟然……」

「難道不是嗎？姊姊根本就像死了——」

啪！薰子甩了生人一巴掌。

生人哇哇大哭起來，但薰子不理會他，抓住他的手臂。

「你要道歉，趕快去向姊姊道歉！竟然說這麼過分的話。」薰子不等生人站起來，就想要把他拉到輪椅前。她的眼中滿是血絲。

「等一下，薰子，妳不要激動。」和昌想要讓她鬆開生人的手臂。

「你不要插嘴！」

「這怎麼行？我是孩子的父親！」

「你算什麼父親！根本什麼都不管！」

「的確是這樣，但我隨時在考慮兩個孩子的事，隨時都在考慮怎麼做對他們比較好。」

「我也是啊！所以才舉辦慶生會，邀請生人的同學，讓他們見到瑞穗之後，他們就不會對生人說一些奇怪的話。」

和昌搖了搖頭。

「哪有這麼簡單？瑞穗只是閉著眼睛坐在那裡，小孩子很殘酷，他們還是會覺得瑞穗死了。」

薰子微微瞇起眼睛，揚起嘴角。沒想到她在眼前的情況下，竟然露出了笑容。

「如果只是坐在那裡的話，的確會這麼想，」她的語氣和剛才不同，平靜得有點可怕，「但如果會動呢？」

「什麼？」

「比方說，只要向瑞穗打招呼，她的手就會動呢？或是生人在吹蛋糕上的蠟燭時，瑞穗的雙手動了呢？那些小孩子看到之後，仍然覺得她死了嗎？」

和昌聽了妻子的話，驚訝地看向星野。原來今天找他來是為了這個目的。

星野似乎事先聽說了薰子的計畫，所以尷尬地低下了頭。

「老公，你還記得那天的事嗎？就是我們決定提供器官捐贈，去醫院的那一天，我們一起握著瑞穗的手。原本以為就要和她告別時，她的手動了一下。你沒有忘記吧？我們就是因為這樣確信，瑞穗還活著。」

「我當然沒忘，但這是兩碼事。用儀器活動她的身體，根本沒有意義。」

「不說的話，沒有人知道用了儀器。」

「那只是假的，是欺騙。」

「才不是欺騙，我要讓他們知道，不讓任何人說，瑞穗已經死了——生人，你現在去打電話給同學，說要舉辦慶生會，請他們來家裡，說準備了很多好吃的東西等他們來。快去！」薰子再度用帶著怒氣的語氣說道，然後推著兒子。

下一剎那，和昌舉起了右手，他甩了薰子一巴掌。她按著臉頰，用充滿驚恐和憎恨的眼神看著他。

「夠了沒有！」和昌大吼道：「妳知道自己在幹什麼嗎？不要強迫別人接受自己的價值觀！」

「我什麼時候強迫別人了？」

「妳現在不是嗎？妳不是在強迫生人嗎？我告訴妳，每個人有不同的想法。我能夠理解妳不願意接受瑞穗已經死了，非常能夠理解，但這個世界上，有人遇到完全相同的情況，卻接受了現實。」

薰子用力吸了一口氣，瞪大了眼睛。

「你……要我接受瑞穗已經死了嗎？」

和昌皺著眉頭，搖了搖頭。

「老實說，我自己也不知道。」他用呻吟般的聲音說道：「但我認為自己瞭解狀況。」

「怎樣的狀況？」

「兩個月前，我去找了進藤醫生，請教了他的意見。他仍然沒有改變初衷，認為瑞穗是腦死狀態，而且完全沒有恢復，如果現在做測試，應該會判定為腦死。這和身高是否長高沒有關係，也就是說，瑞穗還能夠被當成活著，只是因為沒有做測試，必須承認這一點。」

薰子原本發紅的臉漸漸蒼白，「瑞穗其實已經死了……你要我接受嗎？」

「我並沒有要求妳接受，妳要怎麼想，是妳的自由。我只是告訴妳，也有人這麼想，妳不能責怪別人這麼想。」

「死了……」

薰子無力地跪在地上，然後癱坐下來。從她垂頭喪氣的樣子，可以感受到她極度失望。

和昌知道薰子很受打擊，但這也是無可奈何的事。這些話遲早要說。和進藤見面之後，他一直這麼想，卻始終無法說出口，結果一拖再拖。

和昌語氣溫柔地想要叫她的名字時，她猛然抬起頭。和昌看到她的雙眼，忍不住被嚇到了。她的眼神渙散，卻充滿不尋常的氣勢。

「妳怎麼了？」和昌問，但薰子沒有回答，迅速站起來後，不發一語地大步走去廚房。和昌不知道發生了什麼事，跟去廚房好奇地張望，發現她立刻走了出來。看到她手上的東西，和昌大驚失色。她拿了一把菜刀。

「妳要幹嘛？」和昌倒退了幾步問道。

薰子沒有回答，用沒拿菜刀的右手拿起了桌上的手機，然後面無表情地開始撥打電話。不一會兒，電話似乎接通了，她對著電話說：

「……喂？請問是警察局嗎？我老公情緒激動地揮著刀子，可不可以請你們馬上派人過來？地址是——」

和昌驚訝地問：「妳在幹嘛？」

「姊姊！」美晴也叫著她，但薰子不理會他們，繼續對著電話說：

「……是家裡的人。……目前的情況並不危急。……對，沒有人受傷。……因為我不想打擾到鄰居，所以請不要鳴警笛。……對，可以按對講機的門鈴，那就拜託了。」

薰子掛上電話，把手機丟回桌上，看著千鶴子說：「警察很快會上門，媽媽，到時候麻煩妳去開一下門。」

「薰子，妳到底……」

但是，薰子似乎並沒有聽到母親的聲音，她看著輪椅旁的星野。

「星野先生，請你離開瑞穗。」

「喔……好。」星野臉色蒼白地走到和昌他們那裡。

薰子站在輪椅旁，雙手拿著菜刀，用力深呼吸後，看向斜上方。她渾身散發出拒絕的空氣，似乎在告訴在場的人，無論別人問什麼，她都不會回答。

最初抵達的是附近派出所的警察。他們得知是這個家的女主人拿著菜刀，而且也是她本人報的案後，都驚訝不已。

薰子問他們，還有其他警察會來嗎？得知轄區分局刑事課的人也會來這裡後，薰子說：「那就等他們來了再說。」

不一會兒，轄區分區的警察也趕到了。不知道總共來了多少人，但在身穿便服的男人帶領下，只有四個人進了屋。他們可能從先到的警察口中得知了情況，判斷不需要派大批人馬前來。

薰子看著他們問，誰是負責人。一個年約四十五、六歲，五官很有威嚴的人說由他負責，這個姓渡邊的男人是刑事課的股長。

「渡邊股長，我想請教你，」薰子口齒清晰地問，「坐在我旁邊的是我的女兒，今年春天，升上了小學三年級。如果我把刀子刺進她的胸膛，我有罪嗎？」

「啊？」渡邊微微張著嘴，看了和昌他們之後，將視線轉回薰子身上，「什麼意思？」

「請你回答我。」薰子把刀尖伸向瑞穗的胸口，「我有罪嗎？」

「那……那當然，」渡邊連續點了好幾次頭，「當然有啊，當然有罪啊。」

「什麼罪？」

「當然是殺人罪。即使最後救活了，也會追究殺人未遂的罪責。」

「為什麼？」

「哪有為什麼……？」渡邊一臉困惑，一時說不出話，「既然殺了人，當然要追究罪責啊。妳到底想說什麼？」

薰子嘴角露出笑容，轉頭看向和昌他們。

「他們說，我女兒已經死了，很久以前就死了，只是我沒有接受而已。」

渡邊露出完全搞不清楚狀況的表情看著和昌。

「醫生說，我女兒應該已經腦死。」和昌快速說道。

「腦死……」渡邊微微張著嘴，終於搞清楚情況地點了點頭，「原來如此，是這麼一回事啊。」他似乎對器官移植法有一定程度的瞭解。

「把刀子刺進已經死了的人的胸膛——」薰子說：「仍然犯下了殺人罪嗎？」

「不，但是，這……」渡邊看了看薰子，又看了看和昌，「應該只是認為是腦死，並沒有正式判定吧？既然這樣，就必須以仍然活著為前提進行思考。」

「所以，你的意思是，如果我把刀子刺進她的胸膛，造成她心臟停止跳動，就代表我殺了我女兒。」

「我認為是這樣。」

「是我造成了我女兒的死。」

「沒錯。」

「千真萬確嗎？沒有搞錯嗎？」

聽到薰子再三確認，渡邊的自信似乎動搖了，他回頭看著下屬，但他的下屬也不知道答案，不置可否地偏著頭。

「如果，」薰子提高了音量，「如果我們當初同意捐贈器官，接受腦死判定的測試，或許已經確定她是腦死。法律上確定是腦死，就等於是死了。即使這樣，仍然是我造成了她的死亡嗎？或許是我導致她的心臟不再跳動，但當我們採取不同的態度時，她很可能之前就已經死了。即使這樣，仍然是我殺了她嗎？這種情況下，是否可以適用無罪推定原則？」

和昌看著薰子淡淡說話的樣子，明知道目前的場合不對，仍然忍不住覺得這個女人太聰明了。雖然表面上看起來情緒失控，但她的思考冷靜得可怕。

轄區分局的警察代表完全被薰子震懾了，臉上露出焦急和慌亂的神情，汗水順著他的太陽穴滑了下來。

「妳找我們來，就是為了討論這件事嗎？」渡邊在發問時，臉上的表情沒有一絲從容，簡直就像是被逼到牆角的犯人。

「不是討論，而是請教。我再請教一次，如果我現在把刀子刺進我女兒的胸膛，到底算不算殺人？請你回答我。」

渡邊伸手摸著頭，不悅地撇著嘴，偏著頭。

「老實說，我並不知道，因為我不是法律的專家。」

「那麻煩你去請教專家，請你馬上打電話。」

渡邊用力搖著手，「請妳別鬧了。」

「我沒在鬧啊，你認識的人中，應該有幾個律師或是檢察官吧？」

「當然有啊，但現在問他們也沒用，因為我知道他們會怎麼回答。」

「他們會怎麼回答？」

「他們一定會說，在沒有瞭解詳細的情況之前，沒辦法回答。」

薰子重重地吐了一口氣，「真不乾脆啊。」

「他們一向如此，如果只是假設的問題，他們根本不會回答，否則就要準備好具體的材料。」

「是這樣嗎？」

「不如這樣，我把律師或檢察官介紹給妳，妳直接去問他們。妳覺得怎麼樣？不如先把刀子放下……」

薰子不理會渡邊的話，走到輪椅後方。

「他們不回答假設的問題，對嗎？所以只要真的發生事件，就會回答了。」說完，她把雙手握著的菜刀舉到頭頂，「那就請你們看清楚了。」

「啊！」美晴發出慘叫聲。

「薰子，住手！」和昌大步向前，伸出右手，「妳瘋了嗎？」

「別阻止我，我是認真的。」

「那是瑞穗，是妳的女兒，妳搞清楚沒有？」

「所以我才要這麼做啊。」薰子露出悲傷的眼神瞪著他，「如今，大家都把瑞穗當成是活著的屍體，我不能讓她的處境這麼可憐，要讓法律、讓國家來決定她到底是死是活。如果瑞穗早就死了，那我就沒有犯下殺人罪；如果她還活著，那我就犯了殺人罪，但我會欣然去服刑。因為這證明了從意外發生至今，我持續照護的瑞穗的確還活著。」

她的訴說就像是靈魂的吶喊，深深震撼了和昌的心。甚至有那麼一剎那，他想要成全她。

「但是，這麼一來，妳就再也見不到瑞穗了，也無法再照護她了，這樣也沒問題嗎？」

「老公，你為什麼要阻止我？你不是覺得瑞穗已經死了嗎？既然這樣，有什麼好怕的？人不可能死兩次。」

「我也不知道為什麼，只知道不希望妳這麼做。把刀子刺進心愛女兒的胸膛這種事……」

「我也不想這麼做，但只能這麼做，因為沒有人告訴我答案。」

薰子好像下定決心似的用力舉起菜刀。就在這時，聽到一聲尖叫：「不要！」

薰子停下手，看向聲音的方向。

若葉渾身發抖，緩緩邁開腳步。她走到薰子面前停了下來。

「薰子阿姨……請妳不要殺她，請妳不要殺了瑞穗。」她的聲音柔弱無力，和剛才的尖叫完全不同。

「若葉，妳退後，這裡很危險，而且血可能會濺出來。」薰子用平靜的聲音說道。

但是，若葉並沒有退後。

「求求妳，不要殺瑞穗。因為我覺得還活著，我覺得瑞穗還活著。我希望她活著。」

「這……妳不必勉強自己這麼想。」

「不是這樣，我沒有勉強自己這麼想。瑞穗代替我犧牲了。那一天，她要撿我的戒指，所以才會發生那種事。」

「戒指？」

「因為我太害怕了，所以沒有告訴任何人。都是我的錯，如果我沒有戴戒指去游泳……去游泳根本不用戴戒指……戒指根本不重要……如果那時候，是我溺水就好了。如果我溺水，就不會像現在這樣了。薰子阿姨……我希望瑞穗活下去，我不想覺得她已經死了。」若葉哭著訴說。

和昌第一次聽說這件事，看到薰子和美晴驚訝的表情，知道她們也一樣。

「原來是這樣，原來發生了這樣的……」薰子小聲嘀咕。

「阿姨，對不起，對不起。等我再長大一些，我會來幫忙，我會幫忙照顧瑞穗。所以請妳不要殺了她，求求妳。」若葉的淚水滴落在地上。

一陣沉默。和昌也說不出話，一動也不動地看著少女的後背微微顫抖。

薰子用力吐了一口氣，緩緩放下了菜刀。緊緊握在胸前，然後閉上了眼睛，似乎想要讓心情平靜。

薰子張開眼睛後，離開了輪椅，把菜刀放在桌子上，走向若葉。她跪在地上，雙手緊緊抱著若葉，「謝謝妳。」

「阿姨。」若葉小聲地回答。

「謝謝妳。」薰子又重複道。

「阿姨很期待這一天。」

聽到薰子的這句話，室內到處響起鬆了一口氣的嘆息。和昌也不例外。他發現自己的腋下被汗水溼透了。

「姊姊，」美晴走向她們兩人，「我對瑞穗說話並不是裝出來的，妳覺得在教堂祈禱的人是在演戲嗎？對我來說，瑞穗現在仍然是我可愛的外甥女。」

薰子放鬆了臉上的表情，點了點頭，「我知道了。」

和昌覺得全身無力，靠在牆上，和站在他身旁的渡邊剛好四目相接。

「看來我們可以離開了。」刑事課的股長說。

「不帶我走嗎？」薰子鬆開了若葉的身體問：「我可是殺人未遂的現行犯。」

渡邊皺著眉頭，搖了搖手，「妳就別為難我了。」然後，他轉頭對和昌說：「上司那裡，我會想辦法解釋，說是夫妻吵架，應該就沒問題了。」

「拜託你了。」

「真傷腦筋啊，不過，」渡邊聳了聳肩，「也算是上了一課。」

和昌默默向他鞠躬。

去玄關送刑警離開，回到客廳，發現星野正收拾東西準備回家。

「老公，」薰子走向和昌，「我把星野先生還給你，謝謝你至今為止做的一切。」

她雙手放在身體前，向和昌鞠躬。

和昌看著星野問：「是這樣嗎？」

星野點了點頭說：「夫人說我可以不用來了，我似乎已經完成了任務。」

「我可以一個人為瑞穗訓練，」薰子繼續說道，「只是以後不會再表演給任何人看了。」

和昌不知該如何回答，只說了聲：「好吧。」

「好了，」薰子開朗的聲音響徹了整個房間，「各位今天是為什麼來這裡？我家小王子的慶生會開始了。」說完，她巡視室內，看到縮在房間角落的生人，跑過去緊緊抱著他，「對不起，原諒媽媽剛才打你。」

生人破涕為笑，很有精神地回答：「嗯！我要告訴大家，姊姊沒有死，在家裡活著。」

薰子緊緊抱著兒子，左右搖晃著身體。

「不必說，以後不需要在學校說姊姊的事。」

「不需要說嗎？」

「對，不需要再說了。」她抱著兒子的手臂似乎更用力了。

和昌嘆著氣，不經意地看向瑞穗。結果——

瑞穗的臉頰微微動了一下，看起來像是落寞的笑容。

但只有短暫的剎那，也可能是眼睛的錯覺。

第六章——該由誰來決定這一刻

1

坐下之後，一看手錶，還沒到約定的傍晚六點。星野瞥了一眼服務生遞給他的菜單，點了冰薄荷茶。

這家位在二樓的咖啡店面向銀座中央大道，從窗戶往下看，可以看到來往的人潮。大部分都是上班族，但也有不少外國觀光客。

冰薄荷茶送了上來，星野用吸管喝了一口香氣豐富的液體，和「她」不時泡的薄荷茶的味道不一樣。如果要問他哪一種更好喝，他也不知該如何回答。

「她」當然就是播磨夫人。

上個星期，他難得去播磨家送磁力刺激裝置的維護零件，同時說明使用方法。上一次去播磨家是受邀去參加播磨家長子的慶生會，所以差不多有一個月了。

播磨夫人神采奕奕，比最後一次見到她時的氣色好多了，可能稍微豐腴了些，所以看起來也比較年輕。星野說出了自己的感想，播磨夫人眨了眨眼睛，好奇地看著星野的臉。

「我也正想對你說同樣的話。星野先生，你變年輕了，又恢復了第一次來這裡時的孩子氣。」

「是嗎？」星野摸了摸下巴。因為他知道播磨夫人說他「孩子氣」並無惡意，所以並沒有不高興。

聽播磨夫人說，瑞穗的訓練很順利。即使一個人也不會太費工夫，目前並沒有遇到太大的問題。

「星野先生，真的很感謝你這麼長一段時間的幫忙，我要再度向你表達感謝。謝謝你。」他們在瑞穗的房間面對面坐下後，播磨夫人深深地向他鞠躬道謝。

「如果有幫上忙，那就太好了。」星野回答。

播磨夫人再度注視著他的臉。

「怎麼了嗎？」

「呵呵呵，」播磨夫人輕輕笑了起來，「你果然改變了，臉上的光彩和之前完全不一樣了。這麼說或許有點奇怪，但簡直就像是附在你身上的邪靈終於離開了。」

妳才讓我有這樣的感覺。星野很想這麼對她說，因為她渾身散發的感覺和之前截然不同。

星野回想起慶生會那天的事。那應該是他終生難忘的事件。

星野猜想那一天，播磨夫人內心發生了巨大的變化，所以不再需要他，也下定決心，不再讓任何人看到女兒活動手腳的樣子。

但是，星野也無法否認，自己也因為那起事件發生了變化。看到播磨夫人舉著菜刀，向刑警提出難題時，深刻體會到以前的自己多麼膚淺輕率。

自己是否曾經為播磨瑞穗這名少女著想？真的把她視為「活生生的人」嗎？曾經深入考慮過她的生和死的問題嗎？還是只是利用少女的身體，想要博取夫人的歡心？想要讓夫人滿意？

而且更糟糕的是，這種想法還帶有優越感。

對這家人來說，自己是不可或缺的人，覺得自己理所當然該受到崇拜，被視為神、支配者，也是少女的第二個父親，甚至自大地認為，即使是董事長，也無法拆散自己和這個家的關係。

真是大錯特錯。

自己只是播磨夫人的工具，是為了守護她的信仰的盾牌，也是她在苦難道路上前進的劍。

然而，播磨夫人應該已經發現了一條大道，確信今後不會再迷惘，也不需要繼續戰鬥，所以不再需要劍和盾牌了。播磨夫人恢復了活力的臉龐訴說著這一切。

不再需要的工具只該做一件事，那就是回到需要自己的地方。幸好還有地方需要星野。

他將主戰場從播磨家移回播磨科技術，同事都熱情地歡迎他的歸來。不僅如此，還高度評價了他用播磨瑞穗的身體進行實驗所取得的數據資料，認為是寶貴的資產。星野覺得自己能夠順利融入新的航程，實在太幸福了。

正當他打算離開播磨家時，播磨夫人說，還有一件事想要告訴他。

「星野先生，你曾經對我說過一次謊，對不對？」

星野不知道她指哪一件事，所以默不作聲。她意味深長地笑了笑之後說：

「當我問你有沒有女朋友時，你回答說沒有，但其實你有女朋友。」

播磨夫人問了意外的問題，而且被她猜對了。那是將近兩年前的事，他們的確聊過這件事。

那是和川嶋真緒分手前不久的事。

「那時候是不是有女朋友？」播磨夫人問。

「當時有。」星野回答，「但現在已經分手了。」

但播磨夫人為什麼會知道真緒的事？當他問播磨夫人這個問題時，她滿臉歉意地聳了聳肩。

「不瞞你說，其實我也對你說了謊。不，和說謊不太一樣，也許應該說有所隱瞞。」

播磨夫人告訴了他一件意想不到的事。川嶋真緒曾經來過播磨家，不僅如此，而且還見到了瑞穗，見到了瑞穗靠磁力刺激裝置活動手腳的樣子。

「因為我和她約定，所以之前都沒有告訴你，但我覺得如果那天的事導致你們的關係破裂，就太抱歉了，才決定把這件事告訴你。」

原來是這麼一回事。星野恍然大悟。這兩年來，他始終對這件事感到不解。

真緒為什麼在那個時間點突然提出分手？

那是晚秋季節，真緒約他見面，說有重要的事情要談。不久之前，他們一起才去吃了文字燒。真緒的態度和上一次見面時完全不同，然後對星野說：「我考慮了很久，決定還是分手比較好。」星野問她原因，她反問說：「非要由我來說嗎？」接著又追問：「你不想分手嗎？你認為如果我們繼續交往下去，日後結婚也沒問題嗎？」

星野無言以對。他熱中於在播磨家的工作，的確對和真緒之間的關係感到厭煩，甚至很希望由她提出分手。

「那就這麼決定了。」真緒看到星野悶不吭氣，露出悲傷的笑容。

磨播夫人連聲向他道歉。

「她是一個很出色的女人，我相信她可以成為你理想的伴侶。或許現在為時已晚，但如果你還忘不了她，不妨和她聯絡一下。」

星野苦笑著回答說：「已經太晚了。」也就是說，他真的忘不了她。

離開播磨家後不久，他開始思考真緒的事。說句心裡話，很想見她一面。就像蒂樂蒂與蜜樂蒂的《青鳥》，他覺得終於發現了自己最重要的東西，同時也知道自己太一廂情願了，更覺得自己沒有資格而決定放棄。

但是，被播磨夫人這麼一說，壓抑的心情一天比一天更強烈。要不要聯絡看看？不，已經為時太晚了。至今過了兩年的時間，她一定交了新的男朋友，搞不好已經結婚了。但是，萬一不是這樣呢？也許之後發生了很多事，現在她仍然是單身，沒有和任何人交往呢？

星野的內心搖擺不定，最後傳了電子郵件，郵件的內容是，我有事想和妳談，妳願意見我嗎？他指定了時間和地點，說他會等在那裡。

真緒沒有回覆。

這應該是拒絕。星野沒有怨言，因為錯在自己。

他從窗戶看向下方。才一會兒的工夫，天色已經暗了許多。整個城市準備進入夜晚。他看到了輪椅。一個年輕男人坐在輪椅上，推輪椅的是比年輕人年長許多的女人。是年輕人的母親嗎？

星野想起了因為腦溢血，導致身體右側半身不遂的祖父。祖父左手拿著湯匙想要吃粥，結果弄撒了，忍不住嘆氣，說自己很沒用。祖父生病之前是金屬雕刻工藝師，常說右手是自己的搖錢樹。

他再度下定決心，希望有機會幫助他人，想要協助那些不幸有身體障礙的人，讓他們的生活更愉快、更幸福。當初就是為了這個目的，進入了播磨科技這家公司——。

當星野重新下定決心，準備拿起冰薄荷茶，看到一個女人走樓梯走了上來。

她迅速巡視了店內，看到星野，一臉嚴肅的表情走了過來。她好像比兩年前稍微瘦了些，但渾身仍然散發出活潑的感覺。

星野站了起來。

「好久不見。」她走到星野的桌旁說。

「嗯。」星野點了點頭，指著前方的座位。她拉開椅子，坐了下來。

服務生走了過來，她看著星野的杯子說：「我也要一樣的。」

服務生離開後，她注視著星野的臉。星野覺得很難為情，忍不住低下了頭。

她不知道嘀咕了什麼，星野「啊？」了一聲，抬起頭。

「你變年輕了，而且看起來很有活力。」川嶋真緒說：「和那時候相比，完全不一樣了。」

星野說不出話，只能抓著頭。

2

薰子正在專心看書，有什麼東西碰到了她的腳。低頭一看，一顆羽毛球掉在她腳旁。

「對不起。」一名少女跑了過來。看起來像是小學高年級學生，或是中學生。曬得黝黑的肌膚很耀眼，一頭短髮很適合她。

薰子撿起羽毛球遞給她說：「給妳。」「謝謝。」少女很有禮貌地接過羽毛球，然後看向薰子身旁的輪椅。

「啊，她好可愛……」

少女脫口說道。她的反應令薰子感到欣慰。輪椅上的女兒是薰子最大的驕傲。

薰子露出微笑代替道謝。少女鞠了一躬後，拿著球拍跑回朋友身邊。

薰子坐在離住家不遠的公園長椅上，雖然公園不大，但該有的東西並不少。有鞦韆、攀爬架和翹翹板等遊樂器材，周圍種了樹木——是很普通的公園。

秋風很舒服。雖然陰雨天持續了好一陣子，今天是秋高氣爽的好天氣。

剛才的少女在旁邊打羽毛球，她們打得很不錯。薰子猜想她們可能是學校羽球隊的。果真如此的話，平時應該在學校的體育館練習。可能經常在戶外跑步增強體力，才會曬得那麼黑。

她看向輪椅上的女兒——瑞穗。她當然閉著眼睛，穿著藍色運動衣和深藍色的背心，頭髮上綁了粉紅色的緞帶。

如果她沒有遭遇悲劇，長大成像正在打羽毛球的少女，不知道每天會過著怎樣的生活。她知道想這種事也毫無意義，所以平時都會努力排除這些想像，但這種時候，還是會忍不住想這些事。

薰子覺得，如果瑞穗健康長大，自己一定會整天提心吊膽。車禍、變態、網路犯罪——當今的社會不可預期的危機四伏，只要瑞穗活著，就會擔心很多事。即使日後她結了婚，生了孩子，父母對孩子總是有操不完的心。

雖然可以認為這種操心也是父母的快樂之一，既然這樣，照顧一輩子都不會醒來的孩子也同樣是一種快樂。如今，薰子已經能夠這麼認為，只是她無意和別人爭論這件事，因為每個人的生活方式各不相同。

當兩名少女對打的羽毛球落地時，薰子站了起來，拉好蓋在瑞穗腿上的毯子，推著輪椅離開了公園。

幹線道路的人行道上種著銀杏樹。

「啊，慢慢變黃了，下個星期可能就會變成一片金黃色。」薰子抬頭看著銀杏樹，對瑞穗說著話。散步是每週一次的樂趣。

快走到街角時，聽到叭叭叭輕按喇叭的聲音。薰子停下腳步看向後方，一輛深藍色的賓士車就停在她身旁。

駕駛座旁的車窗搖了下來，榎田博貴探出頭。

這家以新鮮水果製作的甜點聞名的咖啡店就在附近。榎田把車子停在投幣式停車格後，和薰子面對面坐在小餐桌前。幸好這裡有可以放輪椅的空間。

「因為妳整個人的感覺完全不一樣了，所以有點驚訝。我還以為只是長得很像妳的人，差點把車子開過去。」

榎田說，他朋友生了孩子，他剛才去朋友家送完禮物，正準備回家。

他再度打量薰子的臉後說：「看到妳很好，我就放心了。最後一次見到妳時，妳脆弱得讓人心痛。老實說，當時很猶豫該不該讓妳一個人回家。」

聽到榎田這麼說，薰子只能露出慚愧的笑容。那一天，她決定作為最後一次約會，然後去了他家，彷彿是昨天才發生的事。

「當時給你添麻煩了。」薰子鞠躬說道。

榎田搖了搖手，一臉正色地說：

「我才該向妳道歉，沒有幫到妳任何忙。雖然聽妳說了相關情況，但並沒有認真想像到底是怎樣的狀況。」榎田瞥了一眼輪椅後，將視線移回薰子身上，「果然很辛苦嗎？」

在榎田面前說謊沒有意義，薰子回答說：「並不輕鬆，之前還活蹦亂跳的孩子，從某一天開始突然臥床不起，生活發生了一百八十度的改變，就像是希望變成了絕望。」

「我能想像。」

「但是，絕望的期間並沒有太長，」薰子說：「雖然日子過得辛苦，但也有快樂的時候。比方說，當我找到適合她的衣服時就很快樂。穿在她身上後，發現果然很適合，這種時候，她也會很高興。我可以根據她的氣色、血壓和脈搏瞭解她的心情。」

「是喔。」榎田露出佩服的表情。

「當然，」薰子又繼續說道：「可能有人說是心理作用，或者說是自我滿足。」

「妳對說這些話的人有什麼看法？」榎田問。

薰子攤開雙手，聳了聳肩。

「沒有任何看法，因為我沒有理由去說服這些人，那些人也不會來說服我。我覺得這個世界的意見不需要統一，有時候甚至不要統一反而比較好。」

榎田思考片刻，似乎在玩味她的話。他還是和以前一樣真誠，不會隨意附和。

然後，他終於開了口。

「身為醫生，當然希望病人得到幸福。聽了妳剛才的話，我覺得幸福並不是只有一種，而是有很多種不同的方式。只要妳幸福，別人就無可置喙。妳現在已經別無所求，我相信妳也不會再來我的診所了。」他這句話中充滿了安心，又帶著一絲寂寞。

薰子拿起茶杯。

「我的事就到此結束，我想聽聽你的情況。」

「我的嗎？」

「是啊，因為我想那次之後，應該發生了很多事，你也有新的邂逅。」薰子說完，看向榎田的左手。

一枚白金戒指在榎田的無名指上閃著光。

「我沒有像妳那麼戲劇化的話題。」榎田有點害羞地告訴薰子，在朋友的介紹下，他找到了另一半，步上了紅毯。

和榎田道別後，薰子推著輪椅走回家。一群放學的學生活力充沛地追過了她們，也有好幾個和瑞穗年紀相仿的孩子。

來到家門前時，薰子有點驚訝。因為原本緊閉的大門微微打開一條縫。門鎖在前幾天壞了，難道是被風吹開的嗎？還是千鶴子回家了？她說今天有事，回去自己家裡了。

薰子打開左右兩側的門，推著輪椅走進庭院。發現庭院內有一個陌生男孩。

男孩慌忙跑了過來。

「我在玩這個，結果不小心飛進來了。我剛才按了門鈴……」說著，他出示了手上的紙飛機。

「喔，原來是這樣。」薰子點了點頭。

男孩看起來十歲左右，五官清秀，藍色的連帽衣穿在他身上很好看。

他目不轉睛地打量著輪椅上的瑞穗，他的眼神發亮，感受不到絲毫的好奇。

「怎麼了嗎？」薰子問。

「啊……不，沒事。」他回答後，再度看著瑞穗。「她睡得很熟。」

男孩真誠的語氣感動了薰子。

「是啊。」她拉了拉蓋在瑞穗腿上的毛毯。

「她的腳不方便嗎?」

男孩的問題出人意料。原來是這樣。薰子第一次發現,原來看到別人坐在輪椅上,首先會這麼想。薰子的嘴角露出了笑容。

「這個世界上,有各式各樣的人,也有的小孩雖然腳沒有問題,卻無法自由地散步。有一天,你也會瞭解這件事。」

薰子不知道男孩有沒有正確瞭解她的意思,他困惑的雙眼再度看向瑞穗。「她還沒有醒嗎?」

聽他的語氣,似乎很希望瑞穗醒來。薰子忍不住感到很高興。

「嗯……是啊,她今天可能不會醒了。」

「今天?」

「對啊,今天。」薰子推動著輪椅,「再見。」

「再見。」男孩也對她說,身後隨即傳來大門關閉的聲音。

走向玄關的途中,她看向瑞穗房間的窗戶。幾天前,景觀窗前放著玫瑰。那是薰子生日時,和昌送給她的。和昌已經幾年沒有送花了?

那天之後,薰子開始使用玫瑰芳香精油。只要幾滴,房間內就香氣滿溢,瑞穗的氣色也比以前更好了。

薰子覺得，只要在生活中感受這些小小的喜悅和快樂就好，不要奢望太多，只要和今天相同的明天能夠來臨，就要感到滿足。

她在接下來的這段日子中實現了這個小小的心願。平靜而又平凡的每一天到來、逝去，在嚴寒到來的十二月之前，持續每週一次的散步。在翌年的三月中旬，又重新開始了一度中斷的散步日子。

在瑞穗即將升上四年級的三月三十一日那一天。

薰子像平時一樣睡在瑞穗的房間，但她好像聽到有人叫自己，睜開了眼睛。一看時鐘，是半夜三點多。

她正在納悶，自己為什麼會在這個時間醒來，下一剎那，她發現了——

瑞穗就站在她身旁。

3

根據資料顯示，第38號實驗對象的男子七十二歲，五年前，因為青光眼而失明。由於已經退休，所以平時幾乎很少外出。和其他視覺障礙者相比，他的確不太會使用白杖。

也就是說，他是這個實驗理想的實驗對象。

「開始！」研究員發出指示。

男子戰戰兢兢地跨出了第一步。他戴著風鏡，頭上戴著頭罩。

他輕輕鬆鬆地閃過了第一個障礙物的紙箱，下一個區域內有好幾顆足球放在地上，男子巧妙地穿越了足球之間。接下來的區域地板上有紅色和藍色的格子，以及藍色和黃色的條紋圖案，並指示男子「只能走在藍色的部分」。

男子按照要求，只走在藍色的部分。然後，來到了最後的難關。這裡有一具活動機器人，大小差不多像小型狗。機器人的活動沒有任何規律，當然也不會閃避實驗對象。男子在入口停下腳步，觀察了機器人的活動片刻，終於下定決心邁開了步伐。

但是，機器人突然改變了方向，準備穿越男子的前方。男子輕叫了一聲，停下了腳步，把頭轉向機器人前進的方向。也就是說，他「正在看」。

確認機器人離去之後，男子放心地再度邁開步伐，在研究員的注視下，走到了終點。周圍響起一陣掌聲。

「太厲害了！」

和昌對在一旁和他一起觀察實驗情況的研究項目負責人說。

「合格嗎？」上個月剛滿四十歲的男人滿臉緊張地問。

「如果我說不合格呢？」

負責人露出僵硬的表情，直挺挺地站在那裡，「那我只能改行了。」

和昌噗哧一聲笑了起來，拍了拍下屬的肩膀，「當然是開玩笑啦，無可挑剔的合格。再加把勁，繼續下去。」

「謝謝。」負責人鞠躬道謝。

懷裡的手機響了。和昌起身離開，接起了電話。是千鶴子打來的。

「我是和昌。」

「啊……對不起，在你上班時打擾。」

「發生什麼事了嗎？」

「因為……」和昌聽了千鶴子說的事，忍不住握緊了手機。

千鶴子告訴他，瑞穗的身體狀況急轉直下，薰子帶她去了醫院。

「是怎樣的情況？」

「好像……各方面都不太好。血壓不穩定，體溫也很低。」

「從什麼時候開始？」

「今天早上。啊，但是薰子說，是從半夜開始的。」

薰子都在瑞穗的房間睡覺，可能半夜就發現異狀，但持續觀察到早上。

「我知道了，我安排一下工作，馬上趕過去。」

和昌掛上電話後，立刻打電話給秘書神崎真紀子。當她接起電話後，簡短地說明情況後，向她確認今天的行程是否可以取消。

「我會設法處理。」這位優秀的女下屬回答。「太好了。」和昌道謝後，快步離開了公司。

在搭計程車前往醫院的途中，他試著打電話給薰子，但她似乎關機了，電話無法接通。

和昌茫然地看著車窗外，思考著到底是怎麼回事。

這三年來，瑞穗的身體狀況相當穩定，但並不是完全沒有問題，聽說曾經受到感染，腸胃也曾經發炎，只不過和昌都是在事情都已經解決之後，才知道這些事。無論薰子或是千鶴子，都不會因為發生了問題，就立刻通知和昌。可能她們擔心會影響他的工作。

既然這樣，為什麼這次通知自己？

也許該做好各種心理準備了。和昌告訴自己。

來到醫院，在櫃檯打聽後，櫃檯小姐請他去四樓的護理站。

他搭電梯來到四樓，向護理站內張望。自報姓名後，一名年輕護理師似乎立刻知道他是誰，告訴他病房號碼。

「直接進去沒關係嗎？」

「沒關係，你太太也在那裡。」

護理師乾脆的回答讓和昌有點洩氣。因為他原本以為瑞穗一定被送進了加護病房，薰子正坐立難安地等在家屬休息室。

來到病房，敲了敲門。裡面傳來薰子的聲音。「請進。」

打開門一看，薰子坐在病床旁。她抬頭看著和昌說：「你來了。」她的表情很平靜，完全感受不到一絲悲苦。

「我接到媽的電話。」和昌看向病床，「是什麼狀況？」

瑞穗躺在病床上，正在注射點滴。她的臉好像有點浮腫，和上次看到時的狀態明顯不同。

薰子沒有回答，嚴肅的眼神看著女兒。

「喂，到底怎麼樣？」和昌稍微加強了語氣。

薰子站了起來，走到窗邊。當她停下腳步時，轉身直視和昌。

「我有很重要的事要和你談，非常重要。現在可以嗎？」

「當然。」

和昌用力收起下巴，看了看瑞穗之後，將視線移回薰子身上。「有關瑞穗的事嗎？」

「什麼事？」

薰子猶豫了一下，輕輕吸了一口氣，開口說道：

「雖然我不知道該說是昨天晚上，還是今天凌晨，總之，差不多半夜三點多的時候——」

薰子用力眨著眼睛，她的雙眼發紅，臉頰抽搐著，「瑞穗……她走了，她離開了。」

「啊？」和昌瞪大了眼睛，「她離開了……是什麼意思？」

「離開了這個世界，她死了。」薰子說完，用力閉上眼睛，低下了頭。她的肩膀微微搖晃。

和昌驚訝地看著瑞穗，但她的胸口微微起伏，仍然在呼吸。

「妳在說什麼啊？她不是還活著嗎？」

薰子用右手的手背輪流按了兩個眼睛之後，抬起頭，深呼吸了一下。然後睜開眼睛，對和昌露出了微笑。

「薰子……」

「對不起，我這麼說，你應該完全搞不清楚狀況。」

「到底發生了什麼事？」

「嗯，我會從頭說起。」薰子瞥了病床一眼，看著和昌說了起來。「在半夜三點多時，我突然醒了，因為我好像聽到有人叫我。結果發現瑞穗站在我身旁。」

和昌說不出話。

當然，我並沒有看到瑞穗的身影。薰子說，但是，我真真切切地感受到她站在那裡。然後，瑞穗對薰子說話。雖然聽不到聲音，但薰子的心可以感受到。

媽媽，謝謝妳。

謝謝妳為我做的一切。

我很幸福。

非常幸福。

謝謝，真的非常感謝。

薰子立刻意識到，離別的時刻到了，但奇妙的是，她沒有絲毫的悲傷。然後，她問瑞穗：「妳要走了嗎？」

嗯。瑞穗回答。再見，媽媽，妳要多保重。

再見。薰子也小聲說道。

瑞穗的動靜就突然消失了，一切都消失了。

薰子下了床，走向瑞穗的身體。她打開燈，確認了瑞穗的各種生命徵象。所有的數值都開始惡化，之後，薰子完全沒有闔眼，一直守護在瑞穗身旁，但完全不見好轉。

薰子說完後，探頭看著和昌的臉，微微偏著頭問：

「你不相信嗎？你覺得我在說謊嗎？或是雖然不是說謊，但只是妄想，或者是睡迷糊了？」

「我不會認為妳在說謊，因為妳沒有理由這麼做，至於是妄想，還是睡迷糊了，這我就不知道了，但既然妳相信，就當作是事實。」

薰子露出微笑說：「謝謝。」

「但是，」和昌補充說：「老實說，我有點手足無措。雖然之前就做好了心理準備，知道會有這一天，妳也知道，我已經接受了瑞穗的死亡，但還是沒有預料到會是這種方式。」

「對不起，我一個人送她離開，但那是你的問題，誰教你在緊要關頭不在家裡。」

和昌不知如何回答，只好抓著頭，「為什麼是昨天晚上？」

「嗯，我也不知道，你要問瑞穗。」薰子的語氣很開朗，和昌不知道她已經放下了，還是因為事出突然，她的情緒還很激動。

「老公，」薰子叫著他，「這樣沒問題，對嗎？我們已經為瑞穗做了力所能及的事，沒有絲毫的後悔，對嗎？」

「當然啊，姑且不論我，妳做得很出色。」

「聽你這麼說，心情稍微輕鬆一些。」薰子按著胸口。

「但是，」他低頭看著病床，「那接下來該怎麼辦？」

薰子一臉嚴肅的表情走向病床。

「現在不是正在注射點滴嗎？因為她的體內缺乏抗利尿荷爾蒙，所以會大量排尿，完全無法控制。為了避免脫水，現在正在補充大量的水和糖分，不久之後，她的手腳都會浮腫。在這種情況下，只要注射抗利尿荷爾蒙，就可以控制排尿。」

「妳瞭解得真清楚。」

「對不對？因為我努力鑽研啊。」

「瑞穗以前不需要這種荷爾蒙嗎？」

「在意外剛發生時曾經需要，但回家照顧之後就不需要了。醫生也都說很不可思議，之後，瑞穗需要的藥物不斷減少，連專家也都驚歎不已。」

「但現在又需要了。」

「沒錯。」薰子點著頭，然後一臉凝重地看著和昌。

「主治醫生應該會來向我們說明情況，但在此之前，我有一個提議。」

「提議？」

「那是只有我們能夠決定的事。」

4

薰子說得沒錯，一個小時後，主治醫生就來向他們說明情況。三年來，都是這位長相溫和，姓大村的主治醫生為瑞穗的身體做各項檢查。

大村一開口就告訴他們，瑞穗的狀況和之前診察時完全不一樣。

「雖然瑞穗的大腦幾乎沒有發揮任何功能，但之前身體狀況維持了統合性，血壓和體溫都很穩定，排尿也控制良好。很遺憾的是，以目前的狀態來看，顯然已經失去了統合性。目前的情況很像意外剛發生時的狀態，這樣你們可能比較容易理解。」

然後，大村開始說明今後的方針，首先提到了薰子剛才說的，抗利尿荷爾蒙的問題。

「只要注射抗利尿荷爾蒙，就可以暫時解決目前的尿崩症。如果不使用該藥劑，心跳很快就會停止。有些家長認為在這種狀態下，不必勉強讓孩子繼續活下去，但根據目前為止的情況，是否可以認為兩位會選擇注射荷爾蒙，即使今後需要持續進行照護也沒問題？」

和昌看向身旁，和薰子交換了眼神，確認薰子點頭之後，轉頭看向主治醫生。

「這些都是以瑞穗腦死為前提，對嗎？」

「嗯，是啊，目前是無限接近腦死的狀態……」

「好，」和昌開了口，「既然這樣，你不是有該盡的義務嗎？」

「你說的義務……是？」

「要求我們做出選擇。不是要向我們確認，是否願意提供器官捐贈嗎？」

「啊？」大村瞪大了眼睛。

「不……但是……兩位在意外發生後，曾經表示拒絕。」

「因為當時我們認為她並沒有腦死。」薰子回答，「她既然沒有腦死，當然不願意讓她接受這麼奇怪的測試。而且事實上，從意外發生至今三年多來，我女兒都活得很健康，還是說，大村醫生，你一直在為死人做檢查和診斷嗎？」

大村難掩慌亂，輪流看著這對口出怪言的夫妻。

「但是這一次，」和昌說：「我們認為只能接受女兒已經腦死，所以，你必須要求我們做出選擇，不是嗎？」

大村的嘴巴像金魚一樣一張一闔，然後對他們說：「請稍等一下。」然後從椅子上站了起來。當他走出面談室時差一點跌倒。

和昌再度和薰子互看著。她露出淡淡的微笑，但什麼話都沒說。和昌也沒有說話。

一個小時前，薰子向他提議這件事，說要向院方表達願意提供器官捐贈。

「瑞穗已經去了那個世界，她一定在天堂說，希望她的身體可以幫助那些可憐的孩子。」

因為她是心地善良的孩子。薰子補充說。

和昌沒有異議。問題在於醫院方面，因為完全不知道醫院方面會如何應對。院方以前應該也完全沒有遇過類似的病例。

薰子打電話給千鶴子和美晴，向她們說明了目前的狀況和決定。雖然千鶴子和美晴都忍不住落淚，但也同意了他們的決定。

聽到敲門聲，他們回答：「請進。」門打開了。走進面談室的果然是進藤。和昌他們正想要站起來，進藤說：「請坐請坐。」然後走到桌子對面後坐了下來。

進藤用力吐了一口氣後，看著他們說：「兩位總是出人意料。」

「是嗎？」薰子問道。

「你們不靠人工呼吸器，運用最新科學的力量，讓令千金自行呼吸。之後又用磁力刺激脊髓，藉由反射鍛鍊她的全身肌肉。」

「我們認為這些嘗試都很正確。」

「是啊，也因此能夠讓令千金在不仰賴大腦功能的情況下，使身體維持統合性，這是現代醫學無法說明的情況。能夠持續維持這種狀態到今天，只能用驚人這兩個字來形容。但是，要說驚訝，當然非今天莫屬了。沒想到兩位會主動要求院方讓你們選擇。」

「我們認為這並沒有違反規定。」和昌說：「目前的法律並沒有臨床性腦死這個名稱，只要沒有接受腦死判定，就被認為有可能是植物人狀態。昨天之前的瑞穗正是屬於這種狀態，但今天的狀況發生了改變。三年多前的瑞穗，和現在的她狀態不同了，所以我們應該有權利要求進行選擇。」

進藤聽了他的話，回答說：「你說得對，但是，有一件事要說明清楚。按照正式的步驟，首先必須測試令千金目前的大腦狀態，判斷腦死的可能性相當大之後，才會建議你們做出選擇，但這一次尚未進行這項測試，我個人的意見認為沒有必要做測試，不知兩位意下如何？」

和昌與薰子互看了一眼後回答說：「沒問題。」

「好，那我就開始了。這些問題上次也問過了，但容我再度確認。令千金有沒有器官捐贈同意卡？或是兩位是否曾經和令千金聊過器官移植和器官捐贈的事？」

「不，沒有。」

「那如果按照法定腦死判定基準進行測試，確定是腦死時，兩位是否同意令千金提供器官捐贈？」

和昌轉頭看向薰子，注視著她的雙眼。薰子雙眼清澈，沒有絲毫的猶豫。

「是，」和昌對進藤說：「我們願意提供。」

「好，那我會聯絡移植協調員，兩位可以向協調員請教今後的詳細情況。」

進藤站了起來，邁著鎮定的步伐走出面談室。

和昌嘆了一口氣，一看手錶，發現從接到千鶴子的電話到現在還不到三個小時，不禁感到愕然。今天早晨起床時，作夢都沒有想到今天會是這樣的一天，然而，女兒的確死了，他們也同意了器官捐贈，只不過他完全無法產生真實感。

身旁的薰子不知道什麼時候打開了手機的電源，正在滑手機。手機螢幕上顯示的是瑞穗小時候的照片，活力充沛地到處奔跑時的照片。

再度響起了敲門聲，進藤回來面談室。

「我已經聯絡了協調員，應該很快就會到了。」說完，他在椅子上坐了下來，在桌子上交握著雙手。「我知道兩位對腦死判定和器官移植法都相當瞭解，但如果還有什麼不瞭解的問題，可以儘管向協調員發問。我相信兩位已經知道了，之後仍然可以拒絕提供器官捐贈。」

「就像上次一樣，對嗎？」和昌問。

「沒錯。」進藤一臉嚴肅地回答。

「我可以請教一個問題嗎？」薰子問。

「請說。」

「我想確認的是死亡時間。之前曾經聽你說，腦死判定會做兩次測試，第一次測試結束後，會相隔幾個小時之後，再進行第二次。當第二次確認是腦死時，那個時間就成為死亡時間，是不是這樣？」

「完全正確。」

「如果接下來就做測試，大約什麼時候會結束？」

「這……」進藤低頭看著手錶，「因為需要做一些準備工作，所以無法馬上開始。測試本身並不會耗費太多時間，但規定第一次和第二次之間必須有一定的間隔。通常要超過六個小時，未滿六歲的幼兒要超過二十四個小時。令千金已經九歲，但不能按照大人的標準，所以差不多間隔十個小時左右。按照這樣的計算，最快要到明天下午才能結束所有的測試。」

「明天……也就是說，死亡時間是四月一日嗎？」

「如果確定是腦死的話。」進藤說話仍然十分謹慎。

「醫生，」薰子微微探出身體，「能不能讓死亡日期成為三月三十一日呢？」

「啊？」進藤瞪大了眼睛。

「我希望死亡日期不是四月一日，而是今天三月三十一日。因為這才是瑞穗的正確死亡時間。」

進藤露出完全搞不清楚狀況的表情，將視線移向和昌。

「內人說她看到了女兒離開人世的瞬間，之後，女兒的狀況急轉直下。」

進藤難掩困惑，皺著眉頭說：「原來是這樣啊……」

「你不相信也沒關係。總之，能不能按照我們的要求記錄死亡時間？」

進藤滿臉歉意地搖了搖頭。

「很遺憾，我無法做到。因為按照規定，必須完成第二次腦死判定測試，確定是腦死時，那個時間就是死亡時間。死亡診斷書上不能寫不實的內容。」

薰子的身體用力向後仰，看著天花板，然後對進藤露出像是嘲笑般的表情。

「虛假？你們把心臟還在跳動的人當成死了，卻說這是不實的內容？那我請教一下，什麼是真實的內容，請你告訴我？」

進藤痛苦地皺著眉頭後，靜靜地回答說：「我們只是按照規定而已，如果不符合規定，就會被說記錄不實。」

薰子用鼻子「哼」了一聲，「我認為你們才是嚴重的不實，但明天四月一日是愚人節，所以就不計較了。反正死亡診斷書只是一張紙而已，對我來說，女兒的忌日是三月三十一日，死亡時間是凌晨三點二十二分。我有看時鐘，所以千真萬確。是我這個母親送她上了路，怎麼可能讓國家、讓官員隨便改變我心愛女兒的死亡日期？無論別人說什麼，她的忌日就是三月三十一日，我絕對不會讓步。──老公，你也要記住。」

「知道了。」和昌拿出手機，再度向薰子確認了時間，記錄在手機上。

「還有其他問題嗎？」進藤問。

「我也有一個問題。」和昌豎起食指，「瑞穗在那種狀態下度過了三年數個月，她那樣的身體，也能夠對器官移植有幫助嗎？」

「問得好。」進藤點了點頭回答，「不瞞你說，我也不清楚，必須等到檢查之後才能確定，只不過聽主治醫生說，並不能排除可能性。雖然所處的條件很惡劣，但瑞穗的內臟很健康，正因為這樣，所以才能夠維持之前的生活。我也同意他的看法。兩位知道本院怎麼稱呼瑞穗嗎？我們稱她為奇蹟的孩子，我相信她一定能夠創造新的奇蹟。」

和昌吐了一口氣，他不由地感到驕傲。

「進藤醫生，這是你今天所說的所有話中最美的一句話。」

進藤聽了薰子的話，露出不知道是尷尬，還是有點害羞的表情。

不一會兒，移植協調員就到了，但並不是三年多前那位協調員，這次是一名中年女人。

她誠懇詳細地說明了器官移植是怎麼一回事，以及確定腦死之後，會如何處理瑞穗的身體和器官。

和昌只問了一個問題，如果瑞穗的器官可以用於移植，能夠具體知道移植給哪一個孩子嗎？

協調員語帶歉意地回答，很遺憾，相關法令嚴格規定，無法向捐贈者和受贈者提供具體的資訊。

「怎麼樣？如果確定令千金是法定腦死，你們願意提供器官捐贈嗎？」協調員最後一次確認。

和昌他們已經沒有任何猶豫，鞠了一躬說：「拜託妳了。」

5

當天晚上就開始進行第一次腦死判定測試，當被問及要不要參加時，和昌回答會參加第一次測試。因為他聽說要相隔很長時間之後，才會進行第二次測試。而且，如果要舉行第二次，就代表第一次進行的所有測試都符合腦死的條件，所以等於結果已經出爐。

薰子說，她不會參加。因為沒有必要，對她來說，瑞穗的身體只是一具屍體。

她說自己有更重要的事情要處理。和昌問她要處理什麼事，她回答說：「那還用問嗎？當然是準備守靈夜的事，然後還有葬禮，要通知很多人。」

和昌站在窗前，低頭看著妻子一臉嚴肅的表情滑著手機，走出醫院的身影，覺得她或許已經展開了新的人生。

原本以為腦死判定測試都是一些大費周章的項目，沒想到很多測試都很快就結束了。腦波檢查比較耗時，但也只有三十分鐘左右。相隔幾年，瑞穗的腦波還是完全平坦。因為再怎麼測試，也完全沒有任何變化，和昌覺得差不多可以結束了，但醫生仔細地進行檢查。有些測試完全不知道有什麼目的，像是會把冷水灌進耳朵，據說稱為變溫實驗，確認是否會誘發眼球在水平方向的活動，這是在檢查內耳前庭這部分的功能，但即使聽了說明，和昌也一知半解。其他檢查都在短短的幾分鐘就結束了。確認瞳孔更是只有一眨眼的工夫就完成了。

剩下最後的項目——無呼吸測試。也就是說，之前所進行的所有檢查都符合腦死的條件。

瑞穗進行這項測試的方法與眾不同。通常被認為腦死的病人都會裝人工呼吸器。在進行無呼吸測試時，將呼吸器拆除，檢查在一定時間內，病患是否能夠恢復自主呼吸，但瑞穗並沒有使用人工呼吸器，她的體內植入了最新型的呼吸器控制器ＡＩＢＳ，因為控制器在體外，所以她在進行無呼吸測試時，只要將控制器的開關關閉即可。為了這項測試，ＡＩＢＳ研究團隊成員之一的醫生，也以顧問的身分從慶明大學趕來現場，以免操作錯誤，造成不良影響。

在進行無呼吸測試前，會向病患提供足量的氧氣，但仍然是對身體造成最大負擔的一項測試，所以負責測試的醫生臉上充滿緊張。

關掉電源後，所以有人注視著顯示呼吸程度的監視器。一分鐘、兩分鐘──沉默的時間流逝。和昌覺得瑞穗的臉漸漸蒼白。

規定的時間結束，確認沒有自主呼吸。ＡＩＢＳ的電源再度打開，瑞穗開始呼吸。和昌見狀，再度體會到她是靠儀器的力量進行呼吸。

第一次腦死判定測試結束。所有測試結果都符合腦死的條件。

和昌回家後，第二天早晨，再度前往醫院。距離第二次腦死判定測試還有兩個小時，瑞穗躺在昨天的病房。和昌正端詳著女兒熟睡的臉龐，千鶴子帶著生人和岳父茂彥一起來到病房。三個人都露出沉痛的表情，但並沒有流淚。

不一會兒，美晴和若葉也來了。若葉一走到病床旁，就把手放在瑞穗的胸口上。和昌想起薰子揮起菜刀的那一天，若葉曾經說，等她長大之後，要幫忙一起照護瑞穗。

薰子沒有現身，但沒有人對此產生疑問。她似乎已經在電話中告訴了大家，美晴的話證實了這一點。

「她在和葬儀社的人爭執，姊姊堅持說，忌日是三月三十一日，但葬儀社的人說，要按照死亡診斷書上的日期。」

「那孩子很頑固。」千鶴子嘆著氣說，「她堅持自己為瑞穗送了終，即使來醫院也沒有意義。」

和昌覺得薰子的確在逞強。她可能覺得一旦參加了今天第二次測試，就等於接受了國家和官員決定的死亡時間。

敲門聲後，一名身穿白袍的男子走了進來，恭敬地說：「要進行第二次腦死判定測試。」

男子推著瑞穗躺著的擔架床離開病房，沒有家屬參加第二次判定測試。一旦確定腦死，瑞穗就被視為死亡，院方開始進行摘取器官的準備。這是最後一次看到瑞穗活著的狀態。

再見。妳真的很努力。祝妳在天堂得到幸福——每個人都用不同的話送瑞穗上路，但和昌默然不語。因為他想不到任何話。

6

兩個小時後，等在家屬休息室的和昌他們得知了結果。

第二次測試確定腦死。瑞穗的死亡時間是四月一日下午一點十分。

只有家屬參加的守靈夜結束，送走親戚之後，和昌回到了設置了祭壇的會場。會場內排放了大約四十張鐵管椅，如果瑞穗有同學，這裡的空間可能就不夠了。

守靈夜和葬禮都由薰子一手包辦，葬儀社和殯儀館也是她挑選的。她指示葬儀社在祭壇周圍排放了絨毛娃娃，很像是她的作風。

和昌在棺材前方坐了下來，抬頭看著遺像。照片中的瑞穗和最後一次見到她時一樣閉著眼睛，但看向正前方的臉上沒有浮腫，臉頰和下巴的線條很俐落，髮型也很整齊，戴著粉紅色的髮箍，身上的衣服也很華麗。

「這張照片拍得很棒吧？」薰子走了過來，在他身旁坐下。

「我正在這麼想，剛才忙著招待，根本沒時間仔細看。這張照片什麼時候拍的？」

「今年一月。我為她打扮得漂漂亮亮，連續拍了好幾張，直到滿意為止。」她抬頭看著遺像回答說：「這是每年的例行公事。」

「每年？」和昌看著妻子的側臉問道。

「對，每年一月的例行公事，從把她帶回家照顧的那一年開始。」

「為什麼？」

薰子看著他，苦笑著說：

「難道你以為我認為這一天永遠不會到來嗎？」

和昌一驚。難道她每年為了準備遺像而持續為瑞穗拍照嗎？

和昌抓了抓眉毛上方，「傷腦筋，真是完全被妳打敗了。」

「你現在才知道嗎？會不會太晚了？」

「的確。」和昌笑了笑，然後恢復嚴肅的表情注視著妻子：「讓妳受苦了。」

薰子緩緩搖著頭。

「我並不覺得辛苦，反而覺得很幸福。在照顧瑞穗時，可以真實感受到是我生下了她，我在保護她的生命，所以很幸福。雖然在旁人眼中，我可能是一個瘋狂的母親。」

「哪是什麼瘋狂……」

「但是，」薰子抬頭看著遺像，「即使這個世界陷入了瘋狂，仍然有我們必須守護的事物，而且，只有母親能夠為兒女陷入瘋狂。」她將視線移回和昌身上，炯炯的眼神令人感到有點害怕，「如果生人發生同樣的事，我一定會再度瘋狂。」

雖然她的語氣平靜，但和昌被她的這句話震懾，不敢正視她的眼睛。

薰子突然露出了笑容，「當然，我會用性命預防這種事情發生。」

「我也是。」

「放心吧，不會有事的。」

會場後方傳來動靜，薰子轉過頭，和昌也看向那個方向，發現一名稀客站在那裡。是進藤。這是第一次看到他不穿白袍的樣子。他向和昌他們微微欠身。

「對不起，我來晚了，因為動了一個緊急手術。我可以上香嗎？」
「請。」薰子回答，然後站了起來。
「我去看生人。他睡陌生的床時，很容易踢被子。」
「好。」
薰子起身，向進藤鞠了一躬後，走出了會場。
身穿西裝的進藤走向上香台，抬頭看著遺照鞠了一躬後，拿起沉香，插進了香爐，然後合掌，後退一步，再度鞠躬。他的手上沒有拿串珠，可能是從醫院直接趕來的。他在上香時，和昌始終站在一旁。
進藤離開祭壇前，轉身面對和昌。「請坐下吧。」
「醫生也請坐，當然，如果你不趕時間的話。」
「好。」進藤說完，坐了下來，和昌見狀，也跟著坐在椅子上。
「你都會去參加負責的病人的守靈夜或葬禮嗎？」
「不，」進藤搖了搖頭，「雖然我很想這麼做，但基本上都不會參加。如果所有病人的葬禮都去參加，有幾個分身都不夠用。」
那倒是。和昌這麼想著，點了點頭，「所以瑞穗是例外嗎？」
「對，是特例。」進藤瞥了祭壇一眼，「我從來不曾對任何遺體如此捨不得。」
「捨不得……嗎？對你來說，變成了永遠的謎。」

「沒錯，你說得完全正確。」這位腦神經外科醫生的話不像在開玩笑。在腦死判定確定的隔天，從瑞穗的身體中摘取了幾個器官。因為檢查之後判斷，這些器官進行移植完全沒有任何問題。之後才聽說，那是令人驚訝的事。進藤希望可以在摘取器官後解剖腦部，他應該很想親眼目睹瑞穗的大腦到底是怎樣的狀態。

和昌與薰子商量了這件事，她回答說：「斷然拒絕。」進藤難掩失望。瑞穗的遺體明天就要火化，到時候，一切將成為永遠的謎，永遠沒有人知道，她的大腦到底是怎樣的狀態。

「上面寫著三月三十一日死亡。」進藤看著祭壇的角落說，那裡的牌子上寫了這行字。通常不會放置這種牌子，這也出自薰子的堅持。

「內人堅持不讓步，她說瑞穗是在那個時間死的。」

她似乎也這麼告訴和尚，和尚在誦經時也這麼說。雖然公家機關的文件必須根據死亡診斷書，但她似乎決定除此以外，都要堅持是三月三十一日。

和昌沒有干涉這件事，因為他認為自己沒有權利。

「你是怎麼認為的？」進藤問他，「你認為令千金是什麼時候死的？」

和昌看著醫生的臉，「真是奇妙的問題。」

「的確，但我很好奇。」

「根據死亡診斷書，是四月一日下午一點。」
「所以你接受這個時間？」
「不知道，」和昌抱著手臂，「說句心裡話，我覺得這個時間不對。只有同意器官捐贈時，才會進行腦死判定，一旦確定，就視為死亡。如果不同意器官捐贈，就不進行判定，當然也不會被視為死亡——無論怎麼想，都覺得這種法律太奇怪了。如果腦死就等於死亡，但瑞穗在發生意外的那年夏天的那一天就已經死了。」
「所以，對你來說，那一天是令千金的忌日？」
「不，」和昌偏著頭說：「這也不對，因為那天我的確感受到瑞穗還活著。」
「所以，你會尊重夫人的意見嗎？」
「嗯，」和昌低吟一聲，用手按著太陽穴，「我希望從保守的角度思考這個問題。腦死並不等於死亡，瑞穗的死亡日期是在她的器官被摘取出來的四月二日。」
「保守的意思是？」
「也就是把心臟停止跳動的時間視為死亡。」
進藤放鬆了嘴角，對和昌露出笑容。
「如果是這樣，對你來說，令千金還活著，因為她的心臟還在這個世界的某個地方跳動。」
「啊……原來如此。」

和昌理解了進藤的意思。他之前就聽說，瑞穗的心臟移植到另一名孩子身上。
在這個世界的某個地方——。
和昌覺得這麼想也不壞。

尾聲

爸爸說，不需要的東西都要盡量丟掉，這是清理不需要東西的絕佳機會。有些東西雖然充滿回憶，但其實只是放在那裡而已，平時根本很少會拿出來看。丟了也就算了，很少會因為丟了什麼東西而後悔——。

宗吾根據爸爸的這番話，接二連三地把不需要的東西丟進了垃圾袋。這個玩具以後不會再玩了。這本書也不會再看了。這是什麼？喔，是五年級時勞作課上做的。算了，也丟掉吧。

他在整理壁櫥時，發現了一個大紙袋。打開一看，吃了一驚。紙袋裡裝了千羽鶴，還有簽名板也一起放在裡面。

不行，不行，這個可不能丟，這是很重要的寶貝。宗吾暗自為竟然忘了這個紙袋的存在感到羞愧。

一個小時後，搬家業者上了門。宗吾帶著奇妙的心情看著業者把家具、電器和紙箱搬出去。雖然只在這裡生活了短短兩年，但他發現也累積了不少回憶，說起來，都算是不錯的回憶。可不是嗎？因為他克服了巨大的障礙，終於可以和父母一起在這裡生活。

所有的東西都搬上車後，他和爸爸、媽媽三個人一起檢查了房間。因為房子不大，只有兩房一廳，所以很快就檢查完了。

「我們竟然住在這麼小的房子裡。」爸爸深有感慨地說。

「有什麼辦法，當時必須以地點為優先啊。」媽媽回答。

一家三口坐上爸爸開的車，出發前往新居。不，正確地說，並不是新居，而該說是舊居，在三年多前，他們一家都一直住在那棟公寓。

「宗吾下個月就要讀中學了，時間過得真快啊。」爸爸轉動著方向盤說。

「他說要加入籃球社。」

「還沒有決定啦。」

「是嗎？籃球社很好啊，去參加吧。除了籃球社以外，還參加什麼？足球社嗎？」

「就說還沒決定嘛。」

「啊，那個呢？游泳社也不錯啊，不用花什麼錢買用品。」

「你在說什麼啊，現在的泳衣都很貴，有什麼高科技的泳衣。」

「是這樣嗎？那就去參加體操社，那就不需要任何用品了吧？」

爸爸和媽媽聊得不亦樂乎，可能聊到運動的話題，他們很高興吧。

車子遇到紅燈停了下來。宗吾看著窗外。車子已經來到了他熟悉的道路。以前放學時，曾經走過這裡。

「那家拉麵店還在。」宗吾指著一家店說。
「那當然啊，才三年多，怎麼可能這麼快就倒閉？」爸爸看著前方回答。
宗吾看著周圍，突然有一種懷念的感覺。
「爸爸，」他叫了一聲，「我在這裡下車。」
「啊？為什麼？」
「我想從這裡走回家。」
「為什麼啊，真麻煩。」
「有什麼關係嘛，好久沒回來了，想走走看看啊，你認得路嗎？」媽媽問。
「認得啊，當然認得啊。」
號誌燈轉為綠燈，爸爸一邊說著：「真拿你沒辦法」，一邊把車子在路邊停了下來。
「不要亂跑啊。」媽媽對正在下車的宗吾說。
「我知道。」宗吾回答。
目送車子遠去，宗吾邁開步伐。這是小學放學時走的路，即使閉著眼睛，也認得回家的路。
他在下一個街角左轉。這條路並不寬，越往裡面走，周圍越安靜。
三年多沒走這條路了。以前幾乎每天都在這條路上走來走去，突然發生的事，中斷了這樣的生活。

上體育課時，他覺得身體有點沉重，突然天旋地轉，喘不過氣來。他想告訴老師，卻說不出話，接著就眼前一片漆黑。

當他醒過來時，發現自己躺在醫院的床上，戴著氧氣面罩。

醫生告訴他，他得了一種以前沒聽過的疾病。雖然他也搞不太清楚，總之就是天生心臟就有異狀，而且相當嚴重，光靠手術無法治好。

只有心臟移植能夠救他一命。

宗吾住進了精通心臟移植手術的醫院，因為離家裡很遠，所以父母決定搬家。媽媽辭去了工作，幾乎每天都去醫院照顧他。

班上的同學摺了一千隻紙鶴，還把鼓勵的話寫在簽名板上，來醫院探視他時送給了他。他感謝大家的鼓勵，內心卻嫉妒他們的健康。

「別擔心，只要接受移植手術，又可以健康地玩樂了。」雖然媽媽這麼說，但這句話聽起來很虛假。當時宗吾還不太清楚，現在回想起當時的事，終於知道其中的原因了。

雖然接受心臟移植就可以好轉，但必須有人提供心臟，日本幾乎無法期待有兒童提供器官。

只有去國外，才有可能接受心臟移植。宗吾記得當時父母曾經聊過這些事。

去國外接受移植的花費很驚人，而且宗吾目前的狀態，長途旅行太危險——爸爸滿面愁容地說。宗吾清楚記得媽媽聽爸爸這麼說，拚命忍住淚水的樣子。

住院大約半年後，宗吾的情況更嚴重了，不時陷入昏迷。雖然他聽到有人在枕邊叫他，卻無法回答。

自己可能快死了。他忍不住想。他覺得可能永遠都無法再起床，就這樣慢慢死去。他覺得這樣也好。既然每天都這麼痛苦，這麼不自由，沒有任何樂趣，活著也沒意思。雖然最後活了下來，但仍然處於危險狀態，每天都做好了面對死亡的心理準備。

然後，奇蹟發生了。

他們得知消息，出現了捐贈者，可以接受移植。雖然一開始不敢相信，但似乎是真的。之後的情況有點搞不清楚，他被帶去很多地方，很多人摸他的身體，也聽到很多人說話。當他被送進手術室時，爸爸和媽媽在門口送他，媽媽握著雙手，好像在祈禱。之後就沒有任何記憶。當他醒來時，周圍的風景不一樣了。他躺在加護病房。

他得知自己接受了心臟移植，而且手術成功了。

那是三年前的四月二日。

之後又繼續住院，但住院的意義和之前完全不一樣。從等待不知道能不能如願的移植的日子，變成了準備早日出院的生活。練習下床、走路復健，所有的一切都讓他覺得很有意義。

即使動作很猛，也不會喘不過氣；食物都很美味，也可以大聲說話。這種理所當然的事都讓他感到高興。

復健期間，他還結交了朋友，只不過彼此的年齡相差了六十多歲。對方是坐在輪椅上的乾瘦老人，總是拿著烏克麗麗。

「這是我唯一的樂趣，我的夢想就是能夠再彈出美妙的音樂。」老人說話時的口齒不太清楚，但看起來很開心。

一問之下才知道，老人數年前發生車禍，脖子受了傷，手腳都無法活動，但接受了引進最新科學技術的手術後，又可以再度活動了。

「在大腦裡植入電極，捕捉到想要活動手的腦波後，設置在後背的機器就會把信號送到脊髓，就可以像這樣自由活動了。」老人動作不太俐落地彈著烏克麗麗的弦，「雖然不知道是哪個人發明的，但這個發明實在太出色了。」

老人說的內容太難，宗吾聽不太懂，但他也完全認同醫學太了不起了。

手術三個月後，宗吾出院了。然後又過了兩年多，一家三口又要搬回原來的房子。在搬去醫院附近時，父母並沒有賣掉原本的房子，而是出租給別人。

目前，宗吾正沿著這條路走回以前住的，以及從今天開始又要開始住的房子。但是，他剛才下車，並不是想要回味熟悉的放學路。

他想去看那棟大房子。

美麗的少女沉睡在輪椅上的那棟房子。不知道為什麼，動了手術之後，好幾次都夢到那棟房子，那棟房子好像在呼喚宗吾。

但是——。

當他來到那裡，發現那棟大房子不見了。房子、圍牆和大門都不見了，變成了一片空地，完全找不到任何蛛絲馬跡。有那麼一剎那，他甚至覺得那棟大房子是幻覺。

他嘆了一口氣，準備轉身離開，這時，他似乎聞到了玫瑰的香氣。

又來了。他忍不住想道，然後停下了腳步。手術後，經常發生這種事，但即使觀察周圍，也找不到玫瑰花。

宗吾輕輕把手放在胸前，他覺得玫瑰的香氣或許是心臟原本的主人帶來的。

然後他深信，那個帶給他寶貴生命的孩子，一定曾經生活在充滿深深的愛和玫瑰香氣中，一定很幸福。

□集滿4個印花贈品（二款任選其一）：

A：【推理謎】LOGO皮質燙銀典藏書套一個

（黑色，25開本適用，限量1000個）

B：【推理謎】吉祥物『獨角獸』圖案皮質燙金典藏書套一個

（咖啡色，25開本適用，限量1000個）

□集滿8個印花贈品（二款任選其一）：

C：【推理謎】LOGO皮質燙金證件名片夾一個

（紅色，11.5cm x 8.6cm，限量500個）

D：【推理謎】吉祥物『獨角獸』圖案環保購物袋一個

（米色，不織布材質，41.5cm x 38.6cm，限量1000個）

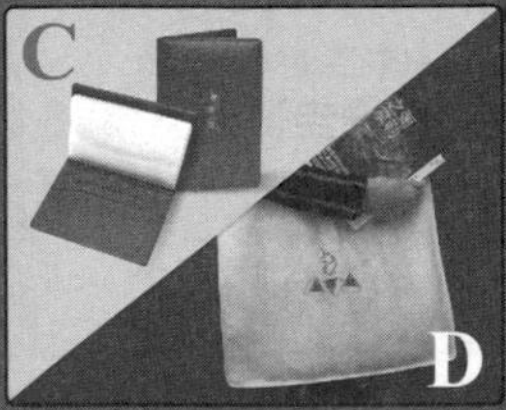

□集滿12個印花贈品（三款任選其一）：

E：【推理謎】LOGO不鏽鋼繩鑰匙圈一個

（限量500個）

F：【推理謎】吉祥物『獨角獸』圖案馬克杯一個

（白色，320cc容量，限量500個）

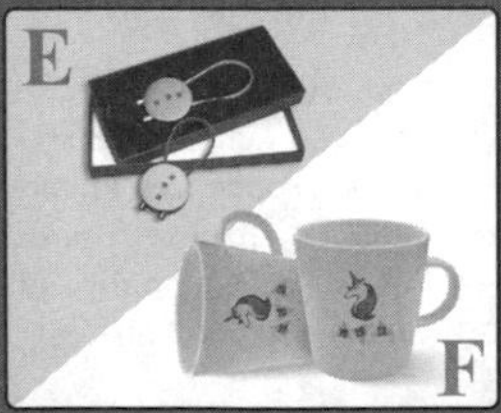

謎人俱樂部會不定期推出最新限量贈品提供兌換，請密切注意活動官網和粉絲專頁。

【注意事項】

◎本活動僅限台灣地區讀者參加。

◎贈品兌換期限自即日起至2023年12月31日止（以郵戳為憑）。

◎贈品圖片僅供參考，所有贈品應以實物為準。

◎所有贈品數量有限，送完為止。如讀者欲兌換的贈品已送完，皇冠文化集團有權直接改換其他贈品，不另徵求同意和通知。贈品存量將定期在【謎人俱樂部】活動官網上公佈，請讀者在兌換前先行查閱或直接致電：（02）27168888分機114、303讀者服務部確認。

◎皇冠文化集團保留修改或取消謎人俱樂部活動辦法的權利。辦法如有更動，將隨時在【謎人俱樂部】活動官網上公佈。

國家圖書館出版品預行編目資料

人魚沉睡的家 / 東野圭吾著；王蘊潔譯. -- 初版. --
臺北市：皇冠, 2017.01　面；公分. --（皇冠叢書；
第4590種）(東野圭吾作品集；25)

譯自：人魚の眠る家
ISBN 978-957-33-3275-6(平裝)

861.57　　105022943

皇冠叢書第4590種
東野圭吾作品集25
人魚沉睡的家
人魚の眠る家

作　　者—東野圭吾
譯　　者—王蘊潔
發 行 人—平雲
出版發行—皇冠文化出版有限公司
台北市敦化北路120巷50號
電話◎02-27168888
郵撥帳號◎15261516號
皇冠出版社(香港)有限公司
香港銅鑼灣道180號百樂商業中心
19字樓1903室
電話◎2529-1778　傳真◎2527-0904
總 編 輯—許婷婷
美術設計—王瓊瑤
著作完成日期—2015年
初版一刷日期—2017年1月
初版九刷日期—2023年3月
法律顧問—王惠光律師

讀者服務傳真專線◎02-27150507
電腦編號◎527022
ISBN◎978-957-33-3275-6
Printed in Taiwan
本書定價◎新台幣420元/港幣140元

謎人俱樂部贈品兌換卡

我要選擇以下贈品（須符合印花數量）：☐A ☐B ☐C ☐D ☐E ☐F

1	2	3	4
5	6	7	8
9	10	11	12

【個人資料蒐集、利用及處理同意條款】

您所填寫的個人資料，依個人資料保護法之規定，皇冠文化集團將對您的個人資料予以保密，並採取必要之安全措施以免資料外洩。您對於您的個人資料可隨時查詢、補充、更正，並得要求將您的個人資料刪除或停止使用。

本人同意皇冠文化集團得使用以下本人之個人資料建立該集團旗下各事業單位之讀者資料庫，做為寄送出版或活動相關資訊、相關廣告，以及與本人連繫之用。本人並同意皇冠文化集團可依據本人之個人資料做成讀者統計資料，在不涉及揭露本人之個人資料下，皇冠文化集團可就該統計資料進行合法地使用以及公布。

☐同意　☐不同意

我的基本資料

姓名：________________

出生：______年______月______日　性別：☐男 ☐女

職業：☐學生 ☐軍公教 ☐工 ☐商 ☐服務業

☐家管 ☐自由業 ☐其他________________

地址：☐☐☐☐☐________________

電話：（家）________________（公司）________________

手機：________________

e-mail：________________

我對【東野圭吾作品集】系列的建議：

寄件人：

地址：□□□□□

北區郵政管理局登
記證北台字1648號
免 貼 郵 票

〔限國內讀者使用〕

10547

台北市敦化北路120巷50號

皇冠文化出版有限公司　收